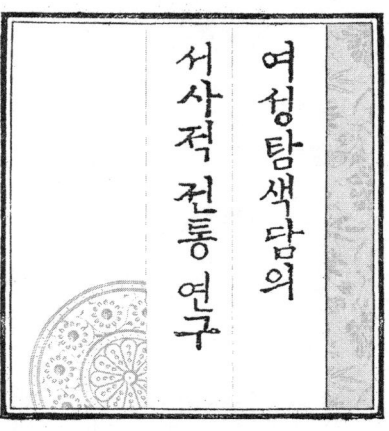

여성탐색담의
서사적 전통 연구

진은진 지음

보고사

서문

'여성탐색담의 서사적 전통 연구'라는, 무모하리만치 거창한 제목은 내 성긴 공부의 한 시기를 마감하는 의미를 지닌다. 물론 박사학위 논문이라는 형식적인 마무리의 의미가 첫 번째다. 그러나 그보다는 산만하여 갈피를 잡지 못하던 내 공부를 갈무리한다는 의미 또한 크다. 석사 때 지도교수님이 갑작스럽게 세상을 뜨시는 바람에 박사과정에서는 공부의 방향을 고쳐 잡아야 했고 그 과정에서 방황이 길었던 탓이다. 대학시절 공부보다는 다른 일에 마음을 쏟았던 나는 옛이야기가 좋아서 공부를 시작했다. 우렁이가 색시가 되고, 사람이 꽃이 되고, 바보스러운 호랑이가 담배를 피워 물고 고개를 지키고 있는 '옛날 옛날, 간날 갓적' 이야기가 재미있었다. 박사과정에서 공부하게 된 고전소설이 그와 많이 달랐을 리 없건만 방황을 마치고 논문을 준비하면서야 겨우 고전소설에 대한 낯가림을 면케 되었던 것이다. 그 결과물이 '여성탐색담의 서사적 전통'이다.

탐색담은 통과제의다. 탐색담을 거치면서 소년은 영웅으로 커나간다. 여성탐색담 또한 나에게 있어서는 통과제의였다. 여성이 아버지찾기 혹은 남편찾기라는 표면적인 과업들을 통해서 진정한 자아를 찾아 나가는 이야기들은 내게 삶의 신산함을 가르쳤다. 또한 자아찾기라는 당당한 목표 아래 자신의 삶을 살아나가는 여성들의 이야기는, 한 켜가 더해진 삶의 무게를 깨닫게 하였고 아울러, 그 무게를 감당할 용기도 주었다. 그 통과의례를 치르면서 나는, 힘겹기도 하였으나 내가 좋아하는 이야기들 속에서 행복하기도 했었다. 무엇보다 중요한 것은 여성탐색담의 주인공들을 통해서 내 길을 찾을 수 있었다는 것이다.

지도교수이신 김진영 선생은 삶에 있어서나 학문에 있어서나 늘 품위를 갖도록 가르치신다. 김균태 선생님과 김현주 선생님은 자주 찾아뵙지 못하는데도 내가 지치고 힘들 때마다 쉴 수 있는 그늘이 되어 주신다. 이정재 선생님께는 나의 무심함이 죄송할 따름이다. 다른 많은 은사님들과 선배님들, 동학들, 후배님들에 대한 고마움을 일일이 거론하지 못하는 것은 지면이 부족한 탓만은 아니다. 앞으로 공부로, 마음으로 그 고마운 빚들을 하나하나 갚아 나가려 한다.

내 책을 가진다는 것, 그 책에 머리말을 쓴다는 것은 크고 보람된 일이 아닐 수 없다. 내 그릇이 작고 내 솜씨가 모자라는 것은 안타깝고 부끄러운 일이기는 하나 그는 그대로 쓰임이 있으리라 애써 위로해 본다. 이것은 자만이 아니라 그간 내 보잘 것 없는 학문의 길을 위해 헌신하신 부모님들에 대한 예다. 형진, 인주 두 딸아이의 기다림, 오랜 친구이자 동료인 남편의 아낌없는 지지도 큰 버팀목이 되었다. 감사하고 행복하다.

끝으로 어려운 출판사정에도 아랑곳 않으시고 선뜻 출판을 허

락해주신 보고사 김홍국 사장님과 편집을 담당해 주신 윤은영 선
생님께도 깊이 감사드린다.

2008년 9월
저자 씀

차 례

여성탐색담의 서사적 전통 연구

제1장 서론

1. 문제제기

본 서는 여성주의적 시각을 가지고 우리 문학의 서사적 전통을 확인해 보고자 하는 시도에서 비롯된다. 신화에서부터 비롯되는 우리 문학의 서사적 전통에 대한 기왕의 논의가 없었던 것은 아니다. '영웅의 일생'이라는 전기적(傳記的) 유형[1]을 중심으로 서사문학의 사적 전개 양상이 검토되었고, 캠벨이 언급한 '단원신화(單元神話)'의 존재를 탈해·유리 전승에서 찾고, 이러한 단원신화가 삼국시대의 온달 전설, 고려왕조의 작제건과 거타지 전승을 거쳐 조선시대의 소설인 <금원전(金圓傳)>, <금령전(金鈴傳)>, <홍길동전(洪吉童傳)> 등에까지 그 잔영을 끼치고 있음이 밝혀지기도 하였다.[2] 특

---

1) 가장 대표적인 논의로는 조동일, 「영웅의 일생, 그 문학사적 전개」(『동아문화』 10, 서울대학교 문리과대학 동아문화연구소, 1971)를 꼽을 수 있을 것이다. 이와 함께 김태곤, 「한국 서사문학의 전기적 유형 변이」(『경희대 논문집』 14, 1985) 또한 '전기적 성격'에 의거하여 신화에서 소설에 이르는 서사문학적 흐름을 개괄해 놓고 있다.

2) 김열규, 『한국민속과 문학연구』, 일조각, 1971.

히 서대석은 서사무가 <제석본풀이>에서 혼사장애(婚事障碍)로 인한 여성 수난의 구조적 모형을 추출하여 이것이 여성을 주인공으로 하는 고전소설·신소설·현대소설에 이르기까지 핵심요소로 작용하고 있음을 밝힌 바 있다.3)

서사 문학의 신화적 전통을 추출하는 연구는 개별 작품 연구에서 좀더 광범위하게 이루어졌는데, 주로 신화비평의 방법으로 이루어진 논의들과 판소리계 소설을 중심으로 이루어졌던 근원설화 추출 논의들이 여기에 속한다. 이러한 연구 성과들에도 불구하고 또 하나의 연구 결과물을 보태려고 하는 이유는 기왕의 연구들과는 다른 새로운 시각이 필요하다는 확신 때문이다.

1985년 「여성의 눈으로 본 한국 문학의 현실」4)을 필두로 문학비평과 창작에 있어 새로운 방법론으로 각광받기 시작한 여성주의 문학론은 고전문학 연구에도 커다란 영향을 끼쳤다. 남성 중심의 문학 전통에 이의를 제기하고 여성의 시각에서 남성주의 시각으로 구축된 정전(正典)을 새로이 평가하고자 하는 여성주의적 독해 방법은 문학 연구 방법이나 문학 자체에 새로운 시각을 제공하였으며, 그 결과 여성을 중심으로 문학작품을 평가하고 이해하려는 노력이 최근 몇 년 사이에 활발히 진행되었다.5) 남성 작가와 남성 독자, 게

---

3) 서대석, 「제석본풀이 연구」, 『한국무가의 연구』, 문학사상사, 1980.
4) 정은희·박혜숙·이상경·박은하, 「여성의 눈으로 본 한국문학의 현실」, 『여성』 제1호, 창작과 비평사, 1985.
　이 논문은 '여성으로서의 독해'를 최초의 실천 비평으로 열어 보인 선도적 역할을 했다는 평을 받고 있다. 이 논문에 대한 평가에 관해서는 이상경, 「한국 여성 문학론의 역사와 이론」(『여성문학연구』 창간호, 한국여성문학학회, 태학사, 1999)을 참조할 수 있다.

다가 남성 연구자와 남성적 시각을 가진 연구자들에 의해 오랫동안 남성의 전유물처럼 인식되어 왔던 고전문학 분야에서 여성주의적 연구 방법이 하나의 문학 연구 방법론으로 자리잡음으로써 고전문학은 새롭게 조명되기 시작했다. 이러한 상황에서 여성을 중심으로 한 서사 문학적 전통을 짚어 보는 작업은 매우 의의 있는 일이라고 생각된다.

여성을 중심으로 한 문학적 전통을 세우려 할 때, 가장 문제가 되는 것은 우리 고전소설 거개가 조선시대의 작품이라는 점이다. 조선은 통치 이념으로는 성리학을, 그리고 그것을 실천할 수 있는 가족제도로서는 종법적(宗法的)인 부계 가족 질서를 이상으로 하여 기존의 모든 사회제도를 이에 맞게 변화시키고자 하였다. 따라서 조선 초기 여성사는 이러한 성리학적 윤리관과 가족 제도의 적용 과정이었다고 할 수 있다. 세종 연간을 중심으로 여자들의 생활 규제가 강력하게 시행되었고 그 후 성종 연간까지 위정자들과 성리학적 지식인들의 부단한 노력이 계속되어, 조선 중기에 접어들면서부터는 이러한 제도가 여자들의 일상 생활 가운데 점차 확고하게 뿌리내리기 시작하였다.[6] 성리학적 사회 윤리와 제도가 조선사회 전

---

5) 가장 대표적인 결과물은 '한국고전여성문학회'의 결성과 2000년 『한국고전여성문학연구』학회지 창간호의 출간을 들 수 있을 것이다. 이는 이미 여성 중심의 문학 연구 방법이 일정한 궤도에 올랐음을 상징적으로 보여주는 결과물이다. 남성 중심 일변도의 문학 판도에 새로운 시각을 제시하는 수준에 그쳤던 여성 중심 문학 연구가 여성주의 비평이라는 하나의 독립된 연구 방법을 구축하게 되었다는 것을 보여주는 기념비적 사건이 아닐 수 없다.

6) 이순구, 「조선시대의 성리학과 여성」, 한국여성연구소 여성사연구실 지음, 『우리 여성의 역사』, 청년사, 1999.

반에 영향을 미치게 되는 것은 16세기 중반 이후라고 하니 이는 공교롭게도 본격적 소설시대가 시작되는 17세기와 맞물려 있다.[7]

반고(班固)의 『한서(漢書)』 예문지(藝文誌)에 인용된 '가담항어(街談巷語)', '도청도설(道聽塗說)'은 지배질서와 소설 담당 주체와의 관계를 잘 말해 주고 있다. 위정자가 민심을 파악하기 위한 수단으로 소설을 수집하였다는 사실은 소설의 담당 주체는 하층이었으며 상층 지배질서와는 대립되는 하층의 목소리를 강하게 반영하고 있었다는 것을 의미한다. 소설에 대한 명칭이나 개념은 거듭 변화를 거쳐왔지만 소설의 장르적 특성을 '자아와 세계의 상호 우위에 입각한 대결'이라고 한다면 중심적 지배 담론에 끊임없이 이의를 제기하는 주변적인 담화라는 소설의 태생적인 특질은 변함이 없다고 보아야 할 것이다.[8]

조선후기 근대의식의 맹아(萌芽), 혹은 자아 의식의 각성과 무관하지 않은 소설 장르의 부각과 성장은 소설이 저항적인 형식을 가지고 중심이나 권력이 아닌 주변부의 삶을 조명해 내고 있다는 점

---

7) 최근 장편가문소설에 대한 연구가 활발히 진행되면서 이들 장편 가문소설의 형성 시기가 17세기 전반까지 거슬러 올라가며 영웅소설과 같은 통속소설이 여기에서 파생되었다는 주장이 제기되어 고전소설사의 새로운 구도를 마련하고 있다.

8) 조선시대 고전소설이 양반 사대부 계층들에게 천시와 배격의 대상이 되었던 까닭도 유교적인 사회풍토와 거기에 입각해 이루어진 재도론적(載道論的) 문학관에 대립하는 주변적이고 저항적인 성격 때문이었다. 소설적 자아는 세계의 질서에 문제를 제기하고 있으며 세계에 대한 이러한 태도는 소설 작가의 경우에도 마찬가지였다. 일부 사대부 계층에서는 소설옹호론을 펼치고 적극적으로 창작에 가담하기도 하였으며, 한편으로는 가부장적 질서를 확고히 하는 데 소설이 이용되었던 것도 사실이나 소설은 여전히 '문이재도(文以載道)'라는 지배집단의 글쓰기 방식과는 정면으로 배치되는 것이었다.

에서 주목할만한 변화라고 할 수 있다. 그러나 지금까지 근대란 성
별 중립적인 세계로 간주되어 왔지만, 이는 보편적인 것을 남성적
인 것으로 간주하는 이데올로기가 작동된 결과일 뿐, 근대의 성별
은 남성이라고 한다.[9] 따라서 이러한 주장에 따라 근대성을 '남성
에 의해 지배되는 특수한 공적·제도적 구조와 동일시함으로써 결
과적으로 여성의 삶, 관심사, 전망들을 거의 전적으로 배제하고
있'[10]는 것으로 본다면, 소설에서 세계에 저항하고 있는 각성된 자
아는 오로지 남성일 뿐이며 이는 여성성의 억압을 기반으로 하고
있음을 알 수 있다.

요컨대 조선후기 소설이 세계에 저항하면서 문제삼고 있는 것은
오로지 남성적 시각에서 일 뿐이며, 근대에서 여성이 소외되었듯이
근대의 자아의식 각성과 인간성 회복이라는 것도 여성에게는 해당
되지 않는 이중억압적인 모랄일 뿐이었다. 조선 후기에는 신분제
붕괴와 같은 전반적인 사회 변화에도 불구하고 여성에게만은 봉건
적 윤리가 더욱 강요되었으며, 좀 더 거칠게 말한다면 조선후기 소
설 장르의 발흥과 함께 남성들이 자아 의식의 각성과 인간성 회복
을 주장하고 있을 때 여성들은 그들 남성들에 의해서 더욱 강하게
억압되고 있었다고 할 수 있다.

그렇다면 조선 후기 소설을 여성적 시각에서 읽는다는 것은 무의
미한가. 조선 후기 문학텍스트는 남성에 의해 요구된 이데올로기들
만을 반영하고 있는가. 여성들에게는 암흑기라고 할 수 있는, 조선

---

9) 리타 펠스키 지음, 김영찬·심진경 옮김, 『근대성과 페미니즘』, 거름, 1998.
10) 리타 펠스키 지음, 김영찬·심진경 옮김, 위의 책, 43쪽.

조라는 시대적 한계 때문에 우리 서사문학에서 여성 중심의 문학
전통을 수립하는 것은 불가능한가. 이 글은 이러한 문제의식에서
비롯된다.

여성의 부덕(婦德)을 정책적으로 장려하기 위하여 조선 초기부
터 조선후기까지 지속되었던 수신서(修身書) 보급은 양반 여성에서
부터 일반 여성에게까지 광범위한 영향을 미쳤다.[11] 그러나 여성
교화를 목적으로 한 수신서 보급은 여성 의식의 자각이라는 전혀
다른 변화를 가져오기도 했다. 그 결과 여성 의식의 변화를 살펴
볼 수 있는 여러 문집들이 간행되었고, 사대부가의 여성 중에는 편
지나 시를 통해 강한 자의식을 드러내기도 하였다.[12] 물론 사대부
가의 여성들을 중심으로 일어난 이러한 변화는 극히 일부의 경우이
며[13] 대부분의 여성들은 수신서 보급에 의해서 성공적으로 교화되

11) 조선시대 열녀의 신분을 보면 15세기의 열녀 중 양반 여성이 차지하던 비율이
    68%이던 것이 16, 17세기로 오면서 양민·천민 여성이 차지하는 비중이 54%,
    52%로 비약적인 증가를 보이고 있는 것을 볼 수 있다. 박주,『조선시대의 정표
    정책』, 일조각, 1990, 참조.
12) 정일당 강씨가 남편에게 보낸 편지는 이러한 사정을 잘 보여주고 있다.
    "윤지당이 말하기를, '내가 비록 여자이나 몸이나 하늘로부터 받은 성품이야 남
    녀차별이 있지 않다'라고 했습니다. ……그렇다면 비록 여자일지라도 노력한다
    면 역시 성인의 경지에 이를 수 있지 않을까 하는데, 서방님께서는 어떻게 생각
    하는지요?" 정해은,「봉건체제의 동요와 여성의 성장」, 한국여성연구소 여성사
    연구실 지음, 앞의 책, 237쪽.
13) 이와 관련하여 류준경의 논의가 주목된다. 1930년 조선총독부 인구 센서스에
    의하면 1890년 이전에 태어난 여자들 중 한글을 읽을 줄 아는 여성은 6%에 불
    과했으며 이들은 대부분 사대부 여성이라고 한다. 더구나 이들은 이원주,「고전
    소설 독자의 성향」(『한국학논집』3, 계명대학교 한국학연구소, 1975)에 따르면
    소설보다는 녹책류(錄冊類)에 관심을 가졌던 것으로 보인다. 이에 비해 남성의
    경우는 45%로 나타나 독서 가능한 여자 인구는 남자와 비교할 때 그 수가 1/8밖

었을 것이며 이는 여성들 스스로 남성적 질서에 길들여지는 결과를 낳았을 것이다.

그러나 조선후기라는 시대가 담보하고 있던 정치·경제·문화의 다층적 성격은 여성의 문제에도 여전히 유효하다. 상층 여성들은 가문 의식의 강화로 인한 남성중심 가계구도 속에서 내외법(內外法)이나 정절 강요 등으로 인해 더욱 철저하게 소외되기도 하고, 다른 한편으로는 봉건적 이데올로기 강화를 위한 여성 수신서 보급과 함께 식견이 있는 일부 상층 여성들을 중심으로 자의식 성장이라는 변화를 겪기도 했다. 이러한 가치관의 혼재 현상은 조선후기 사회를 규정하는 매우 큰 특징이며 여기서 여성만 예외라고 할 수는 없을 것이다.

상층 여성들에게서 나타나는 이러한 이중적 의식 구조는 하층 여성들에게도 마찬가지였을 것이다. 신분 제도의 재편과 함께 근대 지향적 자의식 성장을 경험하게 되는 기녀들,[14] 상업을 통해 부를 축적하면서 공적 영역에서 활약을 하기 시작하는 여성들[15]이 있는가 하면 대다수의 하층여성들은 봉건적 지배 이데올로기가 강요하

에 되지 않는다. 류준경은 이를 근거로 하여 남성들이 주 독자층이라고 여겨지는 영웅소설에서 어떻게 여성독자층의 의식이 투영된 여성영웅소설이 출현할 수 있었는지 의문을 제기했다. 류준경, 「영웅소설의 장르관습과 여성영웅소설」, 『고전소설연구』 12, 한국고전소설학회, 2001, 13-14쪽 참조.

14) 기녀들의 변화와 자의식 성장과정은 조광국의 논문들을 참조할 수 있다.
　　조광국, 『기녀담 기녀 등장소설』, 월인, 2000.
　　_____, 「<삼선기>에 구현된 조선후기 신흥교방의 한 양상」, 『한국문학논총』 제26집, 한국문학회, 2000.6.
15) 정해은, 앞의 논문 참조.

는 가부장적 질서를 체화(體化)시키면서 질곡의 삶을 살았을 것이다.16) 이처럼 조선후기 여성들의 다양한 삶의 양태는 조선후기 고전소설에 등장하는 여성들의 모습에도 반영되어 있으리라 생각된다. 조선후기 고전소설은 이러한 여성 의식의 다층성을 인정하면서 이해되어야 할 것이다.

조선후기 고전소설을 여성적 시각에서 읽어야 하는 이유가 바로 여기에 있다.17) 조선후기는 남성 중심 이데올로기에 의하여 여성이

---

16) 서사민요의 한 맺힌 주인공들이 바로 그들이다. 서사민요에 대한 연구는 다음의 논저를 참고할 수 있다. 조동일, 『서사민요연구』, 계명대학교 출판부, 1971. ; 고혜경, 「서사민요의 일유형 연구-부부화합형을 중심으로」, 이화여자대학교 석사학위 논문, 1983. ; 이정아, 「서사민요연구 - 양식적 특성을 중심으로」, 이화여자대학교 석사학위 논문, 1993. ; 강진옥, 「서사민요에 나타난 여성 인물의 현실대응양상과 그 의미」, 『구비문학연구』 9, 한국구비문학회, 1999.

17) 조선후기 고소설에 나타난 여성상을 연구한 논문들은 다음과 같다. 김종전, 「고대소설에 나타난 여인상」, 『논문집』 12, 중앙대, 1967. ; 김지용, 「한국여성문학사연구」, 『논문집』 4, 수도 여사대, 1969. ; 김지용, 「여성문학의 질량」, 『국어국문학』 61, 국어국문학회, ; 박민일, 「고대소설에 나타난 여인상」, 고려대학교 석사학위논문, 1970. ; 윤재천·김현룡, 「고대소설을 중심해서 본 이조여성」, 『논문집』 2, 상명사대, 1972. ; 고정희, 「고대여성과 문학」, 『현대시학』 159, 현대시학사, 1982.6. ; 정금자·이재연·서정자·이규순, 「한국문학에 나타난 전통적 여성상」, 『아세아여성연구』 24집, 숙명여자대학교 아세아여성연구소, 1985.12. ; 김광순, 「고소설에 나타난 조선조 여인상」, 『여성문제연구』 제17집, 효성여자대학교 부설 한국여성문제연구소, 1989. ; 원선자, 「한국고전소설의 여성상 연구」, 단국대학교 박사학위 논문, 1995. ; 김현숙, 「조선후기 국문소설에 나타난 여성 인물의 현실대응양상」, 성균관대학교 석사학위 논문, 1996. ; 김용기, 「조선후기 고소설에 나타난 여성상 연구」, 중앙대학교 석사학위 논문, 1999.2. ; 박명희, 「고소설의 여성중심적 시각 연구」, 이화여자대학교 박사학위 논문, 1989. ; 김연숙, 「고소설의 여성주의적 연구」, 서강대학교 박사학위 논문, 1995.
이들 중 남성적 시각에서 재단된 여성이 아니라 여성주의 시각이라는 명백한 입장을 드러내고 있는 연구로는 박명희의 「고소설의 여성중심적 시각 연구」(이화여자대학교 박사학위 논문, 1989)와 김연숙의 「고소설의 여성주의적 연구」

일방적으로 소외되기만 하였던 것도 아니며, 그렇다고 해서 봉건이데올로기라는 기존의 질서를 과감하게 깰 만큼 혁신적인 여성 의식의 변화를 겪었던 것도 아니다. 이 둘은 교묘하게 공존하고 있으면서 서로의 영역을 인정하는 내에서 자기 목소리를 내고 있었던 것이다. 특히 조선후기 소설이 대중적 인기를 끌면서 이러한 의식의 이중 구조는 더욱 유형화, 고착화되었다고 볼 수 있다. 조선후기 여성영웅소설들이 그러한 대표적인 예가 되겠는데18) 이들 소설들에서는 여성의 공적 활약을 작품 전면에 부각시키면서도 이러한 여성의 활약을 통한 가문회복의지나 여성과 남성의 결합을 통한 해피앤딩으로 작품을 마무리하고 있다. 이처럼 적절한 타협점을 마련하

(서강대학교 박사학위 논문, 1995)를 들 수 있다.

　박명희는 '여성중심주의적 시각'을 가지고 고소설을 '여성적 시각이 배제된 작품', '부분적으로 수용된 작품', '확대된 작품'으로 분류하고 분석하였다. 그러나 조선후기라는 현실에서 여성적 시각이 배제된 작품이 대다수를 차지하기 때문에 분류가 너무 거시적이었다는 한계를 지니고 있으며 이로 인하여 작품의 여성주의적 특성을 드러내는 데에는 소홀한 면이 없지 않다.

　이러한 한계를 비판하면서 김연숙은 여성주의라는 명백한 방법론을 가지고 조선후기 고전소설을 분석해 내고 있다. 유교적 윤리질서를 '중심'이라고 보고 '중심지향적 소설'과 '중심이탈적 소설'을 나누었는데 전자는 남성이 여성에게 교화의 목적으로 강요한 체제 순응적 작품이고, 후자는 여성 주체적 소설이라고 보았다. 그런데 이 논문에서 분석의 틀로 삼고 있는 중심지향성과 중심이탈성이라는 용어는 매우 관념적이고 추상적이어서 과연 고전소설을 이러한 기준으로 양분할 수 있을지 의문이다. 분류의 기준으로 삼고 있는 '중심' 또한 남성적 시각에서 설정된 것이며, 이러한 양분법이 중심이탈성을 강하게 드러내는 '여성주체적 소설'의 특성을 밝히는 데에는 매우 효과적이지만 중심지향성을 강하게 드러내는 '여성 길들이기 소설'의 성격은 평가절하될 여지가 있다는 점 또한 문제이다.

18) 여성영웅소설의 연구성과는 정병헌·이유경 엮음, 『한국의 여성영웅소설』(태학사, 2000)에 논저 목록과 함께 잘 정리되어 있어 이를 참고할 수 있다.

는 방식의 결론은 보수적인 독자에게나 진보적인 독자에게나 매우
만족스러운 결론이었을 것이다.

　고전소설의 여성주의적 성격은 조선후기의 시대적 변화에만 힘
입은 것은 아니다. 고전소설의 여성주의적 성격은 설화에서부터 이
어져 오는 뿌리깊은 전통이다. 우리 나라의 가장 대표적인 창조신
으로 꼽을 수 있는 인물은 마고할미다. 장주근이 <선문데 할망>을
다른 나라의 자료와 함께 예시하면서 천지개벽신화의 주인공으로
평가한 이래[19] 조동일,[20] 김영경,[21] 강진옥[22] 등에 의해 마고할미
유형의 창조신들에 대한 연구들이 있었으며 김준기[23]도 '신모신화
연구'에서 신모 신화의 변이 양상으로 '신의 배우자로서의 신모계
(神母系) 전통', '신의 어머니로서의 신모계 전통', '자체 신격(神格)'
으로서의 신모계 전통'으로 나누고 '자체 신격'의 예로 마고할미와
영등할미를 들었다.[24] 이들 신화들은 전승과정에서 많은 변이를 겪

---

19) 장주근, 『한국의 신화』, 성문각, 1964.
20) 조동일, 「신화의 유산과 그 변모과정」, 『우리 문학과의 만남』, 홍성사, 1978.
21) 김영경, 「거인형 설화 연구」, 이화여자대학교 석사학위 논문, 1990.
22) 강진옥, 「「마고할미」 설화에 나타난 여성신 관념」, 『한국민속학』 25집, 한국민
　속학회, 1995.
23) 김준기, 「신모신화 연구」, 경희대학교 박사학위 논문, 1995.
24) 이 논문에서는 '신의 배우자로서의 신모계 전통'을 천인합일(天人合一)의 상징
　의미로 풍요를 기원하기 위해 불린 원시 신모신화라고 평가한 반면 '자체 신격
　으로서의 신모계 전통'은 지역이나 가정의 안녕을 위한 기복의 대상으로만 단순
　히 평가했다는 한계가 있다. '자체 신격'은 양성성을 지닌 창조신으로서의 여성
　신이며 가장 원형적인 형태로 보아야 할 것이다. 그러나 이러한 한계에도 불구
　하고 여성신의 층위를 나누어 배우자로서의 여성신과 어머니로서의 여성신, 자
　체 신격을 지닌 여성신으로 구별하고 있다는 점도 의의라고 할 수 있을 것이다.
　김준기도 논문에서 밝히고 있듯이 하나의 신화에서 이 세 가지 유형은 구별되어

으면서 신성성을 잃고 전설로 남아 있는 경우도 있다. 이러한 변이 요인으로는 인물에 대한 신앙심의 약화를 가장 큰 요인으로 꼽을 수 있으며 그러한 신앙심의 약화를 가져 오게 된 가장 큰 원인은 바로 남성 중심 이데올로기에 의한 여성의 왜곡이다.25)

무속제의에서 불려지는 무속신화의 여성주인공들은 원초적 여성성을 강하게 드러내면서 서사 주체로 등장하고 있다. 이들 신화들은 전설화된 마고할미 유형의 신화와는 달리 아직 무속제의에서 불리고 있기 때문에 비교적 신성성을 간직하고 있다. 바리데기나 당금애기로 대표되는 서사무가의 여성 주인공들은 삶과 죽음, 풍요를 관장하는 창조력의 원천으로 이해되고 있으며 <세경본풀이>의 자청비나 <삼공본풀이>의 가믄장아기도 동일한 성격을 지니고 있다.

건국신화의 경우, 유화나 웅녀, 알영 등도 풍요와 창조의 여신으로서의 면모가 남아 있다. 물론 건국신화는 남성 중심 질서를 확고히 하려는 분명한 목적 아래 지속적으로 재편되었기 때문에26) 여성들의 원형적 모습이 상당히 훼손되었다. 그러나 남성신들과의 관련

서 나타나는 것이 아니지만 원형과 변모 과정을 살피기 위해서는 세 가지 유형을 구분하여 논의하는 것은 꼭 필요하다. 기존의 신화 연구, 특히 여성주의적 시각을 견지하고 있는 연구들에서는 이 중 하나의 성격만을 부각시켜 작품을 평가하는 경우가 적지 않았기 때문이다.

25) 강진옥은 '고대 국가의 성립과 함께 형성된 가부장제가 확립되고 조직적인 체계를 갖춘 남성집단이 지배 세력으로 부상하면서 모든 관념의 체계들도 가부장제 질서 아래 바뀌어지게 되었을 그 오랜 과정이 구전 설화 자료 속의 이 같은 파편화된 흔적으로 우리들에게 그 단서를 보여주는 것이 아닐까 생각된다'고 설명하였다. 강진옥, 위의 논문, 40쪽.

26) 이에 대해서는 조현설, 「건국신화의 형성과 재편에 관한 연구」(동국대학교 박사학위 논문, 1997)를 참조할 수 있다.

을 배제하고 여성신의 능력만을 따져 보았을 경우, 이들은 앞서 김
준기가 구분한 신화 유형 중 '자체 신격(神格)'의 성격을 드러내고
있어 원형적 성격을 지니고 있음을 알 수 있다.

전설이나 민담으로 오면서 남성적 이데올로기의 개입으로 인해
원형적 여성의 변형은 더욱 두드러지지만 신화에서 비롯된 여성 중
심의 서사전통은 계속 이어진다. 신화적 성격을 지니고 있는 여성
중심 설화로는 <구렁덩덩신선비>27), <온달설화>28)나 <여인발복

---

27) 이에 대한 주요 연구 성과로는 다음과 같은 논문들을 들 수 있다.
　　서대석, 「구렁덩덩 신선비의 신화적 성격」, 『고전문학연구』 3, 한국고전문학연
　　구회, 1986. ; 곽의숙, 「구렁덩덩 신선비의 상징성 고찰」, 『국어국문학』 25, 부산
　　대학교 국어국문학과, 1988. ; 신해진, 「「구렁덩덩 신선비」의 상징성-여성 의식
　　세계를 중심으로」, 『한국민속학』 27집, 한국민속학회, 1995.
28) 온달설화에 대한 주요 연구 성과로는 다음과 같은 논문을 들 수 있다.
　　이기백, 「온달전의 검토-고구려 귀족사회의 신분 질서에 대한 발견」, 『백산학
　　보』 3, 백산학회, 1967. ; 장덕순, 「공주의 출궁-한국의 공주와 독일의 공주」,
　　『설화문학개설』, 이우출판사, 1980. ; 임재해, 「온달설화의 유형적 성격과 부녀
　　갈등」, 『여성문제연구』 11, 효성가톨릭대학교 사회과학연구소, 1982. ; 이강문,
　　「온달 설화의 구조와 의미 및 교육적 활용에 관한 연구」, 한국교원대학교 석사
　　학위 논문, 1992. ; 윤경수, 「「온달전」의 현대적 고찰-온달전과 평강공주의 인간
　　상을 중심으로」, 『연민학지』 제1집, 연민학회, 1993. ; 김대숙, 「온달전의 구비문
　　학적 이해」, 『한국설화문학연구』, 집문당, 1994. ; 이창식, 「온달전승의 구비성
　　과 기록성」, 『고전문학연구』 제14집, 한국고전문학회, 1998.12. ; 윤분희, 「「온달」
　　설화에 나타난 여성의 자아실현 양상」, 한국국어교육연구회 99년 가을 학술발
　　표대회 요지, 1999. ; 이상구, 「<온달전>의 갈등구조와 소설사적 의의」, 『고전
　　문학연구』 제19집, 한국고전문학회, 2001.6.
　　온달설화는 무왕설화나 여인발복설화의 한 유형으로 인식되기도 하였고, 배우
　　자 선택 이야기의 한 유형으로 인식되기도 하였다. 그와 관련된 연구 성과는 다
　　음과 같다.
　　최운식, 「쫓겨난 여인 발복설화 고」, 『한국민속학』 6, 민속학회, 1973. ; 성기열,
　　「한일 민담의 비교연구-온달·무왕계 설화와 탄소소오랑설화」, 『한국구비전승
　　의 연구』, 일조각, 1976. ; 김영만, 「쫓겨난 여인 발복 설화의 여성상징 연구」,

설화>29) 등이 있으며 신화적 성격을 잃어버렸지만 여성이 부각되는 여성 중심 서사로는 여성 지혜담30) 류를 들 수 있다.

이들 설화들은 전승과정에서 남성들이나 남성 중심 이데올로기를 내면화한 여성들에 의하여 신화의 원형적 여성상이 변질·왜곡되기도 했겠지만, 무속제의의 주재자인 여사제(女司祭)와 주된 향유 계층인 여성들을 중심으로 여성 주체에 관한 이야기를 끊임없이 전승·발전시켰을 것이다. 전설이나 민담 또한 전승 과정에서의 남성 이데올로기 침투를 피할 수는 없었겠지만 민중적 가치관에 기초한 나름의 독자성을 유지하면서 여성성을 간직해 왔다고 볼 수 있다.

요컨대 남성중심의 중세적 질서 속에서도 여성은 나름의 존재방식으로 변화 발전을 꾀하고 있었음을 알 수 있다. 따라서 역사뿐만 아니라 문학에서도 여성은 남성에 대하여 부수적인 존재일 수밖에 없었다는 한계를 딛고, 여성의 시각에서 문학사를 일괄할 필요가

『국어국문학연구』 20, 부산대학교 국어국문학과, 1983. ; 정병헌, 「배우자 선택 이야기(擇夫譚)의 유형적 성격」, 『아세아여성연구』 제35집, 숙명여대 아세아여성문제연구소, 1996.12.

29) 이에 관한 연구 성과로는 앞서 언급한 최운식, 김영만에 이어 김대숙과 현승환을 들 수 있다.
   김대숙, 「여인발복 설화 연구」, 이화여자대학교 박사학위 논문, 1988. ; 현승환, 「내복에 산다 계 설화 연구」, 제주대학교 박사학위 논문, 1992.

30) 최경숙은 우부현녀담(愚夫賢女譚)이 여성을 중심으로 이야기하는 데 한계가 있음을 지적하고 여성 지략담 연구가 필요하다고 언급한 바 있다. 최경숙, 「「원님과 이방 부인의 내기담」에 나타난 부인의 문제해결적 말하기 전략을 통해서 본 여성」, 한국구비문학회 편, 『구비문학과 여성』, 박이정, 2000.
   여성 지혜담에 관한 연구로는 다음의 논문들을 더 참고할 수 있다. 오영희, 「지혜담 연구」, 경희대학교 석사학위 논문, 1990 ; 최경숙, 「「양부고민해결담」에 나타난 속이야기에 의한 문제해결적 말하기 방식」, 『문학교육학』 3, 태학사, 1999.

있다고 본다. 이는 남성 중심의 문학사를 부정하거나 남성 중심의 문학사에 대응되는 여성 중심의 문학사를 대립시켜서 우열을 가리고자 하는 시도는 아니다. 다만, 남성 중심의 시각에서 주변적인 것, 소외된 것, 일회적인 것으로 여겨지면서 묻혀 있었던 여성, 여성성, 여성문학을 밝혀 내자는 것이다. 이는 남성중심 문학에서 정당하게 평가받지 못했던 여성문학에 정당한 가치를 매기려는 의도로서 문학사를 보는 또 다른 시각을 제시하는 것이다. 이러한 시도가 가능해 진다면 여성중심적 시각에서 우리 서사 문학의 전통이 수립될 수 있을 것으로 기대된다.

2. 연구 대상 및 연구 방법

가. 연구 대상

문학 텍스트에서 어떤 인물들이 등장하는가, 그 등장인물들은 어떻게 형상화되어 나타나며 어떤 서사 형태를 전개시켜 나가고 있는가 하는 것은 '존재'에 대한 인식과 등장인물을 둘러싼 '사건'에 대해 일정한 인식을 가능하게 해 준다. '중립적'인 시각에서 벗어나 '여성적' 시각에서 문학을 이해하고자 할 때, 문학 텍스트에서 여성은 주로 중심적인 등장인물로 나타나는가, 부수적인 인물로 나타나는가, 각각의 경우에 여성은 서사전개에서 어떠한 역할을 하는가, 그 역할은 여성의 성 정체성(gender identity)을 드러내는 데 유리하게 작용하는가, 불리하게 작용하는가 등의 질문이 필요할 것이다.

여성주의적 시각으로 조선후기 문학 텍스트를 읽어내고자 하는 우리에게 필요한 것은 여성에 대한 많은 정보를 담고 있는 문학텍스트를 선택하는 일이다. 문학 텍스트의 서사구조가 존재들의 다양한 삶의 형태에 대한 일정한 반영이라고 할 때 여성에 대해 가장 진지하게 이야기하는 플롯은 어떤 것일까. 남성 이데올로기에 침윤된 소극적 여성이건, 남성 이데올로기를 탈피하려는 적극적 여성이건, 텍스트 속에서 여성에 대한 정보를 가장 많이 얻을 수 있는 플롯은 어떤 것일까.

본 서에서는 여성에 관한 많은 정보를 얻을 수 있는 플롯으로 '탐색담(探索譚)'을 선택한다. 탐색담은 주로 신화 체계에서 전승된 이야기로서 영웅의 일생이라는 구조를 지닌다. 따라서 탐색 여행은 탐색의 주체가 영웅으로서의 자격을 획득하기 위한 통과제의적(通過儀禮的)인 의미를 지니게 되어 탐색 주체가 여행 도중에 겪게 되는 시련이 크면 클수록 탐색 주체의 영웅성은 더욱 부각된다. 바로 이 점이 '탐색담'을 가지고 여성중심의 문학전통을 수립하고자 하는 연유이다.

남성이 주체로 등장하는 탐색담에서는 영웅의 일생이라는 구조 하에 이미 남성의 영웅적 면모가 확인된 바 있다. <주몽신화>, <탈해신화> 등의 건국신화에서부터 혼사장애(婚事障碍) 주지(主旨)를 지닌 설화들을 거쳐, 소설시대에 이르면 <홍길동전>을 비롯한 조선후기 영웅소설들은 영웅의 일대기라는 구조를 지니고 남성 영웅의 활약상이 부각된다.

우리나라 설화의 탐색 모티프에 관한 관심은 조희웅에서 비롯되었다고 할 수 있다. 조희웅은 탐색 모티프를 설화의 가장 중심적인

모티프로 보고, W. H. 오오든이 '탐색 영웅'이라는 논문에서 밝히고
있는 탐색담의 필수 요소[31]를 들어 우리 나라 탐색담을 '영웅이 –
결실물을 찾아 – 여행하는 도중 – 시련을 겪게 되나 – 원조자의
도움으로 결국은 성공하는 것'으로 진행된다고 소개하였다.[32] 탐색
담의 이러한 구조는 조동일의 '영웅의 일생' 구조와 크게 다르지 않
고[33] 분리–절연–통합의 과정에 이르는 통과의례의 절차와도 크게

---

31) 1. 귀중한 물건이나 인물 : 찾아내어 소유하거나 결혼하게 된다.
　　2. 여행 : 이들의 행방이 탐색자에게는 알려져 있지 않기 때문에, 그것을 찾기
　　　 위한 기나긴 여행을 한다.
　　3. 영웅 : 귀중한 사물은 아무나 찾을 수 있는 것이 아니라, 올바른 품행과 성품
　　　 을 갖춘 자만이 찾아낼 수 있는 것이다.
　　4. 시련 : 하찮은 것이 가려지고, 영웅이 드러나게 되는 하나 또는 일련의 시련
　　　 을 겪는다.
　　5. 파수꾼 : 물건을 손에 넣기 전에 물리쳐야 할 그 물건의 파수꾼들, 그들은
　　　 다만 영웅의 능력을 시험하기 위한 가일층의 시련일 수도 있고, 혹은 그들
　　　 자체가 악의적일 수도 있다.
　　6. 원조자들 : 지식과 초자연적인 힘으로 영웅을 돕는 원조자들, 그들이 없었다
　　　 면 영웅은 결코 성공할 수 없다. 그들은 인간 또는 동물의 형태로 나타난다.
　　조희웅, 「설화와 탐색 모티프」, 『설화학강요』, 새문사, 1989, 120-121쪽.
32) 조희웅, 앞의 논문, 121쪽 참조.
33) 조동일에 의하면 '영웅의 일생'은 다음과 같은 구조를 지닌다고 한다.
　　A. 고귀한 혈통을 지닌 인물이다.
　　B. 잉태나 출생이 비정상적이다.
　　C. 범인과는 다른 탁월한 능력을 타고났다.
　　D. 어려서 기아가 되어 죽을 고비에 이르렀다.
　　E. 구출, 양육자를 만나 죽을 고비에서 벗어났다.
　　F. 자라서 다시 위기에 부딪혔다.
　　G. 위기를 투쟁적으로 극복하고 승리자가 되었다.
　　이러한 서사구조는 고대신화에서 나타나서 서사무가로 계승되고, 소설의 유형
　　구조로도 널리 이용되었다고 하면서, '영웅의 일생'이라는 구조를 가진 소설을
　　'영웅 소설'이라고 정의하였다. 조동일, 「영웅의 일생, 그 문학적 전개」, 『동아문

다르지 않다.[34)]

본 서에서는 '영웅의 일생' 구조를 지니고 있는 서사 문학, 즉 통과의례 양식을 기본 구조로 삼고 있는 서사들을 중심으로 논의를 전개하되, '탐색담'이라는 용어를 사용하고자 한다. 그러나 탐색담의 주체를 영웅으로 제한하고 있는 조희웅의 정의와는 달리, 서사문학 전개에 따른 주체의 성격 변화를 포함한다. 따라서 주체는 신으로 나타날 수도 있고, 영웅으로 나타날 수도 있고, 평범한 인간으로 나타날 수도 있다. 즉 여기서는 탐색담의 주체를 '영웅'으로 제한하지 않는다. 대신, 주체의 성별을 여성으로 한정하여 여성이 서사주체로 등장하는 '여성탐색담(女性探索譚)'을 대상으로 한다.[35)]

여성탐색담은 여성이 서사 주체가 되어 일정한 대상을 찾기 위하

화』 10, 서울대학교 문리과대학 동아문화연구소, 1973, 참조.

34) 조셉 캠벨 또한 다양한 형태로 존재하는 신화들의 원형적 형태로 원질신화(原質神話)를 상정한 바 있는데 이 원질신화의 핵심적 양식으로 통과제의의 양식을 꼽았다.
   '영웅이 치르는 신화적 모험의 표준 궤도는 통과제의에 나타난 양식, 즉 <분리>, <입문>, <회귀>의 확대판이다. 이 양식은 원질신화의 핵심이라고 할 수 있다. 일상적인 삶의 세계에서 초자연적인 경이의 세계로 떠나고 여기에서 엄청난 세력과 만나고, 결국은 결정적인 승리를 거두고, 영웅은 이 신비스러운 모험에서, 동료들에게 이익을 줄 수 있는 힘을 얻어 현실세계로 돌아오는 것이다.'
   죠셉 캠벨 지음, 이윤기 옮김, 『천의 얼굴을 가진 영웅』, 민음사, 1999년 개역판, 44-45쪽.
35) '남자의 일생이나 여자의 일생은 모두 인간의 일생으로서 공통점이 있는 반면 성이 다르기에 나타나는 차이점 역시 적지 않다'고 한 서대석의 언급은 여성을 중심으로 한 서사에 관심을 가졌다는 매우 중요한 의미를 지닌다. 그러나 여성 중심 서사의 가장 큰 특징으로 '여성의 수난'을 꼽음으로써 남성적 시각에 머물러 있다는 아쉬움이 남는다. 서대석, 「제석본풀이 연구」, 『한국무가의 연구』, 한국사상사, 1980, 171쪽.

여 탐색하는 이야기이다. 탐색담에서 탐색의 대상은 물건으로 나타
나기도 하고 사람으로 나타나기도 하는데 어떠한 경우든 그것은 탐
색의 대상이 될 정도로 가치가 있는 것이어야 한다. 물건의 경우라
면 주체의 운명을 바꾸어 놓을 정도로 중요한 것이거나 귀한 보물
이어야 하고, 사람인 경우에도 마찬가지다.

탐색의 대상이 물건인 경우, 주체와 대상간의 상호작용 가능성은
배제된다. 즉 탐색 대상이 주체에 대해 일정한 작용을 하거나 주체
의 행동을 변화시키지 못한다. 그러나 탐색의 대상이 사람인 경우,
탐색담의 해석은 새로운 국면을 맞게 된다. 탐색담의 대상이 사람
인 경우, 탐색 대상은 주체와 일정한 관계가 형성되기 때문이다. 따
라서 탐색담의 탐색 대상 중 가장 중요한 대상은 인물이라고 할 수
있다.[36]

본 서는 여성주의적 관점에서 시도된 연구이므로 주체와 대상간
의 관계는 여성과 남성의 관계로 제한된다. 그래야만 남성과 여성
의 관계가 명확히 드러나고, 그 속에 숨은 이데올로기들이 잘 파악
될 수 있을 것이기 때문이다. 또한 본 서는 여성탐색담을 중심으로
연구되므로 탐색의 주체는 물론 여성이어야 한다.

작품의 주인공이 남성인 경우, 그리고 남성을 중심으로 서사가

---

36) 조희웅은 탐색의 대상을 인물, 사물, 공간, 운명으로 정리하고 중요한 탐색담으
로 괴물 탐색, 가족 탐색, 약물 탐색, 실물(失物) 탐색 등을 들고 있는데 괴물
탐색의 궁극적인 목적은 대개 공주의 구출 등 인물과 관련되어 있는 것이 대부
분이고, 약물이나 실물 탐색도 역시 인물과 관련되어 있다. 조희웅, 앞의 책, 122
쪽 참조.
조셉 캠벨도 영웅의 특징적인 모험으로 신부를 얻는 것과 아버지를 찾으러 떠
나는 것을 들고 있다. 조셉 켐벨 지음, 이윤기 역, 앞의 책, 428쪽 참조.

전개되는 경우, 여성은 극히 보조적이거나 부수적인 역할을 하게 된다. 물론 작품 내에서의 서사적 비중과 여성의 역할이 비례하는 것은 아니겠으나 남성보다는 여성이 서사의 주체로 등장하는 경우, 여성에 대한 구체적인 시각이 더욱 명확하게 드러날 것이기 때문이다. 따라서 작품에 나타난 여성의식을 이야기하려 할 때, 여성이 주체로 등장하면서 여성성을 강하게 드러내는 서사물을 대상으로 삼아야하겠기에 여기서는 여성이 주체로 등장하는 '여성탐색담'[37)]을 대상으로 논의를 전개한다.

여성탐색담의 대상을 인물로 제한하여 주체와 대상간의 관계를 중심으로 나누면 여성이 여성을 찾는 경우와 여성이 남성을 찾는 경우로 나눌 수 있다. 탐색대상이 여성인 경우, 탐색대상은 딸이나 어머니로 존재하게 되는데 여성학의 모성(母性) 담론에서 이 둘은 매우 큰 차이를 지닌다. 거칠게 말한다면 딸은 '여성 자아'로 어머니는 '모성성(母性性)'으로 상징되기 때문이다. 따라서 여성이 여성을 찾는 경우는 여성이 자아를 찾는 경우라고 할 수 있고, 여성이 어머니를 찾는 경우는 모성을 찾는 경우이다. 그런데 후자는 신화에서

---

37) '여성탐색담'은 기존에 사용된 '부친 탐색'이나 '아내 탐색' 등의 용어와 조어 구조가 다르다. 기존의 용어와의 혼란을 무릅쓰고 '여성탐색담'이라는 새로운 용어를 만든 이유는, 이 논문이 견지하고 있는 방법론 때문이다. 기존의 '부친 탐색'이나 '아내 탐색' 등의 용어는 탐색 주체를 자연스럽게 남성으로 간주함으로써 주체를 부각시킬 필요가 없었기 때문에 자연히 탐색 대상을 중심으로 유형이 분류될 수밖에 없었고, 용어 또한 탐색 대상을 중심으로 붙여졌다. 그러나 이 논문은 여성주의적인 시각에서 작품을 분석하고 있기 때문에 여성 주체의 능동성이 강조될 필요가 있으며 따라서 기존의 남성 영웅 중심의 '탐색담'이라는 용어와는 차별화 되는 용어를 쓸 필요가 있다고 생각된다.

는 물론이고 소설에서도 존재하지 않는 유형이다. 통과의례 자체가 유아기를 벗어나 기존 질서에 편입되는 과정이며 이는 어머니로부터의 분리를 의미하기 때문에 탐색담에서 어머니를 찾는 것은 유아기적 고착상태를 뜻한다.[38] 신화나 소설에 아버지를 찾는 유형은 많이 있으나 어머니를 찾는 유형이 없는 이유도 바로 이 때문이다.[39] 탐색 대상이 남성인 경우는 남편인 경우와 아버지인 경우가 있다. 남편과 아버지는 여성에게 강요되는 가부장적 질서라는 동일한 의미를 지닌다. 그러나 이들이 여성과 맺는 관계는 동질적이지 않다.

여성이 남편을 찾는 경우, 여성과 남편의 관계는 대부분 사랑을 바탕으로 하고 있다. 이럴 경우, 여성과 남편 사이에 남성 중심적 질서라는 이데올로기는 희미해진다. 대신 사랑하는 남녀가 맞서야 하는 세계가 바로 아버지의 질서, 보수적 이데올로기로 나타난다. 따라서 여성이 사랑을 바탕으로 남편을 찾고자 하는 의지는 남성

---

38) 이는 여성이 원시신화에서 지녔던 완전체로서의 위상을 상실한 이후, 회복 불가능 상태에 이른 것을 드러내는 것이다. 남성중심의 이데올로기에서 탄생과 양육의 책임을 다한 어머니는 이제 그 기능을 상실하고 서사에서 소외된다. 풍요의 여신으로서의 생생력을 상실한 채 가치 없는 늙은이로 전락한 어머니의 이미지는 <선녀와 나무꾼>, <우렁색시>, <숯구이 총각에게 시집간 셋째 딸>, <이금이 설화> 등에 잘 나타난다. 이들 노파들은 또한 생생력의 상징으로 새로 등장한 젊은 여성들과 대립관계에 있기까지 하다. 어머니 찾기가 서사문학에 자리를 잡기 위해서는 원시신화의 우주모로서의 창조적 모성성을 다시 획득하려는 노력을 통해 가능할 것이다. '어미찾기'의 부재의 문제는 진은진, 「탐색담의 전개와 여성상의 변모 양상」(『인문학연구』 제5호, 경희대학교 인문학연구원, 2001.12)을 참조할 수 있다.

39) 고전소설에서 어머니를 구하거나 찾는 경우가 있지만 이는 효나 가문의식 중시라는 이데올로기의 발현일 뿐이며 아버지로 대치되어도 무관한 경우들이다.

중심적 질서 속에서 명확한 자의식을 기반으로 정체성을 찾고자 하는 의지의 발현으로 해석될 수 있다. 반면 가부장제적 질서가 제도화된 경우, 여성과 남편의 관계는 남성중심 이데올로기에 기반한 관계이며 이때 남편은 가부장적 질서라는 의미를 지닌다.

여성이 아버지를 찾는 경우는 더 제한적이다. 여성과 아버지의 관계는 애정과 존경을 바탕으로 하고 있더라도 아버지의 질서, 즉 남성적 가치 질서 수호라는 의미가 강하다. 남녀의 사랑이 본능적이라면 부녀의 애정이란 윤리적인 측면이 강하기 때문이다. <심청전>과 같이 특별한 경우에는 아버지라는 의미를 넘어서 인간 구원이라는 좀 더 확대된 의미를 띠기도 한다.

따라서 여성탐색담의 유형은 '자아찾기', '남편찾기', '아비찾기'로 나눌 수 있다. 그런데 여성탐색담의 궁극적인 목적이 여성 주체의 자아 정체성 회복이라고 할 때 그러한 목적이 '자아찾기'를 통해서 달성되기도 하고, '남편찾기'나 '아비찾기'를 통해 달성되기도 한다. 따라서 작품에 따라 '자아찾기'와 '아비찾기' 혹은 '자아찾기'와 '남편찾기'가 공존하기도 한다. 그러나 자아를 찾기 위하여 아버지의 질서를 부정하고 그 과정에서 남편과의 결연이 첨가되는 경우와 아버지의 질서를 거부하고 남편을 찾음으로써 자아정체성 회복에 이르는 경우는 구별되어야 할 것이다. 전자가 강한 자의식을 바탕으로 아버지의 질서를 부정하는 이유는 바로 아버지가 자아의 정체성 발현을 억압하고 있다는 것을 간파하고 있기 때문이다. 따라서 이 경우는 자아찾기를 통한 자아 정체성 회복이라고 할 수 있을 것이다. 이러한 작품의 예로는 <삼공본풀이>, <평강공주> 설화, <이형

경전>, <옥주호연> 등이 있다. 여기서는 남편찾기가 공존하기도
하지만 이 작품에서 남편찾기는 자아찾기 과정에서 자신의 능력을
발현하는 과정일 뿐이지 남편찾기에 성공함으로써 자아 정체성 획
득에 이르는 것은 아니다.

　남편찾기는 남편과의 결합으로 여성이 자아 정체성을 획득하는
경우이다. 남편과의 결합이 가능하려면 아버지의 질서를 거부하고
남편을 선택해야 한다. 이 경우, 여성 주체는 남편과의 완전한 결합
자체로 자아 정체성에 이르기 때문에 여성의 탐색과정은 남편찾기
로 모아진다. 많은 작품들에서 자아찾기나 아비찾기의 유형과 혼재
되어 나타나는 것이 남편찾기인데 사랑이 전제되느냐 그렇지 않느
냐, 여성은 남편과의 결합을 원하고 있느냐 아니면 우연히 이루어
진 것이냐에 따라 남편찾기가 주된 유형을 형성하고 있는지, 부수
적인 유형으로 작용하고 있는지 구별할 수 있다. 이러한 유형의 예
로 <세경본풀이>, <구렁덩덩신선비>, <춘향전>, <이춘풍전> 등
을 들 수 있다.

　아비찾기는 여성 주체의 아버지 상실을 전제로 한다. 아버지 상
실에는 아버지가 죽거나 떠나는 것도 포함될 수 있지만 아버지가
불완전한 경우, 아버지의 질서가 불완전한 경우에도 해당이 된다.
따라서 아버지의 존재나 생명은 물론이고, 상실한 지위나 질서를
찾기 위한 여성 주체의 탐색담도 아비찾기 탐색담에 포함시킨다.
아버지 상실을 회복함으로써 여성이 아버지와의 관계를 회복함으
로써 자아 정체성 회복에 이르는 경우, 이를 아비찾기 유형으로 분
류한다. 아비찾기는 여성주체보다는 남성이 주체로 등장하는 탐색

담에 더 흔한 유형이다. <주몽신화>나 <초공본풀이>의 삼형제의 아비 찾기 등이 이에 해당하여 여성 주체의 아비찾기는 <바리공주>, <심청전>, <석태룡전> 등을 예로 들 수 있다.

한 작품에 하나의 유형이 나타나기도 하고 한 작품에 여러 개의 유형이 복합적으로 나타나기도 한다. 여성의 서사가 두드러지는 경우, 한 개의 탐색담에는 하나의 유형이 지배적으로 나타난다. 그러나 남성적 질서가 강고해질수록 여성의 서사는 남성의 서사에 의해 희석화된다. 그 결과 여성의 자의식은 희미해질 수밖에 없으므로 여성의 탐색 대상 역시 불분명해진다. 이러한 경우, 여러 개의 유형이 복합적으로 나타나기도 한다. 그러나 여러 개의 유형이 복합적으로 드러나는 경우에라도 본 서에서는 가장 우위를 점하고 있는 유형을 중심으로 논의를 전개하기로 한다.

서사 문학의 여성중심적 전통을 살피기 위해 '여성탐색담'을 대상으로 한 이유는 다음과 같다.

첫째, 탐색담은 주체의 능동적인 행위가 강조되기 때문에 '여성탐색담'에서는 여성 주체에 대한 명확한 인식이 가능하다.

둘째, '탐색'이라는 것은 오랜 연원과 전통을 가지고 있는 신화적 모티프이므로 사적인 흐름과 변화를 파악하는 데 유리하다.

셋째, 탐색담은 통과의례와 연결된 매우 보편적인 형식으로서 신화는 물론이고 소설에 이르기까지 중요한 서사구조로 작용함으로써 전후시대의 다양한 양태들을 파악하기가 용이하다.

나. 연구 방법

본 서에서는 여성이 주체로 등장하여 탐색여행을 하는 이야기 형태를 '여성탐색담'이라고 하고, 이러한 서사 구조가 설화와 소설에서 각각 어떻게 드러나는지를 살핀다.

'여성탐색담'이라는 용어 자체는 여성주의적 독해를 전제로 한다. 여성주의적 독해는 여성으로서의 독자를 상정하고, 기존의 남성적 독해에서 주변적인 것, 보조적인 것, 부정적인 것으로 치부되거나 혹은 지나치게 찬양되었던 것들을 여성의 시각에서 재평가할 필요성을 제기한다. 이러한 독해는 남성 중심적 시각에서 정전(正典)이라고 평가되는 작품들에서 여성이 어떻게 왜곡되어 형상화되는지에 관심을 가지며, 텍스트 내의 남성 중심 이데올로기를 발견해내고 비판하는 데 중점을 둔다. 여성 이미지 비평의 영역에 속하는 이러한 여성주의 비평(Feminist criticism)은 여성주의 문학 연구에 있어서 매우 중요한 방법론이지만 반복적이기 쉽다는 한계를 지니기도 한다. 즉 문학 작품에서 성차별적 요소를 드러내는 데에만 치중함으로써 나열적이고 귀납적인 방식으로 치우칠 염려가 있다는 것이다.

이러한 비평 방법은 점차 여성이 쓴 문학을 연구하는 것으로 방향 전환을 이루었는데 가장 커다란 역할을 한 사람 중의 하나는 일레인 쇼월터(Elaine Showalter)이다. 일레인 쇼월터는 남성 작가의 작품과 구별되는 여성문학을 상정하고 남성 작가의 작품과 구별되는 여성문학의 차이성을 규명하고자하는 시도에서 '여성비평(gynocritics)'이라는 용어를 만들어 내기도 하였다. 작가가 여성으로 밝혀지고 있는 대장편소설들을 중심으로 여성주의적 성격을 밝혀내고 있는 일련의 작업들은 이러한 맥락에서 시도된 것들이라고 할 수 있다.

그런데 문제는 우리 서사문학에서 여성 작가의 작품이 극히 제한적이라는 것이다. 대부분의 구비문학과 고전소설의 경우는 작가를 알 수 없는 경우가 대부분이다. 이러한 상황에서 여성비평은 제한된 작품에만 적용될 수밖에 없다. 따라서 본 서에서는 여성주의 비평을 주요한 방법론으로 삼기로 한다. 남성 비평가들이 구성하는 정전(正典)의 왕조 속에 어머니나 딸들은 존재하지 않으며 고귀한 왕관은 오로지 남성들에게만 세습된다[40]는 팸 모리스의 지적은 남성(혹은 남성 중심 이데올로기를 내면화한 여성)들이 만들어내고 향유한 고전문학을 이해하는 데 있어서 매우 유효한 지적이 아닐 수 없다. 여성주의 비평의 비판적 독해는 남성 중심의 문학 전통에서 소외되었던 여성을 재인식하고 여성중심의 문학 전통을 확인하는 매우 적절한 방법론이다.

결국 여성주의 비평이란 텍스트의 '다시 보기(review)'를 통해 새로운 담론체계 구성하고자 하는 실천적 함의를 품고 있다고 할 것이다. 고전 문학 작품의 여성주의적 독해가 실천적 행위로서의 의미를 지니려면 작품 속에 흐르고 있는 남근(男根)중심주의나 그로 인한 여성성의 왜곡을 증명해 내는 데서 그치는 것이 아니라 문학사 전체를 이해하는 시각을 제시해야 할 것이다. 따라서 본 서에서는 이러한 방법론을 가지고 '여성탐색담'의 전통을 확인해 보고자

---

40) 팸 모리스 지음, 강희원 옮김, 앞의 책, 1997, 87쪽 참조.

한다. '여성탐색담'은 남성중심 이데올로기 속에서 여성이 어떻게 왜곡되고, 얼마나 이질적인 요소들을 포함하고 있는지를 살피는 한편, 신화시대부터 소설시대까지 지속되어 온 여성성의 서사적 전통을 확인해 보고자 한다.

2장과 3장에서는 각각 설화시대의 여성탐색담과 소설시대의 여성탐색담의 양상을 살펴볼 것이다. 설화시대와 소설시대의 가장 큰 차이점은 남성 우위의 질서가 아직 제도로서 굳어지지 않아 전복이나 변화나 가능성이 있는 유연한 상태에 있느냐, 아니면 남성을 중심으로 한 질서가 제도화되어 작품이 전승되던 사회 전반이나 설화 전승자들의 의식에 영향을 미치고 있느냐에 따른 것이다. 각 시대는 다시 남성적 질서와 그에 대한 여성의 대응 정도에 따라 두 절로 나뉜다.

먼저 설화시대의 경우, 남성 중심의 질서가 아직 명확하게 자리 잡고 있지 않은 경우와 남성 중심의 질서가 남성적 권력을 형성하고 있는 경우로 다시 나눌 수 있다. 전자의 경우, 아버지로 형상화된 남성 중심적 질서는 여성 주체와 갈등을 빚기는 하지만 자아 정체성 회복을 위한 여성 주체들의 적극적인 대응들에 의해 여성의 질서로 전복이 가능하다. 따라서 이 경우, 여성들은 강한 자의식을 바탕으로 하고 있으므로 자아 정체성 회복을 위해 자신이 찾아야 할 대상이 무엇인지 명확하게 인지하고 있으며 서사의 중심이 되는 탐색유형은 매우 명확하게 드러난다.

남성 중심의 질서가 남성적 권력을 형성하고 있는 경우, 남성의 서사와 여성의 서사는 공존한다. 남성의 서사는 지속적으로 여성을 서사에서 배제하고자 하지만 탐색담의 여성 주체는 탐색과정을 통하여 이를 극복하고 자아 정체성 회복에 이르고자 한다. 남성의 서사에 가려진 여성의 서사를 탐색담의 구조로 파악해 봄으로써 작품과 여성 주체의 여성성을 확인해 볼 수 있다.

제3장에서는 남녀의 위계질서가 제도화되고 더욱 강화된 상황에서 설화시대 여성탐색담의 유형이 어떤 방식으로 남성적 질서와 공존하고 있는지를 살핀다. 여기서 사용한 소설시대라는 용어는 이미 조동일에 의해 사용되어 일반화된 용어이기도 하며 여기서는 특히 소설이 창작·향유되던 당대의 사회적 배경을 중시하는 의미로 사용되었다. 역사적 시기로 환언하자면 소설시대란 조선후기를 지칭하는 용어라고도 할 수 있겠는데, 이 시기는 남성 중심 질서가 매우 확고하던 시기로서 이 시기의 텍스트는 남성문화권에서 생산한 문학(androtexts)이라는 특성을 강하게 지닌다. 그럼에도 불구하고 신화에서부터 이어져오는 여성중심 서사의 전통은 소설에서도 여전히 잔존해 있게 되며 여성 의식의 성장이라는 사회적 변화가 이에 가세하여 여성탐색담을 서사 구조로 지니고 있는 소설들은 더욱 다양한 모습을 보인다. 소설 자체도 가부장제 사회라는 시대적 상황을 전제하고 있으며 향유자들의 의식 또한 이러한 사회적 제도를 체화한 상태에서, 소설시대 여성탐색담은 여성 주체가 가부장제도와의 적극적인 대립을 통해서 여성의 서사를 형성하는가, 아니면 제도 속에 자신의 위치를 자리매김 하는 소극적 태도를 가지는가에 따라 논의의 축이 달라진다. 소설시대 여성탐색담의 여성 주체는 남성 중심의 질서와 대립할 수는 있지만 남성 중심 질서는 제도로

굳어져 확고하기 때문에 전복은 불가능하며, 남성적인 질서와 여성 주체는 공존을 시도하게 된다. 그런데 여성주체의 탐색과정에서 드러나는 여성의 서사는 제도와 지속적인 대립을 전제로 하는 공존이냐, 타협을 통한 공존이냐 하는 점이 다르다. 그러나 여성 주체의 탐색 과정들이 소극적이냐 적극적이냐의 차이는 있겠지만 자아 정체성 회복을 위한 시도라는 점에서는 동일하다.

4장에서는 앞의 연구 결과를 총괄하는 장으로서 여성 탐색담의 전통과 의의를 개괄한다.

제2장 설화시대의 여성탐색담

1. 아버지의 질서에 대한 대응과 자아정체성 획득

가. 삼공본풀이 : 아버지의 질서 부정과 자아찾기

수컷과 구별되는 암컷의 가장 중요한 특징은 '잉태'와 '출산' 능력이다. 개체의 지속과 번영에 기본적인 요건이 되는 '잉태'와 '출산'은 태초의 '창조적 행위'와 동일시된다. 이러한 까닭에 신화는 혼돈에서 탄생한 태초의 창조신에게 여성의 이미지를 부여한다.

만주족의 창조신 아부카허허[1]는 남성신의 도움 없이 스스로 세계를 창조한다. 이종주는 '신생아의 탄생에 남녀 양성이 전제됨을 고려한다면, 여신들이 자신의 힘만으로 세계를 창조했다는 사실은 대단히 당혹스럽다'고 하면서 남신의 거세에 주목하고 있다. 남신의 존재를 철저히 배격한 이유는 아부카 여신의 절대성과 순결성을 드러내기 위한 것이며 이 신화는 모계 사회의 전통이거나 여성의 세

---

1) 만주족 신화에 대해서는 김재용과 이종주에 의해 상세히 소개된 바 있다.
   김재용, 「동북아지역 창조신화의 비교 연구」, 『한국고전연구』 제3집, 한국고전연구학회, 1997 ; 김재용·이종주, 『왜 우리 신화인가』, 동아시아, 1999, 참조.

속적 입장이 남성보다 한 층 우위를 점하던 시기, 즉 모권(母權)이
부권(父權)을 압도하던 시기에 탄생되었을 가능성이 크다는 것이
다.[2] 남성과의 결합으로 여성의 잉태가 가능하다는 인식은 아부카
허허 신화가 형성된 후 훨씬 후대에 형성된 것이라고 할 수 있다.
태초의 혼돈을 여성의 자궁과 동일시할 때 혼돈이 지닌 창조 능력
은 여성의 창조 능력과 동일시되기 때문이다. 이 때 창조 주체로서
의 여성신은 남녀 분화 이전의 양성성(兩性性)을 지니고 있기 때문
에 스스로 세계를 창조할 수 있다. 이러한 창조신으로서의 여신의
면모는 스스로 잉태하고 출산하는 원시시대의 대모신(大母神:the
Great Mother)에게서도 강하게 드러난다. 마고할미와 선도산 성모,
지리산 성모 등은 원초적인 여신상으로서 양성성에 기반한 창조적
인 능력을 발휘하고 있다.

　　남성 중심의 질서 재편 과정에서 여성신이 거세되고 남신이 창조
의 주체로 등장하면서 남신은 스스로 창조물을 만들어 내는 데 한
계를 드러낸다. 신들의 제왕 제우스는 창조신이면서 양성성을 가지
지 못한 존재이다. 머리에서 아테나 여신을 탄생시키는 능력 등을
통해서 여성의 출산과 동일한 능력을 드러내 보이고 있기는 하지만
이는 출산 능력을 지니지 못한 것에 대한 열등감, 여성성에의 동경
을 보여주고 있을 뿐이다. 그런 제우스가 바람둥이인 것은 당연하다.
그는 스스로 창조해낼 수 있는 능력을 지니지 못하였으므로 사방에
'씨'를 퍼뜨림으로써 출산 능력을 가진 여성들로 하여금 창조행위를

---

2) 이종주, 위의 논문, 235쪽 참조.

대신하도록 한다.[3)]

남성 창조신의 여성의 창조 능력 모방은 홍수신화에서 극명하게 드러난다. 던데스는 대홍수의 주체가 모두 남신임에 주목하면서 홍수신화가 여성의 창조성을 모방하려는 이야기의 전형이라고 보았으며[4)] 이종주도 여신에 의한 창조세계를 부정하고 남신이 창조의 주체임을 보인 사건이 바로 홍수라고 하였다.[5)] 홍수는 태초의 여신에 의하여 탄생한 인간을 부정하고, 뒤이어 등장한 남성 창조신이 인간에 대하여 그 창조신적 능력을 드러내 보인 사건인 것이다. 창조적 능력을 가지지 못한 남성 창조신은 인간 스스로에게 인간의 재탄생을 맡긴다. 홍수에서 오누이가 살아남는 이유는 바로 이러한 탓이다. 요컨대 창조적 능력은 가장 원초적인 능력이며 이 능력의 근원은 여성이다. 따라서 여성의 창조적 능력을 드러내고 있는 신화는 가장 원초적인 신화이며 여성성을 강하게 드러내고 있는 신화라고 할 수 있다.

<삼공본풀이>의 가믄장아기는 창조적 여신으로서의 자신의 정체성을 명확히 인식하고 있으며 그러한 인식을 바탕으로 자아찾기 여행을 떠난다. 줄거리를 요약하자면 다음과 같다.

---

3) 이들은 태초의 대리모들이며 남성 중심 신화에서 거세당한 여성들이다. 이러한 여성 형상은 우리 나라의 유화, 웅녀 신화에서도 나타나며 대리모로서의 타자화에 대해서는 조현설에 의해 설명된 바 있다. 조현설, 「웅녀 유화 신화의 행방과 사회적 차별의 세계」, 한국구비문학회 편, 『구비문학과 여성』, 박이정, 2000, 참조.

4) A. Dundes, 'The Flood Myth of Male Myth of Creation', *Flood Myth*, ed. by A. Dundes, Berkeley, Univ. of California Press, 1988, p.170-171.

5) 이종주, 앞의 논문, 236쪽.

1. 강이영성이서불과 홍은소천궁에궁전궁납 두 거지가 만나서 부부가 된다.
2. 은장아기, 놋장아기, 가믄장아기를 차례로 낳고 부자가 된다.
3. 가믄장아기가 15세에 이르자 아버지는 딸들에게 누구의 덕으로 먹고 사냐고 묻는다.
4. 첫째 딸과 둘째 딸은 아버지 덕으로 산다고 하지만 셋째 딸은 자신의 덕으로 산다고 하여 쫓겨난다.
5. 거짓말을 한 언니들은 가믄장 아기의 주문에 의해 각각 청지네와 버섯으로 환생하고, 부모는 안맹하고 거지가 된다.
6. 쫓겨난 가믄장 아기는 굴미굴산 비조리 초막 할망하르방의 세 아들 중 효심이 깊은 막내 아들과 혼인한다.
7. 마 캐는 곳에서 금을 발견하여 잘 살게 된다.
8. 거지 잔치를 베풀어 부모를 만나고, 부모는 개안한다.

거지였던 두 부부는 은장아기, 놋장아기, 가믄장아기를 차례로 낳고 부자가 된다. 거지 부부에게 있어서 출산행위가 곧 물질적 풍요로 이어진다는 것은 가믄장아기 어머니의 창조와 풍요 능력의 발현이라 할 수 있다. 또한 어머니가 낳은 아이들이 모두 여자 아이들이라는 점에도 주목할 필요가 있다. 어머니는 출산을 마침으로써 창조 능력이 소진되고 딸들에게 그 능력을 물려준다. 가믄장아기 가족의 풍요는 어머니의 창조적 능력과 그 능력을 계승한 세 딸들에 의한 것이다. 이러한 풍요는 장차 가믄장아기가 집을 나온 후 찾아가게 되는 초막 할망하르방의 가난과 대비된다. 초막 할망하르방은 아들 셋을 두었으며 가족 중 여성은 할망뿐이다. 할망은 생식 능력을 이미 상실한 노쇠한 여성이며 할망에게는 할망의 창조적 능력을 물려줄 딸도 없다. 할망의 창조적 능력을 계승할 여성이 단 한명도 없는 이들 가족에게 물질적 풍요는 가믄장아기를 기다려서야 가능해진다. 세 딸들은 어머니로부터 여성으로서의 창조적 능력을 물려받았으나 이것이 곧바로 여성적 능력의 발현으로 이어지지는 않는다. 여기에는 여성으로서의 자각이 전제되어야 한다. 이러한 자각의 계기를 마련해 주는 것이 바로 아버지의 시험이다.

아버지는 딸들에게 누구의 덕으로 먹고사느냐고 질문을 한다. 아버지는 자신이 창조적 능력을 지니고 있다고 오해하고 있는 인물로서 딸들의 탄생과 풍요가 자신의 남성성에 의한 것이라고 여기는 인물이다. 이러한 아버지의 무지는 가믄장아기가 떠난 후에는 안맹으로 형상화된다. 아버지는 가믄장아기의 자아 성숙을 인정하지 않으려고 하며 그 결과 아버지는 가믄장아기를 추방하게 된다.

남성 중심의 질서를 대변하는 인물인 아버지의 질문에 언니들은 아버지의 덕으로 먹고산다고 대답한다. 언니들은 아버지가 원하는 대답을 알고 있었던 것이며, 아버지를 중심으로 한 질서 속에서 언니들의 대답은 정답일 뿐만 아니라 진리이다. 정답을 이미 마련해 둔 아버지의 질문은 딸들을 통해 아버지 중심의 질서를 다시 한 번 확인해 두려는 것이며 아버지 중심의 질서를 확고히 하려는 의도에서 비롯된 행위이다. 이러한 아버지의 질문은 오래 전부터 계속되어 온 것으로 보인다. 따라서 딸들에게 누구의 덕으로 먹고 사냐고 묻고 아버지의 덕으로 산다는 첫째 딸과 둘째 딸의 대답에 만족해

한다. 아버지는 이러한 질문을 통해서 지속적으로 딸들이 자신의 소유임을 확인해 왔을 것이며 딸들에게 남성 중심의 질서를 주입시켜 왔을 것이다. 이러한 세뇌과정 속에서 언니들은 자신을 남성중심 질서에 귀속시킨 채 아직 자의식을 확립하지 못한 여성으로 남아 있다. 아버지에 의해 자의식의 성장을 억압당하고 있는 언니들은 창조적 능력을 가지지 못한다. 아버지의 질서에 통합되고자 하는, 혹은 이미 통합된 언니들은 여성성의 발현이 유보된 인물들이다.

반면 가믄장아기는 아버지의 질서에 순응하기를 거부하고 명확한 자의식을 지니고 있으며, 이로써 자아를 찾기 위한 탐색과정이 가능해진다. 가믄장아기는 아버지의 시험에 언니들과는 다른 답변을 한다.

> 하늘님도 덕이웨다. 지애님(地下－)도 덕이웨다. 아바님도 덕이웨다. 어머님도 덕이웨다마는 나 베또롱 알에 선그뭇 덕으로 먹고 입고 행우발신(行爲發身) 홉네다6)

베또롱 알에 선그뭇이란 '배꼽 밑에 있는 선금으로 하복부의 배꼽에서부터 성기 쪽을 향해 그어진 금'을 말한다7)고 하는데 초공본풀이에 나오는 'ᄀ뭇질'이라는 표현이 여성의 성기를 말하고 있는 것으로 보아8) '선그뭇' 또한 여성의 성기와 관련이 있는 표현임을

---

6) 현용준, 『제주도무속자료사전』, 신구문화사, 1980, 195쪽.
7) 현용준, 앞의 책, 195쪽 각주 51,52 참조.
8) "금이 난 길, 여자 성기를 말함. ᄀ뭇은 금, 경계선"(현용준, 앞의 책, 162쪽, 각주 385)
   윤교임은 '선그뭇'이란 여성상징으로 볼 수 있다고 하였다. 윤교임, 「여성영웅

추측할 수 있다. 이것으로 보아 가믄장아기는 성에 눈을 뜨게 되었음을 알 수 있다.

앞서 아버지의 시험은 오래 전부터 계속되었을 것이라고 언급한 바 있다. 그러나 문제가 된 시험은 가믄장아기가 15세 되던 해에 행해진 시험이다. 15세라는 나이는 사춘기 소녀가 신체적 변화를 겪음으로써 여성으로서의 생식 능력을 갖추는 시기이다. 자신의 육체에 대한 변화를 깨닫지 못하고, 정신적 미성숙 상태에서 여전히 아버지에 부속되어 아버지에게 의존하고 있는 언니들과 달리, 가믄장아기는 자신의 몸에 대한 인식을 명확히 하게 된다. 가믄장아기의 육체에 대한 인식은 곧 자신의 자아인식으로 이어져 자신이 어디에서 왔는지 지금의 자신이 있기까지 누구의 공덕이었는지 명확하게 인식하고 있다. 그리고 가믄장아기에게는 자신의 운명은 아버지의 것이거나 아버지에 종속된 것이 아니라 자신의 것이라는 명확한 인식이 있다.

여성으로서의 자의식이 뚜렷한 가믄장아기는 아버지의 질서에 용납되지 못하고 추방된다. 아버지의 덕으로 사는 것이 아니라 자신의 덕으로 산다고 대답할 때부터 가믄장아기는 이미 아버지의 질서와 분리를 선언하고 있는 것에 다름 아니다. 가믄장아기는 이러한 명확한 자기 인식 아래 자신의 질서를 구축하고자 스스로 집을 나선다.

가믄장아기는 아버지로부터 추방될 때 검은 암소를 몰고 떠난다.

신화연구 : 초공본풀이, 삼공본풀이, 세경본풀이에 대한 문화기호학적 해석」, 서강대학교 석사학위 논문, 1996, 참조.

풍요와 여성을 상징하는 검은 암소[9]는 가믄장아기의 여성신으로서의 면모를 상징화하는 표식이다.

윤교임은 암소와 함께 하는 가믄장아기의 여행은 창조를 위한 혼돈 속으로 떨어지는 것[10]이라고 하였다. 가믄장아기의 여행이 혼돈 속으로의 여행이라고 볼 수는 없겠으나 창조를 위한 여행인 것만은 틀림없다. 가믄장아기는 '가믄장'이라는 색감(色感)에서도 유추되듯이 검은 암소와 동일시된다. 즉 검은 암소를 끌고 떠나는 가믄장아기는 달의 생생력과 풍요성을 지닌 혼돈의 여신으로서 자아찾기 여행을 떠난다. 가믄장아기의 자아찾기 여행은 자신의 창조적 능력을 시험하고 발휘함으로써 여성신으로서의 권능을 드러내기 위한, 창조를 위한 여행이다.

가믄장아기는 굴미굴산 비조리 초막을 찾아가는데 초막에서 가믄장아기의 능력이 유감없이 발휘된다. 이들은 마를 캐어 살아가는 사람들인데 막내아들의 사람됨을 보고 가믄장아기는 스스로 남편을 선택하고, 남편이 늘 마를 파던 곳에서 금을 발견하여 잘 살게 된다.

그런데 여기서 문제가 되는 것은 서사전개상으로 보았을 때는 가믄장아기의 자아찾기와 함께 남편찾기가 병행된다는 점이다. 또한

---

9) '검은 색은 세계가 창조되기 이전의 원초의 암흑, 아무 것도 보이지 않음, 무, 죽음의 어둠 등을 나타낸다. 또는 냉엄하며, 무정하며 부조리한 시간을 의미하며, 태모 특히 여신의 암흑적 요소와 연관된다. 방향으로는 북쪽을 의미하며 양의 대립물로서 음, 물을 상징한다. 또 암소는 태모, 기르는 자로서의 모든 달의 여신을 나타내며 대지의 생산력, 풍부, 생식, 모성 본능의 상징이다.' 진쿠퍼 저, 이윤기 역, 『그림으로 보는 세계문화상징 사전』, 까치, 1994, 75-83쪽 참조.
10) 윤교임, 앞의 논문, 52-53쪽 참조.

이본에 따라 차이가 있어 예로 든 이본에서와 같이 맹인이 된 아버지를 찾아 눈을 뜨게 함으로써 효를 다한다는 이본이 있는가 하면, 아버지를 떠나 숯구이 총각을 만나 새로운 가정을 꾸리고 행복하게 산다는 것으로 끝나 부모에 대한 언급이 없는 이본도 있고, 나중에 딸을 내쫓은 아버지가 거지가 되어도 돌봐 주지 않는다는 이본도 있다. 이는 <삼공본풀이>의 민담적 변용이라고 여겨지는 <제복에 사는 딸>의 이본에서도 동일하게 나타나는 유형들이다.[11]

때문에 가믄장아기의 탐색을 자아찾기로 볼 것인가, 혹은 남편찾기나 아비찾기로 볼 것인가의 문제는 단순하지가 않다. 가믄장아기의 여행은 아버지의 질서를 거부하고 자아를 찾으려는 여행이기도 하고 남편을 찾아 떠나는 것이기도 하며, 동시에 아버지를 구원하는 것이기도 하기 때문이다. 그런데 가믄장아기의 배우자 선택은 가믄장아기의 최종적인 목표가 아니라 가믄장아기가 자아를 찾는 과정에 있는 능력 발휘라고 해야 할 것이다.

정병헌도 여성의 자아실현이라는 관점에서 택부담(擇夫譚)을 논하면서[12] 여성이 자아실현을 목적으로 여성 스스로 남편을 선택하는 이야기의 예로 <숯 굽는 사람의 행운>, <본 남편 섬긴 백정 딸> 등을 들었다. <숯 굽는 사람의 행운>은 부자 여인이 이를 잡아 죽이는 소금장수와 혼인했다가 이를 잡아서 버리는 숯구이와 재혼을

11) 이들 유형에 관한 논의는 김대숙, 「여인발복 설화의 연구」, 이화여자대학교 박사학위 논문, 1988, 참조.
12) 정병헌, 「배우자 선택 이야기(擇夫譚)의 유형적 성격」, 『아세아여성연구』 35집, 숙명여자대학교 아세아여성문제연구소, 1996. 12, 참조.

하여 행복하게 살았다는 내용이고, <본남편 섬긴 백정의 딸>은 복 없는 양반 아들과 결혼했던 복 있는 백정 딸이 신분 문제로 남편에게 쫓겨나 숯 굽는 총각을 만나 살다가 부자가 되어 본남편과 다시 만나 잘 살았다는 내용이다. 남성적 시각에서 볼 때 혼인은 가문의 번영과 지속 수단으로서 가문과 가문의 결합이라는 집단적 성격을 지닌다. 그러나 여성이 남편을 고르는 이야기는 여기에서 탈피하여 배우자를 정하는 데 있어서 여성이 주도적 역할을 하고 있다. 또한 이들 여성들이 남편을 고르는 기준으로 작용하는 것은 공적 사회에 기여할 가능성이나 숨겨져 있지만 뛰어난 남성적 능력 등이 아니라 생명을 존중하는 인간성이다. 지배와 굴종의 모습이 사라진 자리에 여성의 주도로 낙관적으로 전개되는 택부담의 낭만적 구성 등은 여성성의 긍정과 여성의 자아실현 의지를 잘 형상화 해내고 있다. 가믄장아기가 자신의 기준으로 스스로 남편을 선택하는 것도 자아실현이라는 동일한 시각에서 논의될 수 있다.

가믄장아기가 남편을 선택한 기준은 효이다. 마를 삶아 잔둥이를 자신들이 먹어버리는 형들과는 달리 부모님께 잔둥이를 드리는 막내아들의 사람됨을 보고 가믄장아기는 막내아들을 남편으로 택한다. 원시 채집시대에 활동 능력에 따라 양식이 배분되어야 하는 것은 자연스러운 일이다. 그런데 굳이 남편을 고르는 기준으로 막내아들의 효를 부각시키는 것은 유교적 이데올로기의 영향으로 보아야 할 것이다. 이는 뒷부분에서 거지 잔치와 아버지의 개안으로 이어지는 효 이데올로기의 강조와 상통하는 부분이기도 하다. 삼공본풀이는 마지막 부분의 아버지 개안(開眼)까지 서사 전체가 효를 중

심으로 윤색되어 있다고 해도 과언이 아니다.13)

그러나 유교적 이데올로기로 윤색되기 이전에 이것은 다른 의미로 해석될 수도 있다. 가믄장아기가 남편 선택의 기준으로 내세운 효는 가믄장아기가 아버지를 거역했다는 사실로 인한 가믄장아기의 부정적 이미지에 대한 보상으로 이해된다. 아버지와 대립하여 자기 나름의 질서를 주장하는 가믄장아기는 자기만의 질서를 주장하고 다른 사람의 견해를 받아들이지 않으려는 아버지와 다를 바가 없다. 그러나 여기에서 가믄장아기에게 아버지와는 다른 변별성을 부여하는 것이 효를 중시하는 태도이다. 남편을 고르는 기준으로 부각되는 효는 가믄장아기가 이기적인 인물이 아니며 가믄장아기가 아버지를 거역한 것도 효에 기반한 대응이었음을 드러내고 있다. 즉 효의 중시는 아버지의 질서를 거부한 딸에게 긍정적 이미지를 부여하기 위한 방편으로 작용한다.

또한 가믄장아기의 남편 선택 기준은 단순한 효 이데올로기에 대한 긍정이라기보다는 이타적인 인간성에 대한 긍정이라고 보아야 할 것이다. 이는 <숯 굽는 사람의 행운>에서 부자 여인이 이를 잡아서 버리는 숯구이를 남편으로 선택한 것과 동일한 맥락으로 이해된다. 가믄장아기는 자의식의 확립과 함께 창조와 풍요의 근원이 아버지가 아니라 자신이라는 것을 깨달은 상태이다. 창조 행위는

---

13) 윤교임은 애초에는 가믄장아기의 자아 성숙을 방해하고 자아 찾기를 인정하지 않으려고 했던 아버지가 '적대자'라는 의미항으로서의 기능하고 있었으나 그 기능은 사라지고 사회적인, 형상화된, 외적인 관계 '부모'라는 형상이 중시된다고 하면서 이는 이데올로기의 영향이라고 보았다. 즉 이는 신화적 결말이라기보다는 이데올로기적 결말이라고 하였다. 윤교임, 앞의 논문 참조.

스스로 소멸을 경험함으로써 가능해지며 풍요라는 것도 이러한 과정을 거쳐서 실현되는 것임을 가믄장아기는 인지하고 있다. 이러한 가믄장아기가 이기적인 형들을 배제하고 이타심을 가지고 있는 막내아들을 배우자로 선택하는 것은 당연한 선택인 것이다.

이처럼 가믄장아기의 남편 고르기는 자신의 능력을 발현하는 과정이지 궁극적인 목적이 되지는 않는다. 반면, 택부담의 여성들은 남편을 고르는 것이 가장 큰 목적이라는 것이다. 여성들에게 부여된 지인지감(知人之鑑)14)도 여성이 뛰어난 능력을 발휘하는 데 의미가 있는 것이 아니라 남편을 선택하는 도구로 의미가 있을 뿐이다. 택부담에서 중요한 것은 이들 여성들에게 남편을 선택할 수 있는 기회가 주어졌다는 것, 남성적이 아닌 여성적인 기준으로 남편을 선택한다는 것15)으로서 여성의 자아실현은 남성을 통해서만 이

---

14) 지인지감은 설화뿐만 아니라 야담이나 고전소설도 흔히 나타나는 모티프이다. 그런데 고전문학사에서 지인지감의 주체는 흔히 남성 사대부들인 경우가 많다. <소대성전>, <낙성비룡>, <신유복전>, <영이록> 등의 영웅소설, <사성기봉>, <화산기봉>, <오선기봉> 등의 기봉류(奇逢類) 소설에서 뛰어난 능력을 숨기고 있는 사윗감을 발탁해 내는 존재는 대부분 높은 벼슬에 있는 장인들, 즉 남성들이었다. 야담이나 고전소설의 지인지감에 대해서는 다음 논문들을 참고할 수 있다.
한혜경, 「지인지감형 고전소설 연구」, 이화여자대학교 박사학위 논문, 1990. ; 강영순, 「조선후기 여성지인담 연구」, 단국대 박사학위 논문, 1995.
지인지감의 주체가 남성이 아닌 경우도 드물게 나타나는데 <옥단춘전>, <이해룡전>이 이러한 경우이다. 이 때 지감력을 발휘하는 인물은 대부분 기생, 서민과 같은 하층 신분이거나 개방된 신분에 놓여 있다. 양혜란은 이러한 모티프 설정은 남녀 관계에 있어서의 그 일방적 불공평성과 편견에 이의를 제기하고자 하는 작가의 의도에 의해 형성된 것으로 보기도 했다. 양혜란, 「고소설에 나타난 조선후기 사회의 성차별의식 고찰-<방한림전>을 중심으로-」, 『한국고전연구』 제4집, 한국고전문학회, 1998, 133-136쪽 참조.

루어질 수 있다는 의식을 보여주고 있다.

택부담에서 여성은 탁월한 능력을 지니고 서사의 주체로 등장하고 있기는 하지만 남성 중심 이데올로기에 감염되어 있는 상태이다. 이들의 궁극적인 목적은 자아 실현보다는 남편을 찾는 데 있다. 이들이 남편을 선택하는 데 일정한 기준을 마련해 놓고 지인지감을 발휘하는 것도 이러한 까닭에서이다. 남편을 통해서만 이들은 자신의 정체성을 공인받을 수 있다. 따라서 남편의 자질이 중요하다.

<삼공본풀이>의 가믄장아기도 남편을 선택하는 데 있어서 효심이라는 기준을 가지고 지인지감을 발휘한다. 그러나 가믄장아기에게 남편은 자신의 정체성을 공인받는 수단이 아니며 자신의 창조적 능력을 발휘하는 대상일 뿐이다. 이는 이후 가믄장아기가 신으로 좌정함으로써 최종적으로 자아를 완성하는 데 남편은 전혀 개입되지 않는다는 것에서도 알 수 있다.[16]

다음으로 <삼공본풀이>를 아비찾기로 볼 수 있는 가능성을 생

---

15) 정병헌은 이를 '남성만이 주도하던 사회의 모습에 대한 비판과 함께 이를 해결할 수 있는 대안을 제시한 것으로 볼 수 있다. 그것은 감추어졌거나 또는 쓰여지지 않아 미지의 상태로 남아 있는 여성성에 대한 개안의 촉구라고 할 수 있다'고 하였다. 정병헌, 앞의 논문, 22쪽.

16) 서사적 전개에 드러나는 외적인 남편찾기가 의미가 없는 경우는 <심청전>의 경우도 마찬가지이다. <심청전>의 경우도 남성과의 결합이 있기는 하지만 이는 아버지를 찾기 위한 과정에서 심청에게 주어지는 것이지 심청의 궁극적인 목적이 남편찾기는 아니다. 남성탐색담에서는 이런 경우가 흔하다. 남성영웅은 영웅적 행적의 대가로 아름다운 공주를 아내로 얻게 된다. 자신이 영웅이었음을 깨닫지 못했던 남성이 모험을 통해서 영웅적 능력들을 발휘하게 되고 영웅으로서의 자아를 인식하고 발견하는 과정에서 자아 완성을 이루게 된다. 여성은 남성이 영웅이 된 후에 보상으로 주어지는 것이다. 남성탐색담에서 여성과의 결연은 항상 등장하는 모티프이지만 남성이 아내를 찾아 모험을 떠나는 경우는 흔하지 않다.

각해 볼 수 있다. 제의적인 맥락에서 볼 때 삼공본풀이는 '맹인거리'에서 불리는 서사무가이다. 이본에 따라 차이는 있지만 맹인이 된 아버지를 구원하는 것이 가믄장아기의 역할이라고 볼 수 있다. 가믄장아기는 자아 정체성에 대한 인식을 바탕으로 탐색여행을 떠나고 그 과정을 통해서 자신의 능력을 발휘하는데 최종적인 과제가 바로 개안인 것이다. 따라서 개안은 아비찾기로서의 결과적 의미를 지니는 것이 아니라 자아찾기의 과정적 의미를 지니는 것이라고 할 수 있다. 탐색과정 속에서 누적적으로 획득된 주체적 자아 인식이 타인에 대한 구원에 이르러 그 완성을 보게 되는 것이다.

요컨대, 가믄장아기는 지인지감체로서 스스로 남편을 선택하며, 금을 알아보는 혜안을 가졌다. 이러한 가믄장아기의 능력 발휘는 창조적 능력을 지닌 풍요의 여신으로서 권능을 발휘하는 것으로서 이 과정을 통해서 완전한 여신으로서의 조건들을 갖추어 나가게 된다. 또한 거지 잔치를 베풀어 부모를 만나고, 맹인이 되었던 부모가 개안하는 데에 이르면 초월적인 존재로서의 가믄장아기의 권능이 유감없이 발휘된다. 가믄장아기는 인간성 긍정과 구원의 상징으로서 완벽한 자아실현에 이르게 되는 것이다.

가믄장아기는 강한 자의식을 바탕으로 아버지의 질서를 거역하고 적극적인 태도로 자아찾기 여행을 떠난다. 그리고 탐색의 과정에서 구원을 통해 아버지의 세계를 흡수 통합함으로써 완벽하게 자신의 세계를 구축함으로써 자아찾기를 실현하게 된다.

나. 세경본풀이 : 아버지의 질서 거부와 남편찾기

태초의 신화는 혼돈에서 비롯된다.

한을과 짜이 생길 적에 / 미륵님이 탄생한즉,

한을과 짜이 서로부터, / 써러지지 안이 하소아.

한을은 북개쏙지차럼 도드라지고, / 짜는 새[四]귀에 구리기동을 세우고.17)

이러한 혼돈의 설정은 전세계 신화의 일반적인 양상이다.18) 세상은 이 혼돈 속에서 나타난 창조주에 의해 창조된다. 우리 나라 신화의 경우는 위의 예문에서 보듯이 '미륵'19)으로 나타나고, 그리스 로마 신화에서는 가이아, 성경에서는 하느님, 중국에서는 반고, 만주족 신화에서는 아부카허허20), 인도에서는 브라흐마 등으로 나타난다. 이들 창조신은 여성의 형상을 하고 있기도 하고 남성의 형상을 하고 있기도 한데, 이들 창조신들의 공통점은 영성구유(兩性具有)의 완전체라는 것이다. 혼돈 속에서 태어난 창조신들은 혼돈과 동일한 속성을 가진 양성성을 가진 존재들이다. 양성성을 가진 창조신들은 스스로 창조물을 만들어 내는 일이 가능하다.

---

17) 서대석 · 박경신 역주, 『서사무가 I 』, 한국고전문학전집 V.30, 고려대학교민족문화연구소, 1996, 18쪽.

　　손진태의 『조선신가유편(朝鮮神歌遺篇)』에 실린 무가로 1923년 8월 12일 함남 함흥군 운전면 본궁리에서 큰무당인 무녀 김쌍돌이(당년 68세)가 구연한 것으로 되어 있다.

18) 도정일은 신화의 혼돈을 다음과 같이 묘사하고 있다. "흥미롭게도, 아프리카, 아시아, 북미 지역 신화들이 혼돈을 그려내는 방식은 대체로 그리스 신화의 혼돈 묘사와 유사하다. 그것은 형상, 분화, 차이, 분별의 부재 상태이며, 질서의 제로 포인트이다." 도정일, 「근친상간, 양성존재, 그리고 괴물」, 『문학동네』, 제5권 제4호 통권 17호, 1998 가을.

19) 여기서 미륵은 불교에서 말하는 미륵과는 구별되어 '지고신', '창조신'이라는 의미로 쓰였다.

20) 만주족 신화에 대해서는 김재용과 이종주에 의해 상세히 소개된 바 있다. 김재용, 앞의 논문. ; 김재용 · 이종주, 앞의 책 참조.

완전체인 창조신은 배우자가 필요하면 스스로 만든다. 혼돈에서 태어난 완전체인 가이아는 스스로 창조능력을 지니고 배우자를 출산한다. 우라노스는 태초의 신 가이아의 아들이며 동시에 남편이기도 하다. 완전체인 하나님이 스스로 창조한 아담 또한 하나님의 속성을 물려받고 있다. 아담의 갈비뼈에서 탄생한 이브는 아담의 딸이며 아내이다.[21) 가이아나 아담은 스스로의 창조 능력[22)으로 분화 과정을 거친다.

인도 신화는 이러한 완전체의 분화를 잘 보여주고 있다.

> 브라흐만은 창조주인 브라흐마의 형태를 취했다. …(중략)… 브라흐마는 누가 됐든지 함께 있을 사람이 있으면 좋겠다고 생각했다. 그리고 이런 생각이 그가 임시로 사용하고 있는 몸을 두 쪽으로 갈라지는 것과 흡사하게 두 부분으로 나누었다. 이 두 부분 중 하나는 남성이고 하나는 여성이었다. 이 둘은 서로를 남편과 아내로 여겼다. …(중략)… 이렇듯 지상의 생물들은 브라흐마가 일일이 그것들의 암컷인 동시에 수컷으로 행동함으로써 생겨나 번성하게 되었다. 따라서 모든 살아 있는 것들 속에는 브라흐마가 있다. 그것들이 브하흐마에게서 나왔기 때문이다.[23)

---

21) '남성에게서 나온 여성'의 예를 제우스의 머리에서 나온 아테나에서도 볼 수 있다. 도정일은 아담과 이브의 이러한 관계를 유사의 법칙에 기인한 것이라고 설명하였다. 즉 이브가 아담과 마찬가지로 완전체인 하나님에게서 나왔다면 그녀의 부정적인 측면은 설명되지 않기 때문이라는 것이다.

22) 많은 페미니스트들이 창조신화가 사물의 본래 질서를 왜곡하고 있다고 지적해 왔다. 그 결과 남성신은 남자를 먼저 창조하고 그 후 아담의 갈비뼈로 여자를 만든다. 여성의 창조능력은 고통스런 출산으로서 죄에 대한 벌로 묘사되고 창조는 남성적인 것으로 남아 있다. 팸 모리스는 밀턴의 서사시 『실락원』을 예로 들어 창조신화의 남성적 재구성을 보여주고 있다. 팸 모리스 지음, 강희원 옮김, 앞의 책, 43-46쪽 참조.

이 신화에서 여자와 남자는 완전체인 '브라흐마'에서 분화하였다. 생명체를 유지, 번식시키고자 한다면 여성과 남성이 결합하지 않으면 안 되는 이유가 잘 설명되어 있다. 태초의 창조신이 가졌던 창조적 행위를 모방하기 위해서는 태초의 창조신이 가졌던 양성성을 회복함으로써 가능하다. 분화된 여성과 남성은 서로 결합함으로써 태초의 창조신이 가졌던 양성성을 모방할 수 있게 되는 것이다. 요컨대 모든 살아 있는 것들, 암컷과 수컷은 브라흐마에서 나왔기 때문에 브라흐마의 창조적 능력을 지니고 있다. 단, 그 창조 능력은 암컷과 수컷이 결합함으로써 브라흐마가 본래 가졌던 양성성을 지님으로써 가능해진다.

탐색담은 이 완전체의 분리를 극복하고자하는 노력에서부터 출발한다.[24] 탐색이란 잃어버린 것을 찾아 나서는 것이다. 존재의 지속을 보장해 줄 수 있는 창조적 행위를 위해서는 분화 이전의 양성성을 획득하지 않으면 안 된다. 그러나 이미 분화하여 남성성 혹은 여성성 어느 한 쪽만을 지니고 있는 인간은 완전체의 분화 이후 잃어버린 자신의 반쪽을 찾아 나선다. 이것은 존재의 문제와 연결되어 있다.[25] 탐색은 신화시대 이후 잃어버린 근원적인 존재를 회복

23) J. F. 비얼레인 지음, 현준만 옮김, 『세계의 유사신화』, 세종서적, 1996, 65~69쪽.
24) 완전체와 그 분화에 관한 논의는 『언청이와 쌍둥이 : 신화의 분열』(클로드 레비스트로스 지음, 임옥희 옮김, 이글리오, 2000)을 참고할 수 있다.
25) 김태곤은 인간 존재의 근원을 카오스로 보고, 인간은 시간과 공간을 초월하여 분화 이전의 미분화된 '카오스'로 돌아가 존재를 영원히 지속시키려는 미분적 심성을 지니고 있다고 하였다. 분화된 현실에서 제한된 시간과 공간을 인정하지 않으려는 인간의 갈망은 '미분적 사고'로 설명되는데 이러한 미분적 사고는 인간이 본래 카오스와 동일한 근원에 속해 있다는 믿음, '동일근원성'에 있다. 김태

하고자 하는 과정에 다름 아닌 것이다.

그러나 문제는 여기에 개입되는 이데올로기다. 분리 이후에는 일정한 이데올로기가 개입되어 '선후', '우열' 개념이 흡착되면서 분리된 두 개체 사이에는 구별과 차이가 생기게 된다. 조현설은 신성혼(神聖婚)의 이름 속에 용해되어 있는 두 신격의 결혼, 즉 천부신(天父神)과 지모신(地母神)의 결합이라는 점에서 신성시되는 이 원초적 결합에 내재되어 있는 성차별적인 사유를 발견해내고 있다. <단군신화>에 등장하는 웅녀와 환웅의 결합과 단군의 탄생을 예로 들고 있는데, 여성의 관점에서 보면 거기에는 이미 하늘과 땅을 이원화하고 각각에 남성과 여성을 귀속시킨 후 천지를 위계화하고 성차를 제도화하는 사유방식이 내재되어 있다고 본다. 그리고 이 구별이라는 상징적 체계야말로 물리적 억압이 작동하는, 그리고 그런 억압의 작동에(先在)하는 비극의 장이며 이 위계화 속에서 땅의 여성은 하늘의 남성에게 '간걸(懇乞)'하지 않으면 안 되는 존재로 다시 규정된다고 보았다.[26] 이 지적은 분리 이후 차이의 발생을 적나라하게 드러내고 있을 뿐만 아니라, 신성혼이라는 외피를 통해서 그 차이를 무화(無化)하려는 재결합의 허구성 또한 간파해내고 있다. 신화의 분리는 이러한 위계화로 이어지고 이런 위계화 속에서 구별되는 자[여성]는 구별하는 자[남성]의 질서 속에서 점점 왜곡되고 소외되는 양상을 드러내며 타자화(他者化)된다.

인간은 완전체에서 분화하였으며 이 때문에 완전체를 지향하고자 한다. 완전체 분화 이후의 산물인 인간은 자신의 반쪽을 찾아

곧, 「무속과 민간사고」, 『한국무속연구』, 집문당, 1981 참조.

26) 조현설, 앞의 논문, 7쪽 참조.

나서는데, 탐색 대상은 바로 자기 자신이다. 조셉 캠벨에 따르면 탐색의 대상이 되는 신부(처녀)는 영웅 자신의 <다른 한쪽>이며, 영웅이 감옥으로부터 해방시켜야 하는 영웅 자신의 운명의 이미지라고 한다.[27] 그러나 여기에 남성 중심의 이데올로기가 작용하면서 여성과 남성은 더 이상 동등하지 않게 된다. 남성 중심의 신화, 남성 중심의 서사에서 여성은 주체의 자리에서 점점 밀려나 대상화된다. 이 때문에 탐색담은 서사가 얼마나 남성 중심적으로 전개되는가, 여성이 얼마나 대상화되고 타자화되는가에 따라 다양한 양상으로 나타나고 각기 다른 의미를 띠게 된다.

영웅적 여성의 남편 찾기는 대부분 무속신화이거나 신화적 성격을 띠는 민담들로서 여성신의 원초적인 모습을 보여준다고 할 수 있다. 이경하는 여성서사시로서의 당본풀이를 여신의 내력이 일대기 형식으로 서술되는 경우와 그렇지 않은 경우로 나누고, '여신의 내력을 일대기 형식으로 노래하는 것은 남성영웅서사시에서 보편적인 '영웅의 일생' 구조를 당본풀이가 수용한 것'[28]으로 추정하고 있다. 이러한 추정은 일대기 형식이 아닌 당본풀이에서 여신이 보다 원시적인 모습으로 형상화된다는 데 근거를 두고 있다. 당본풀이는 지극히 단편적인 자료로서 여신들은 특별히 여신으로서의 권능을 발휘하고 있지 못 하는가 하면, 인간과 관계를 맺을 때 '돌'이나 뱀 등의 무생물이나 뱀의 형상으로 나타기도 하고, 남성과의 결연

---

27) 조셉 캠벨 지음, 이윤기 옮김, 『천의 얼굴을 가진 영웅』, 1999, 428쪽 참조.
28) 이경하, 「제주도 본풀이에 나타난 여성서사시의 양상과 의미」, 한국구비문학
　　회 편, 『구비문학과 여성』, 박이정, 2000, 145쪽.

없이 열매를 삼켜 잉태를 하고 출산을 하는 모습 등을 들고 있다.[29]

그러나 열매를 삼켜 잉태를 하고 출산을 하는 모습이 대모신(大母神)의 양성성을 드러내는 것이 아니라 이미 분화된 이후의 남성과 여성의 결합을 상징적으로 보여주고 있는 것이라는 것은 앞서도 언급한 바와 같고, 여성이 서사에서 주도적인 활약을 펼치지 못하고 그 역할이 축소되는 현상을 원시적인 형태라고 할 수 있을 지는 의문이다. 이는 '고난을 통해 영웅적 능력을 발휘하는 영웅의 일대기'라는 서사구조가 애초부터 영웅, 즉 남성의 것이라는 전제 하에 가능한 논리이다. 이러한 논리는 여성영웅소설에서도 그대로 이어진다는 점에서 심각한 문제를 드러낸다. 신화적 서사에서 여성이 주도적인 위치에서 밀려나고 역할이 축소되어 여성 시조 신화가 건국신화에서 타자화된 양상으로 나타나는 것은 조현설이 밝힌 바와 같다.[30] '곰나루 신화'에서 볼 수 있듯이 건국신화를 중심으로 한 남성 중심 신화의 궤도에서 탈락하고 설화화되기는 했지만, 혹은 '웅녀신화'나 '유화신화'처럼 남성 중심의 건국신화에서 타자화된 존재로 나타나고 있기는 하지만 시조신으로서의 흔적을 드러내고 있는 것으로 보아 남성 중심의 질서 재편 이전의 서사시는 여성신의 영웅적 능력을 드러내는 것이 일반적인 현상이었을 것이라는 추측이 가능하다.

요컨대 일반본풀이 등과 같은 무속신화에 나타나는 여성 영웅의 일대기는 대모신으로서의 여성신이 지니고 있던 권능을 드러내기

---

29) 이경하, 앞의 논문 참조.
30) 조현설, 앞의 논문 참조.

위한 서사적 장치로서 완전체의 분화 이후 여성신의 원초적인 모습을 보여준다고 할 수 있다. 여성 영웅의 일대기 구조가 남성 영웅의 일대기 구조의 영향으로 형성된 것이라고 가정한다면, 남성 중심의 사회에서 여성이 주체로 등장하여 영웅적 활약상을 펼치는 <도랑선배 청정각시>, <세경본풀이>, <초공본풀이>, <삼공본풀이> 등의 여성영웅신화가 등장하게 된 원인을 설명할 수 없다. 또한 건국신화에 나타나는 여성영웅의 흔적을 설명할 길이 없다. 웅녀와 유화는 고난과 극복과정을 통해 창조적 여신으로서의 권능을 드러내고 있다. 건국신화는 남성 중심의 질서 재편 과정에서 생긴 남성 중심의 서사이다. 거기에는 이미 여성영웅의 흔적이 나타나 있어 여성영웅의 일대기 구조가 남성 영웅의 일대기 구조의 영향으로 형성된 것이라는 견해는 쉽게 납득할 수 없다. 본 서에서는, 완전체의 분화 이후 등장한 탐색담은 여성이 주체로 등장하여 탐색 과정에서 고난을 극복하면서 신적인 권능을 드러내는 신화들이며, 비슷한 내용을 담고 있는 설화들은 이러한 신화들이 남성 중심 이데올로기로 인하여 신성한 능력을 상실하면서 신성성을 잃고 흔적만을 간직하고 있는 경우라고 본다.

  <세경본풀이>는 자청비와 문도령의 결연을 중심 서사로 하고 있는 세경신 자청비의 본풀이다. 영웅적 여성의 남편찾기 탐색담의 가장 대표적인 유형이라고 할 수 있다. 조동일은 서사시를 '원시 신령 서사시, 고대 영웅 서사시, 중세 범인 생활 서사시'로 나누고 <세경본풀이>를 중세 범인 생활 서사시 가운데 애정 서사시에 속한다고 하여[31] 자청비의 탐색 과정을 영웅의 그것으로 보기보다는 '중

세 범인의 생활'로 보고 있다. 그러나 자청비는 세경신으로서 문화영웅(文化英雄)이라고 할 수 있다. 자청비가 세경신으로 좌정하기까지의 고난은 영웅의 그것이라고 할 수 있으며 풍요와 창조의 여신으로서의 정체성을 드러내는 과정에 다름 아니다.

<세경본풀이>의 서사 단락을 정리하면 다음과 같다.

1. 부유하긴 하나, 늙도록 자식이 없어 걱정인 아버지 김진국과 어머니 자지국은 권제를 받으러 온 대사의 말을 듣고 수륙제(水陸祭)를 지내고 자청비를 낳는다.
2. 열다섯 살이 된 자청비는 연못에서 빨래를 하면 손이 고와진다는 여종의 말에 속아 빨래를 나간다.
3. 자청비를 보고 반한 문도령은 마실 물을 청하고 자청비도 문도령을 보고 반해 남장을 하고 문도령을 따라 글공부를 떠난다.
4. 같은 방에서 기거하면서 함께 공부하는데 자청비는 공부에서도, 오줌 갈기기 시합에서도 문도령보다 뛰어난 능력을 발휘한다.
5. 어느 날, 문도령은 하늘 옥황 문선왕으로부터 장가들러 오라는 기별을 받는다.
6. 집으로 돌아오는 길에 냇가에서 문도령과 함께 목욕을 하게 되는데, 이 때 자청비는 문도령에게 자기가 여자라는 암시를 준다.
7. 문도령이 이를 눈치채지 못하자 자청비는 스스로 자신의 신분을 밝히고 두 사람은 부모 몰래 결연을 맺은 후 문도령은 떠난다.
8. 자청비네 말과 소를 아홉 마리씩이나 먹어치운 종 정수남이는

---

31) 조동일, 『동아시아 구비서사시의 양상과 변천』, 문학과 지성사, 1977, 참조.

혼이 날까 두려워 산에서 문도령이 선녀들과 노는 것을 보다가 말과 소를 잃어버렸다고 거짓말을 한다.

9. 문도령 소식을 듣고 반가운 자청비는 정수남이를 용서하고 문도령을 만나러 함께 산에 가서야 그에게 속은 것임을 알게 되고, 겁간하려는 정수남이를 살해한다.

10. 부모는 정수남을 죽인 자청비를 비난하고 자청비는 정수남이 대신 일을 하겠다고 한다.

11. 개미가 좁쌀 한 알을 물어 가는 바람에 과제 수행에 실패한 자청비는 정수남이를 살리기 위해 집을 떠난다.

12. 남장을 한 자청비는 서천꽃밭의 부엉새를 잡아주고 말 다루는 솜씨와 활 쏘는 솜씨를 인정받고 서천국에 들어가 서천국 막내딸의 사위가 된다.

13. 서천꽃밭에서 생명꽃을 얻어와 정수남이를 살린다.

14. 여자가 사람을 죽였다 살렸다 한다고 해서 부모로부터 다시 내쫓긴다.

15. 타고난 미모와 비단 짜는 솜씨로 청태국 마귀할멈(주모 할망)의 수양딸이 된 자청비는 문도령의 혼수용 비단을 짜게 되는데, 여기에 자신의 이름을 새겨 넣어 문도령으로 하여금 그녀를 찾아오게 하나, 그녀의 장난으로 만나지 못한다.

16. 주모 할망으로부터 쫓겨난 자청비는 중이 되었다가 문도령의 명을 받고 내려 온 선녀들을 만난다.

17. 자청비는 선녀들을 도운 공으로 우여곡절 끝에 옥황에 올라 문도령을 만나지만 문도령은 이미 서수왕의 딸과 혼인서약이

된 상태이다.

18. 자청비는 문선왕의 시험을 통과한 후 문도령과의 혼인 허락을 받는다.

19. 문도령이 외눈할망에게 속아 죽고 자청비는 남장을 하고 서천 꽃밭으로 환생꽃을 구하러 간다.

20. 자청비는 환생꽃을 꺽어 와 죽은 문도령을 살린다.

21. 자청비는 천제국[天子國]에 일어난 난을 진압하는 공을 세우고, 땅 흔 착 물 흔 착을 사양하고 그 대가로 오곡열두시만국[五穀十二新萬穀]을 얻어 문도령과 함께 지상으로 내려온다.

22. 굶어죽어가는 정수남이를 만난 자청비는 정수남이를 위해 밥을 준 늙은이 밭에는 풍년을, 밥을 안 준 아홉 형제의 밭에는 흉작을 주고, 정수남이는 목축신으로 좌정시킨다.

자청비는 수륙제를 지내고 얻은 자식인데 시주한 물건이 백근이 못 차 딸을 낳는 것으로 나온다.[32] 이는 <초공본풀이>에서도 나왔던 표현으로서 남성은 완전한 존재인데 비해 여성은 미숙한 존재라는 남성 중심적 이데올로기를 드러내고 있다. 자청비 역시 태생적으로 미숙함을 타고 나며 자청비가 남편찾기 여행을 떠나게 되는 것도 이러한 태생적 결함으로 인한 것이다. 단, 이것은 문화적 맥락에서 자청비에게 부여한 것이지 서사 전개에서 나타나는 자청비 자체의 성격이 불완전하거나 결함이 있는 것은 아니다. 자청비는 서

---

32) "대감님아 대감님아, 백근(百斤)이 차아시민 남ㅈ생불(男子生佛)이 탄셍홀 듯 흔 디 벡근이 못내 차난 예ㅈ식(女子息) 탄셍시겸시메" 현용준, 앞의 책, 318쪽.

사전개 과정에서 강한 자의식을 드러내고 있다.

열다섯 살이 된 자청비는 연못에서 빨래를 하면 손이 고와진다는 여종의 말에 속아 빨래를 나간다. 앞서 살펴본 바와 같이 15살은 여성의 사춘기가 시작되는 시기로서 자기의 신체적 변화에 눈을 뜨게 되는 나이다. '고운 손'에 대한 자청비의 관심은 자청비가 여성으로서 자신을 인식하고 이성과 미(美)에 눈을 뜨기 시작했음을 의미한다.[33] 자청비의 외출은 아름다움을 추구하는 적극적인 태도이며 동시에 여성으로서의 자아를 드러내고 싶은 자기 표현의 한 방편이다. 여기서 자청비는 문도령을 만나게 된다. 자청비를 보고 반한 문도령은 마실 물을 청하고, 자청비도 문도령을 보고 반해서 남장을 하고 문도령을 따라 글공부를 떠난다. 마음에 드는 여성을 만났음에도 불구하고 마실 물을 청하고 돌아서는 문도령의 소극적인 모습은 자청비의 적극적인 태도와는 매우 대조적인 모습이다.

자청비는 자신의 신분을 속인 채 문도령과 같은 방에서 기거하면서 함께 공부하는데, 공부에서도, 오줌 갈기기 시합에서도 문도령보다 뛰어난 능력을 발휘한다. 대변과 달리 소변은 남성과 여성의 신체적 차이로 인한 성적 특징을 가장 극명하게 드러내는 배설방식이다. 그럼에도 불구하고 자청비가 오줌 갈기기 시합에서 이기는 것은 자청비가 성적 차이로 인한 열등함을 지니고 있지 않으며, 성차를 넘어서 문도령보다 뛰어난 능력을 지니고 있다는 것은 드러내는

---

33) 윤교임은 이를 '자기애'로 설명하고 있는데 이성에 눈을 뜨면서 자신의 아름다움에 관심을 갖게 되고 자기애로 외출이 시작된다는 것이다. 윤교임, 앞의 논문, 65쪽 참조.

장치라고 볼 수 있다. 윤교임은 자청비가 오줌 갈기기 시합을 통해서 남성성을 획득함으로써 자신의 결손을 해소한다고 설명한다.[34] 그러나 오줌 갈기기 시합을 통해 자청비가 남성성을 획득하였다면 시합 이후 자청비가 완전체로서의 면모나 의식변화를 보여야 하는데 자청비는 이미 이미 여성으로서의 자아를 명확하게 인식하고 있는 상태이기 때문에 굳이 남성성을 획득할 이유가 없다. 또한 자청비는 오줌갈기기 시합뿐만 아니라 공부에서도 문도령보다 뛰어난 능력을 발휘하고 있기 때문에 오줌 갈기기 시합은 자청비의 뛰어난 능력을 드러내기 위한 장치로 보아야 한다.

문도령은 옥황 문선왕으로부터 장가들러 오라는 기별을 받고 집으로 돌아가는데, 자청비도 문도령을 따라 귀향길에 오른다. 집으로 돌아오는 길에 자청비는 냇가에 이르러 문도령에게 목욕을 하자는 제안을 한다. 이는 자청비가 자신의 신분을 밝히려는 적극적인 행동이었으나 자청비의 암시에도 불구하고 문도령은 눈치를 채지 못한다. 자청비는 스스로 자신의 신분을 밝히고 두 사람은 부모 몰래 결연을 맺는다. 이때 자청비는 부모의 동의를 얻지 않고 트릭을 쓴다.

자청비는 문도령의 나이를 속임으로써 문도령과 한 방에서 밤을 보낸다. 트릭은 영웅이 세계와 맞서는 방법 중의 하나이며 영웅의 능력을 드러내는 방법 중의 하나이다. 트릭은 영웅의 지혜에 속하는 덕목이다.

자청비가 부모를 속이고 결연을 맺는 과정은 자청비의 강한 자아의식을 보여 준다. 이에 비하여 문도령은 자아 인식이나 성적 각성

---

34) 윤교임, 앞의 논문, 67~69쪽 참조.

이 충분히 이루어지지 않은 상태이다. 우물가에서 처음 자청비를 만났을 때에도 자청비가 마음에 들었으나 적극적인 행동을 취하지 못한 채 물을 청하여 얻어 마시고는 그냥 공부길을 떠난다. 더 적극적인 태도를 보이는 쪽은 자청비이다. 문도령에게 반한 자청비는 부모를 떠나 문도령을 따라 나선다. 자청비는 부모에게 문도령의 나이를 속이고 문도령과 결연을 단행하는 부분에서도 매우 적극적이다. 스스로 남성을 선택하여 따라 나서고, 목욕을 하자고 먼저 제안을 하는 등 성에 대해 개방적인 모습을 보인다. 반면 문도령은 자율적이지 못하며 매우 소극적인 태도로 일관한다. 이성에 끌리고 있기는 하지만 독립적인 개체로서의 자아 의식이 결여되어 있어 자청비와 결연을 맺은 후에도 아버지의 명령에 순종할 뿐이다. 자청비는 트릭으로 부모를 속이고 문도령과 결연을 맺지만 문도령은 아버지 옥황 문선황의 명에 따라 장가를 들기 위해서 하늘로 올라가 버린다.

문도령은 자청비에게 박씨 한 개와 얼레빗 반 쪽을 남긴다. 얼레빗 반 쪽은 떠나버린 문도령의 분신으로서 사랑의 징표이며 결연 이후 남겨진 반쪽인 자청비의 존재상황을 대변해 주는 물건이기도 하다. 자청비는 나머지 반쪽의 얼레빗을 찾기 위하여 탐색 여행을 떠나야 한다. 얼레빗이 하나로 합쳐지는 순간이 탐색 임무가 종결되고 자청비가 자아 완성을 이룩하는 지점이다. 이러한 징표 모티프는 고소설이나 신화에 흔히 나타나는 모티프로서 징표는 징표를 가진 자의 신분을 증명하는 도구이며, 징표의 결합은 헤어졌던 두 인물이 본래 하나였음을 증명하는 도구이다.

아버지가 아들에게 남기는 상징물이 보통 칼로 나타나는데 반해[35] 문도령이 자청비에게 남긴 얼레빗은 여성적인 것의 상징물이다. 빗이란 여성이 치장할 때 쓰이는 것으로서 자청비의 여성으로서의 자아 인식을 드러내는 물건이라고 할 수 있다. 즉, 얼레빗 반 쪽은 자청비가 찾아야 할 자청비의 반쪽이며, 자청비에게 완전체 회복의 임무를 부여하고 있다.

자청비는 여성으로서의 강한 자아 의식을 바탕으로한 적극적인 태도로 문도령과 결연을 맺는다. 그러나 옥황 문선왕이라는 세계의 질서에 부딪혀 분리를 경험하게 된다. 아버지의 명령에 순순히 따르면서 아버지의 질서에 순응하는 태도를 보이는 문도령과 달리, 자청비는 옥황 문선왕의 질서에 도전하여 잃어버린 남편을 찾고자 한다. 이미 아버지의 질서를 거부하고 문도령을 따라 글공부를 떠나고, 부모를 속이고 문도령과 결연을 맺는 모습 등에서 자청비의 적극적인 성격은 명확히 드러나고 있었다.

자청비는 문도령과 결연을 맺었으므로 문도령과 한 몸이다. 얼레빗 반 쪽으로 상징되는, 하늘로 떠나 버린 문도령을 찾아 자청비는 두 번째 탐색 과정을 거치게 된다. 그 두 번째 탐색 여행을 유도해내는 역할을 하는 자가 바로 자청비네 종 정수남이다. 자청비네 말과 소를 아홉 마리씩이나 먹어치운 종 정수남이는 혼이 날까 두려워 산에서 문도령이 선녀들과 노는 것을 보다가 말과 소를 잃어버렸다고 거짓말을 한다. 문도령 소식을 듣고 반가운 자청비는 정수

---

35) 조현설은 주몽이 유리에게 남긴 부러진 칼은 유리를 어머니인 여성으로부터 분리시키는 남성적인 것의 상징물이라고 하였다. 조현설, 앞의 논문, 14쪽.

남이를 용서하고 문도령을 만나러 함께 산에 가서야 그에게 속은 것임을 알게 된다. 정수남이는 자청비를 겁간하려고 하고, 자청비는 그런 정수남이를 살해하고 부모에게 쫓겨난다.[36]

여기서 정수남이는 한 영웅에게 '모험에의 소명'을 일러주고 모험을 시작하도록 하는 파견자(派遣者)의 역할을 한다. <세경본풀이>에서 자청비는 남편을 찾기 위한 두 번의 여행을 떠나는데 여기서 두 명의 파견자가 등장한다. 첫 번째 파견자는 정술댁이다. 자청비가 열 살쯤 되어서 아버님과 어머님은 각각 자청비에게 하인 정수남이와 정술댁이를 내어 준다. 아버지와 어머니가 각각 남종과 여종을 자청비에게 주었다는 것은 자청비에게 사회적 역할을 요구하는 것으로 이해된다. 이는 이제 자청비가 아버지와 어머니의 보호에서 벗어나 한 사람의 성인으로서의 역할을 해야할 시기가 임박했으며 이제 자청비는 가정이 아닌 사회에 편입되어 사회화 과정을 거치게 된다는 것을 뜻한다. 자청비가 여성으로서의 자신의 존재와 이성에 대해 눈을 뜨기 시작하는 것도 바로 이 지점이다.

자청비가 하인 정술댁이에게서 처음 배우는 것은 빨래이다. 빨래는 사회가 여성에게 요구하는 중요한 노동력 중의 하나이다. 자청비는 이제 막 부모의 보호에서 벗어나 사회의 일원, 즉 여성 구성원으로서 적응 훈련을 시작하고 있는 셈이다. 어쩌면 그렇게 손이 곱

---

[36] 윤교임은 '아기씨가 정수남이를 살해한 것은 그녀 내부에 있는 용, 여성에 대한 부정적 신화의 살해를 의미한다. 그녀의 행위는 완전하고 인간다운 삶에 응답하기 전에 남성 중심적 배타성을 죽이고 그것에 맞서야 한다는 것을, 또 남성의 폭력에 맞서기 위해서는 스스로 폭력적으로 되는 것이 필수적임을 보여준 것이다'라고 하였다. 윤교임, 앞의 논문, 71-72쪽 참조.

냐는 자청비의 물음에 정술댁이는 '종은 놀고 상전이 **빨래**를 하면 손이 고와진다'고 거짓으로 대답을 한다. 그 말에 자청비는 정술댁이를 따라 빨래를 가서 빨래를 하다가 문도령을 만나 남장을 하고 문도령을 따라 떠나게 된다.

정수남이도 자청비의 사회화 과정의 출발을 재촉하는 역할을 한다. 정수남이가 죽었을 때, 부모님들은 정수남이의 노동 능력을 높이 평가하면서 자청비를 질책한다. 자청비는 정수남이 대신 일을 하겠다고 자청하여 과제를 받는다. 그녀에게 주어진 과제는 '벨진 밧디 좁씨 닷말 닷되 칠세오리를 뻬여 놓고 다 주워 오는 것'인데 개미가 좁쌀 한 알을 물어 가는 바람에 과제 수행에 실패한다. 자청비는 남장을 하고 서천 꽃밭에 가 시험을 거치고 서천국 막내딸의 사위가 되어 생명꽃을 얻어 와 정수남이를 살리지만 자청비 부모는 사람을 살렸다 죽였다 한다고 노여워하면서 자청비를 쫓아낸다.[37]

즈셉 캠벨은 '개구리가 등장하는 운명의 갈림길이 곧 <모험에의 소명>'이며 '전령관의 등장은 사춘기의 도래를 뜻하고 있다'고 하였다.[38] 사춘기의 주인공은 이제 집을 떠나 새로운 모험을 시작해야 하며 전령관의 등장으로 하여 주인공은 운명의 갈림길에 서게 되고

---

37) '즈식보다 아까운 종 살려 왔읍네다'라는 자청비의 언술에서 부모와의 대립을 읽어낼 수 있다. 부모는 정수남이의 노동 능력을 높이 사, 자식인 자청비보다도 남자 하인인 정수남이를 더 아낀다. 부모와의 대립은 자청비가 남편을 찾아 나서도록 하는 계기가 되기는 한다. 그러나 자청비의 남편찾기가 부모를 거부하면서 진행되는 것이 아니기 때문에 부모를 파견자라고 보기는 어렵다. 또한 부모는 이미 자청비의 사회화를 두 종에게 맡겼기 때문에 부모의 임무는 여기서 끝난다고 보아야 한다.

38) 조셉 캠벨 지음, 이윤기 옮김, 앞의 책, 72쪽.

제2장 설화시대의 여성탐색담 69

모험을 시작하게 된다. 이러한 소명을 받는 장소로 전형적인 곳은 깊은 숲 속, 큰 나무 아래, 샘가[39]라고 하는데 자청비는 정수댁이와 샘가에 빨래를 하러 갔다가 모험을 시작하게 되며, 정수남이의 겁탈을 피한 곳도 산과 물가이다. 이들 전령관에 의해 모험을 떠난 자청비의 탐색 목적은 남편인 문도령을 찾는 것이다.

정수남이와의 사건으로 집에서 쫓겨난 자청비는 남편을 찾기 위한 여행을 떠나 청태국 마귀할멈에게 의탁하게 된다. 타고난 미모와 비단 짜는 솜씨로 청태국 마귀할멈의 수양딸이 된 자청비는 문도령의 혼수용 비단을 짜게 된다. 자청비는 그 비단에 자신의 이름을 새겨 넣어 문도령으로 하여금 자신을 찾아오도록 만든다. 그러나 자청비의 장난으로 두 사람은 만나지 못하고 다시 헤어지고 자청비는 주모 할망으로부터 품행이 방정치 못함을 질책받고 쫓겨난다. 비단 짜기와 다시 헤어짐은 자청비에게 주어진 고난인 동시에 임무이다. 이는 세계의 질서가 자청비에게 요구하는 임무로서 비단을 잘 짜는 것, 조신한 품행을 가질 것 등은 남성적인 질서가 여성에게 요구하는 덕목이다. 자청비는 여기에 미치지 못했기 때문에 문도령과의 만남에 실패를 하고 만다.

주모 할망으로부터 쫓겨난 자청비는 중이 되었다가 문도령의 명을 받고 내려 온 선녀들을 만난다. 그들을 도운 공으로 우여곡절 끝에 옥황에 올라 문도령을 만나는데, 문도령은 이미 서수왕 딸과 혼인서약이 된 상태이다. 여기서는 다시 자청비는 문선왕에 의해

---

39) 조셉 캠벨 지음, 이윤기 옮김, 앞의 책, 72쪽 참조.

과제를 부여 받는데 이는 며느리 자격시험이라고 할 수 있다.[40] 자청비는 문선왕의 시험을 통과한 후 문도령과 혼인 허락을 받는다. 그러나 자청비와 문도령의 결연은 쉽게 이루어지지 않는다.

문도령은 다시 불량배들의 모략에 빠져 죽게 되고 자청비는 남장을 하고 서천 꽃밭으로 환생꽃을 구하러 간다. 자청비의 세 번째 능력시험이다. 자청비는 끊임없이 시험당한다. 서천꽃밭 꽃감관의 신임을 얻어 그의 셋째딸과 거짓 혼인 약속을 한 뒤 환생꽃을 몰래 꺾어 와 죽은 문도령을 살린다. 여기서 자청비는 지난한 탐색 여행을 마치고 문도령과 완전한 결합에 이르게 된다. 문도령과 완전한 결합을 이룬 상태의 자청비는 충만한 여성성을 드러내면서 여신으로서의 권능을 드러내기 시작한다.

그 첫번째가 나라에 난이 일어나자 자청비가 멸망꽃을 뿌려 변을 제압하는 것이다. 자청비는 이미 여성적 능력과 남성적 능력을 고르 지닌 인물이다. 남장도 했었고, 문도령과의 공부시합이나 오줌 갈기기 시합 등에서도 문도령을 능가하는 뛰어난 능력을 발휘한 바 있으며 활쏘기에도 뛰어난 능력을 보이고 있다. 그러나 문도령과의 결합을 이룬 상태에서 자청비가 변을 제압하는 데 사용한 무기는 멸망꽃이다. 자청비는 꽃이라는 식물적 이미지를 사용하여 화해를 주도함으로써 여성성을 강하게 드러내고 있다.

자청비는 문도령과의 결합으로 완전체로서의 창조적 능력을 획

---

40) 문선왕의 과제는 다음과 같다. "나 메누리 뒐 ᄀᆞ심은 쉬운다 구뎅이 파 놓고 숫 쉰섬을 묻엉 불을 살라놓고 불 우희 갈쓴ᄃᆞ리 놔 그네 발아나고 발아들어사 나 메누리 ᄀᆞ심이 뒌다." 현용준, 앞의 책, 356쪽.

득한 상태라고 보아야 한다. 이것은 자청비가 신으로 좌정되는 것
으로 표현된다. 문선왕은 난을 제압한 자청비의 공을 치하하면서
자청비에게 '땅 흔 착 물 흔 착'을 주겠다고 한다. 땅과 물을 주겠다
는 것은 통치자로서의 권력을 주겠다는 것을 말한다. 그러나 자청
비는 이러한 남성적 권력을 거부한다. 자청비는 문선왕의 제안을
사양하고 열두시만국의 오곡씨를 얻어 문도령과 함께 지상으로 내
려온다. 스스로 세경신을 자청한 것이다. 자청비는 남편찾기를 통해
스스로 자아를 확립해 나가는 여성 형상을 보여준다고 할 수 있다.

자청비의 서사는 여기서 완결된 듯한데, 정수남이의 이야기가 덧
붙여진다. 굶어죽어가는 정수남이를 만난 자청비는 그를 위해 밥을
준 늙은이 밭에는 풍년을, 밥을 안 준 아홉 형제의 밭에는 흉작을
주고, 정수남이는 목축신으로 좌정시켜 준다. 자청비는 풍요의 여신
으로서의 권능을 드러내고 있는 것이다. 이는 고난을 극복한 여성
영웅신이기 때문에 가능한 일이다.

자청비는 남성성과 여성성을 조화롭게 통합시킨 영웅이라고 할
수 있다. Androgyny는 희랍어에서 남성을 의미하는 Andro와 여성
을 나타내는 gyn의 합성어로 편협한 성의식에 사로잡히지 않은 자
유로운 정신, 남성성과 여성성이 함께 조화와 통합을 이룬 개방적
인 사고를 의미한다.[41] 자청비의 남편찾기는 창조와 풍요의 주체인
여성으로서의 강한 자의식을 바탕으로 하고 있으며 분리를 넘어서
완전체를 지향하는 의지의 반영이라고 할 수 있다.

---

41) 조무석, 「버지니아 울프의 양성론에 대하여」, 『외국문학』, 1988 겨울, 79쪽.

　자청비의 남편을 찾기 위한 탐색은 문도령에 대한 사랑에 연유한 것으로서 자청비의 문도령 찾기는 문도령과의 결합을 통해 사랑을 이루려는 것이다. 줄리아 크리스테바는 사랑을 '결핍의 길'로 묘사하고 있다. 우리는 우리가 갖지 못한 것을 사랑할 것이며 즉 그 대상은 결핍된 대상이라는 것이다.[42] 남편찾기 탐색담에서 결핍은 사랑의 시작이라고 할 수 있다. 사랑을 바탕으로 여성과 남성은 하나가 되고자 하며, 세계의 질서는 이들의 결합을 방해한다. 이러한 세계의 질서에 맞설 수 있도록 만드는 것이 바로 사랑의 힘이다. 사랑을 바탕으로 결핍을 인지하고 남편을 찾아 떠나는 <세경본풀이>는 남편 찾기가 여성에게 임무로 부여되는 다른 신화들과는 구별된다. 자청비의 여행이 "발견과 발전의 여행"이며 "그녀의 모든 측면을 통합하여 하나의 전제로, 그러면서도 복합적인 성격으로 묶어낸 그런 여행"[43]일 수밖에 없는 이유가 바로 여기에 있다.

　이본에 따라 차이는 있지만 탐색의 주체 자청비는 여러 번의 탐색 과정을 거친 후 농경신으로 좌정함으로써 여성 영웅으로서의 면모를 보인다. 영웅은 또한 '<지혜>라는 무기'[44]를 가지고 있다는 점에서도 자청비는 영웅으로서의 면모를 드러내고 있다. 트릭스터로서의 자청비의 면모는 문도령을 속이고 남장을 하고 문도령과 함께 글공부를 떠나는 부분과 부모에게 문도령의 나이를 속이고 문도

---

42) 줄리아 크리스테바 저, 김영 역, 『사랑의 역사』, 대우학술총서, 1995, 118-119쪽 참조.
43) Jean Shinoda Bolen, M. D. 조주현·조명덕 역, 『우리 속에 있는 여신들, 또 하나의 문화』, 1992, 302쪽.
44) 조셉 캠벨 지음, 이윤기 옮김, 앞의 책, 113-120쪽 참조.

령과 결연을 맺는 부분에서도 확인된 바 있다. 이후에도 자청비의 트릭스터로서의 면모는 계속 드러난다. 자청비는 정수남이의 겁탈 위기를 지혜로써 모면하고 급기야는 정수남이를 죽이게 된다. 정수남이를 죽인 후 생명꽃을 찾으러 가는 과정에서도 자청비의 지혜가 발휘되며, 문도령이 서수왕 딸애기와 약혼을 한 상태에서 자청비와의 결연을 부모님께 어떻게 알려야 할지 고민하자 자청비는 부모님께 가서 묵은 것이 좋은지 새것이 좋은지 묻고 그에 따라 행동하라는 지혜를 내놓는다.[45] 즉 자청비는 지혜를 지닌 탐색 영웅으로서의 면모를 드러내고 있다.

자청비는 강한 자의식을 가진 여성으로서 문도령과의 결연을 주도한다. 자청비는 사랑을 바탕으로 한 문도령과의 완전한 결합을 원하지만 세계의 질서는 이를 용납하지 않고 두 사람은 분리를 경험한다. 세계의 질서에 순응하는 소극적인 태도를 보이는 문도령과 달리, 여성으로서의 강한 자아 인식을 드러내고 있는 자청비는 결핍 상태를 해소하기 위해 적극적인 태도로 탐색 여행을 떠난다. 자청비의 남편을 찾기 위한 여행은 창조와 풍요라는 여성으로서의 능력을 드러내는 과정인 동시에, 이러한 능력의 발현으로 말미암아 자청비로 하여금 풍요의 여신으로 좌정하도록 만드는 계기가 된다. 남편을 찾음으로써 자청비는 완전체로서의 원형적 여성신의 성격

---

45) 최경숙은 「「원님과 이방부인의 내기담」에 나타난 부인의 문제해결적 말하기 전략을 통해서 본 여성」(한국구비문학회 편, 『구비문학과 여성』, 박이정, 2000)에서 부인의 문제해결적 말하기 전략을 '경험에 기초한 말하기 전략'과 '치환에 의한 의미 전환 전략'을 들고 있는데 여기서도 동일한 전략이 사용되고 있음을 볼 수 있다.

을 획득하여 세경신으로 좌정하게 되며 이로써 자청비는 완벽한 자아 정체성 확립에 이르게 되는 것이다.

다. 바리공주 : 아버지의 질서 회복과 아비찾기

자아찾기 여성 탐색담의 여성들은 아버지의 질서를 부정함으로써 여성성이 긍정되는, 혹은 여성성이 세계 질서의 주요한 원리로 자리 잡은 새로운 여성적 질서를 구축하게 된다. 남편찾기 여성 탐색담의 여성들은 아버지의 질서를 부정하는 데까지 이르지는 못하지만 아버지의 질서를 거부하고 자신이 선택한 남편을 찾아 떠남으로써 자신의 목소리를 드러내고 여성적 원리가 통용되는 질서를 구축해 낸다. 자아찾기와 남편찾기에 비하여 아비찾기는 아버지의 질서를 전면적으로 부정하거나 거부하지는 않는다. 아비찾기의 경우, 아버지의 질서는 이미 위기 상황에 처해 있으며 아버지는 세계 질서 주재자로서의 위치가 흔들리고 있는 상태이다. 이처럼 위기의 상태에 처한 아버지를 구원하고 아버지의 질서를 다시 회복해냄으로써 여성은 구원과 화해의 성격을 드러내게 된다. 따라서 아비찾기는 자아를 찾는 과정과 맞물려 있으며 아버지를 찾음으로써 여성 주체는 아버지를 통하여 자아 정체성을 회복하게 된다.

바리공주[46]의 줄거리는 다음과 같다.

1. 복자의 신탁을 무시하고 길례를 행한 왕은 계속 공주를 낳는다.

---

46) 김태곤, 『한국무가집』1, 집문당, 1979, 60-84쪽.

2. 화가 난 왕은 일곱째 공주를 버리는데 석가세존이 바리공덕 할
   미에게 바리공주를 기르게 한다.
3. 바리공주가 자라 바리공덕 할미에게 자신의 출생에 대해서 묻는다.
4. 한편 왕은 병이 걸려 바리 공주를 찾는다.
5. 바리 공주는 아버지를 찾아와 상봉하고 생명수를 찾아 떠난다.
6. 바리 공주가 무장승의 일을 해 주고 아이를 낳아 주어 무장승
   으로부터 생명수를 얻어 무장승과 입곱 아들들과 함께 왕에게
   돌아간다.
7. 바리공주가 생명수로 왕과 왕비를 살린다.
8. 바리공주는 저승에서 만났던 원혼들을 왕생천도하고자 하여
   아버지로부터 오구신의 신직을 받는다.

  해체주의 텍스트 이론에 기대어 <바리공주>를 독해한 송효섭은
<바리공주>는 어떤 정체성을 지닌 텍스트가 아닌 끊임없이 불안정
한 차이와 연기(延期)의 운동을 통해 그것의 생산성을 실현하는 텍
스트일 뿐이라고 하면서 텍스트의 무한한 생산성을 주장하기도 하
였다. 즉 구조에서 드러나는 바리공주의 윤리도덕적 측면의 우위는
텍스트에 대한 정밀한 읽기를 통해 볼 때 곳곳에서 균열과 모순을
드러내고 있다는 것이다.[47] 이러한 송효섭의 논리는 바리공주가 아
버지에 대한 효의 실현이라는 봉건적 이데올로기를 실현하는 인물
이면서 텍스트 곳곳에는 자아를 찾기 위한 주체적인 모습이 드러나

---

47) 송효섭, 「텍스트론과 『바리공주』 읽기」, 『한국고전연구』 제4집, 한국고전연구
   학회, 1998, 50-64쪽 참조.

는 현상을 설명해 준다. <바리공주>의 서사구조는 아비찾기 탐색담이지만, 아비로부터 독립하여 스스로 주체를 찾아가는 과정이 여러 곳에서 표출된다.[48] 즉 <바리공주>는 아비 찾기를 통하여 자아 정체성 확립에 이르는 서사로 파악할 수 있다.

바리공주의 아비찾기는 영웅적 남성신의 아비찾기와 비교될 수 있다. 건국신화에 주로 나타나는 '남성 영웅의 아비 찾기' 탐색담은 <주몽신화>가 가장 좋은 예가 된다. 고대 국가는 남성에 의해 조직되고 획득된 국가라는 점에서, 건국신화는 남성 권력의 사회적 제도화와 공식화를 공공의 담론으로 조직하고 있는 이야기라고 할 수 있다.[49] 천신 – 해모수 – 주몽으로 이어지는 계보는 남성 중심의 권력구조를 명백히 보여주고 있다. 따라서 이 신화에서 국가의 최고 권력자가 되려는 주몽이 그 권력 구조의 핵심인 아버지를 찾아 탐색을 시작하는 것은 매우 자연스러운 일이다.

남성 중심의 계보를 강조하고 있으면서 이와는 다른 구조를 지니고 있는 건국 신화로 난생신화(卵生神話)가 있다. 이 알들은 모두 하늘에서 내려 온 알로서 하늘과의 관계를 강조하고 있으며 여기서 어머니는 아예 거세되어 버린다.

그러나 <주몽신화>의 아비 찾기 과정에는 아직 어머니가 잔존

---

48) 실제로 송효섭은 바리공주의 여성성 뒤에 숨겨진 남성성을 찾아내기도 하였다. 바리공주의 여성성 뒤에 숨겨진 남성성은 그가 생명수를 탐색하는 과정에서 남성으로 위장한 데서 드러나는데, 이러한 위장은 곧 탄로나지만 이를 통해 바리공주의 과업이 마땅히 남자가 해야 할 일임을 암시받을 수 있다고 하였다. 송효섭, 앞의 논문, 53-54쪽 참조.

49) 조현설, 앞의 논문, 17쪽.

하고 있다는 점에서 난생 신화와는 차이가 있다. 이미 타자화된 존재로 등장하기는 하지만 아직 영웅적 면모를 보이고 있는 여성신이 등장하고 있는 것이다. 유화는 앞서의 영웅적 여성신들처럼 신적인 능력을 아직 가지고 있고 고난을 극복하기도 하지만 서사의 주체로 등장하지는 못한다. 서사 주체는 주몽이며 유화는 주몽의 어머니로서의 모성과 희생만 강요당할 뿐이다. 유리 신화에서도 예씨가 등장하여 모성의 흔적을 남기고 있다. 영웅적 여성신은 이제 아들에게 그 자리를 물려주고 타자화된다.

이러한 남성탐색담은 설화에서는 일명 '아침에 심어 저녁에 따는 오이'라고도 불리며 탐색담50)으로 분류되어 설화의 한 유형을 형성한다. 노영근51)은 친부탐색담형(親父探索譚型) 민담의 각편을 비교하고 구조를 추출하여 친부탐색담형 민담에 내포된 세계관을 추출하기도 하였는데 거기에서 밝힌 친부 탐색담의 구조는 다음과 같다.

A. 결연

  1. 양반의 자손이 결혼한다.

  2. 우연히 만난 사람과 인연을 맺는다.

B. 이별

  1. 첫날 밤에 방귀를 뀌어 소박을 맞는다.

---

50) 친부 탐색담과 관련된 논의들은 다음 논문을 참조할 수 있다.
    노영근, 「친부탐색담형 민담의 구조와 의미」, 『구비문학연구』 제6집, 한국구비문학회, 1998. ; 김은지, 「부친탐색담연구」, 연세대학교 석사학위 논문, 1996. ; 장덕순, 「심부담고」, 『한국문학의 연원과 현장』, 박이정, 1995.
51) 노영근, 「친부탐색담형 민담의 구조와 의미」, 『구비문학연구』 제6집, 한국구비문학회, 1998.

2. 관계 후 남성이 떠난다.

C. 잉태 및 출산

1. 홀로 살며 아들을 낳는다.

2. 집에서 쫓겨나 홀로 살며 아들을 낳는다.

D. 성장

1. 아이가 자라자 아비 없는 아이라고 놀림을 당한다.

E. 정보획득

1. 아이가 친부의 거처를 묻는다.

2. 아이가 친부의 거처를 가르쳐 달라고 위협한다.

F. 탐색

1. 아이가 아버지를 찾아 나선다.

G. 상봉

1. 아이가 계교로 아버지를 찾는다.

2. 아이가 타인의 도움으로 아버지를 찾는다.

3. 아이가 문답으로 아버지를 찾는다.

노영근은 여기서 'A.결연, B.이별, C.잉태 및 출산'에 이르는 전반부를 예비담의 성격을 지닌 것으로 파악하고 있다.[52] 그러나 전체 구조에서 'A.결연, B.이별, C.잉태 및 출산'의 서사 주체와 'D.성장, E.정보획득, F.탐색, G.상봉'의 서사 주체는 다르다. 또한 전반부의 어머니와 아버지의 결연담은 서사전개에서 매우 큰 비중을 지니고 있어 이를 단순히 후반부 서사를 위한 예비담이라고만 파악하기는

---

52) 노영근, 앞의 논문, 327쪽.

무리가 있다. 여기서 신화성을 잃고 소외된 <초공본풀이>의 애기
씨의 형상을 찾아 낼 수 있다. 아들은 어머니를 소외시키고 아버지
와의 결합을 통해 아버지의 권력을 물려받는다.

조선조 사회에서 한 개인은 그 자체로 독립되어 있는 것이 아니
라 '가문'의 일원으로 존재한다. 숙종 이후 이러한 가문의식은 더욱
철저화되었다. 이와 같은 조선조 사회에서 부계가 불확실한 자는
비정상적인 존재일 수밖에 없다. 자신의 아버지를 찾은 후 주인공
은 과거에 급제하여 큰 인물이 되고, 잘살기도 한다. 즉 인간으로서
완전한 존재가 되는 것이다.

아비찾기의 중요성은 '개가열녀담(改嫁烈女譚)'의 예53)에서도 알
수 있다. 이인경이 분류한 바, <개가한 열녀 유복자 본가로 보내
기> 유형은 절손(絶孫) 위기에 처한 가문의 과부가 유복자를 잉태
한 채 개가하게 되었지만 그 아들을 낳아 훌륭히 양육하여 본가로
돌려 보내어 대를 잇게 하였다는 내용이다. 또 이러한 내용도 있다.
절손의 위기에 닥친 가문의 며느리가 유복자를 가진 채 보쌈을 당
하자 여인은 하문을 지지는 방법으로 남편과 관계하지 않고 버티다
가 유복자를 낳았다. 유복자가 장성하자 미리 먹여서 길러 둔 망아
지를 태워서 과거길에 오르게 한다. 망아지는 본가를 찾아갔고 유
복자는 본가임을 모르는 채 그 집 제사를 함께 지내 준다.54) 아들이
과거 급제를 하자 여인은 아들과 함께 본가로 향하지만 아들은 먼

---

53) 이인경, 「개가열녀담에 나타난 열과 정절의 문제」, 『구비문학연구』 제6집,
    1998, 271쪽.
54) 각편에 따라서는 제사를 지내는 과정에서 본가임을 알게 되기도 한다.

저 들여 보내고 자신은 본가에 이르기 전에 자결한다.

이들 설화들은 철저히 남성 중심적 시각에서 만들어진 설화들이다. 열녀라는 것은 봉건 이데올로기에서 여성에게 부여되던 가장 핵심적인 덕목인 동시에 질곡이기도 했던 덕목이다. 이러한 덕목을 잘 수호하여 칭송받는 열녀의 조건이란 양육의 책임을 마친 뒤 아들을 가문으로 되돌려 보내는 것이다. 여기서 아버지를 찾는 일이 남성 중심 지배 이데올로기에서 얼마나 중요한 일인지를 실감할 수 있다.

친부탐색담의 주인공은 탐색에 대한 보상으로 공동체의 완전한 성원으로 인정받게 된다. 이전 공동체에서 거부되던 존재에서 공동체의 구성원으로 받아들여지는 존재가 된 것이다. 달리 말하면 친부탐색담은 어머니의 영역에서 살아가던 주인공이 어머니의 영역을 떠나 아버지의 영역으로 들어가는 입사식(入社式)의 의미를 지닌다.

바리공주의 아비찾기 또한 이러한 의미가 부여될 수 있다. 바리공주의 아비찾기는 어머니의 영역을 떠나[55] 아버지의 영역으로 흡수되는 입사식의 의미를 지닌다. 따라서 여성 주체의 아비찾기는 이전의 미성숙 단계에서 성숙의 단계로 존재의 사회적 위치가 변화하는 의미를 갖는다고 할 수 있다. 이는 신화에 조선조 사회를 지배

---

55) 물론 바리공주는 어릴적 부모에 의해 버려진다. 그러나 바리공주를 버리려 하는 것은 아버지일 뿐 어머니는 아니다. 어머니는 바리공주에게 옥가락지를 쥐어 보냄으로써 자신의 마음을 표현하고 있다. 즉 바리공덕 할미는 친모의 양육을 대신하는 유모로서의 의미를 지닌다.

하고 있던 가문 중심의 세계관이 반영된 결과이다.

"여성의 분만기능은 남자든 여자든, 성인이 잃어버린 대륙에 대해 품고 있는 환각이며 인간의 아들인 그리스도는 그의 어머니에 의해서만 <인간>"[56]이라고 한다. 이는 하늘의 자식 단군이 그의 어머니에 의해서만 인간인 것과 마찬가지다. 이는 남성 중심의 서사에서 대리모 역할로 전락하고 만 여신들의 권능을 회복시키고 설명해 줄 수 있지만, 역으로 남성중심의 질서를 더욱 공고히 하는 예가 될 수도 있다. 즉 그리스도의 속성은 신이지 인간이 아니다. 단군의 속성 또한 마찬가지다. 비록 어머니의 몸을 빌어 태어났지만 그는 아버지 환웅의 속성을 이어 받고 있는 신이다.

인간의 사회적 속성은 아버지인 남성에 의해서만 계승된다. 바리공주는 아비찾기를 통해서 그러한 아버지의 속성을 물려받고 있다. 오구신으로서의 자아 정체성은 스스로 탐색여행을 거친 결과이지만 그것이 확립되는 과정은 아버지를 죽음으로부터 구원하는 과정과 맞물려 있다. 아버지는 바리공주라는 존재의 정체성을 해명해 줄 수 있는 근원이기 때문이다. 바리공주의 아버지 상실과 아버지의 위기는 바리공주의 정체성의 위기와 동궤에 있다. 따라서 바리공주는 아버지를 죽음에서 구원하기 위한 탐색여행을 거침으로써 아버지의 질서를 회복하고, 바리공주는 아버지의 딸로서, 아버지의 권력 계승자로서의 위치를 명확히 함으로써 자아 정체성을 회복하고 오구신으로 좌정할 수 있게 되는 것이다.

오구신은 죽은자들을 위한 신이다. 죽음은 부활과 재생의 전단계

---

56) 쥴리아 크리스테바 저, 김영 역, 앞의 책, 368-369쪽.

이며 생명과 순환관계에 있다. 즉 죽음의 신으로서의 바리공주의 성격은 창조와 풍요의 여신으로서의 원형적 여성신의 성격과 동일한 속성이라고 할 수 있는 것이다. 바리공주는 어머니가 자신에게 남긴 정표인 옥가락지를 가지고 부모를 찾아가 부모를 상봉함으로써 자신의 신분에 대한 인식이 가능해짐과 동시에 자의식도 형성된다. 바리공주의 자의식은 아버지를 위한 생명수를 찾아오겠다고 자원하는 데서 확인된다. 바리공주는 생명수를 찾는 일, 죽음과 삶을 관장하는 권능이 스스로에게 있음을 감지하고 있었기 때문에 자원을 할 수 있었던 것이다. 이에 비하여 언니들은 자의식이 아직 형성되지 못한 단계에 있어 자신의 숨은 능력을 인지하지 못하고 있는 것이라고 볼 수 있다. 바리공주는 자의식을 바탕으로 아버지를 찾기 위한 구원의 탐색 여행을 떠나며 탐색 여행에서 자신의 능력을 드러내고, 아버지 구원을 통해서 오구신으로서의 자아 정체성을 획득하게 된다.

2. 남성적 권력에 의한 여성의 배제와 극복

앞 절에서 살핀 작품들은 여성이 전체 서사를 주도하는 서사의 주체로 등장하고 있으며 그에 따라 탐색의 대상도 명확하게 드러나는 경우들이었다. 따라서 아버지로 대표되는 남성중심 질서에 대해 여성은 다양한 대응을 보여주고 있으며 이를 통해 자아 정체성 확립에 이르고 있는 것을 볼 수 있었다. 그러나 제2절에서 살펴 볼 작품들은 남성적 권력이 좀 더 강화된 양상을 띠면서 여성 중심의

서사와 남성 중심의 서사가 혼재되고 있는 양상을 보이는 작품들이
다. 남성적 권력의 강화는 전체 서사에서 남성 중심의 서사가 차지
하는 비중이 증가하면서 여성중심의 서사를 잠식하는 것으로 서사
화된다. 남성 중심의 서사는 서사에서 여성을 배제하고, 남성들의
질서 속에서 여성을 타자화된 존재로 형상화하며 남성들의 서사에
여성의 서사를 복속시키려 한다. 그러나 여성을 중심으로 전체 서
사를 파악해 보면 남성의 서사는 미완인 채로 여성의 서사에 종속
되어 있음을 확인할 수 있다. 남성이 아닌 여성을 중심으로 전체
서사를 파악하고자 하는 시도가 바로 작품을 여성 주체의 탐색담으
로 독해하는 것이다.

　여성이 전체 서사에서 주도적인 역할을 하면서 여성의 서사를 보
여주었던 앞 절의 작품들과는 달리, 이 절에서 거론되는 여성 주체
들은 자아 인식의 정도가 상대적으로 미약하다. 전 절의 경우, 남성
적 질서는 아버지로 대표되는 아버지의 질서였다. 아버지는 이미
자식의 도전을 받고 자식에게 권력을 이양해야 하는 처지에 있는
인물이다. 따라서 여성 주체와 아버지와의 강한 대립은 드러나지
않는다. 여성이 기존의 세계 질서인 아버지의 질서에 어떻게 대응
하느냐가 문제가 되었고, 그 대응방식은 부정, 거부, 회복 등으로 나
타났다. 그러나 남성적 질서가 아버지로 대표되는 질서가 아니라
이미 남성적 권력을 형성한 경우, 여성은 배제의 대상이 되고 여성
주체는 이러한 남성적 권력에 의한 배제를 극복해야만 하는 과제를
떠안게 된다.

　따라서 이 절에서는 남성의 서사와 여성의 서사가 혼재되어 있는

것이 특징이다. 또한 서사의 전면에 탐색의 대상이 명확하게 드러나지 않는다는 것도 특징이다. 여성 주체의 궁극적인 탐색의 목적은 물론 자아 정체성 획득이지만, 탐색 여행 이전에 여성의 자의식이 명확하게 드러나지 않는 경우도 있기 때문에 여성의 탐색 대상이 자아인지, 남편인지, 아비인지 명확하지 않다. 혹은 탐색이 실패로 돌아가는 경우도 있다. 이러한 경우는 남성의 서사가 작품에 좀더 깊숙이 개입하고 있는 경우이며, 여성은 서사의 전면에 드러난 탐색과정과는 다른 방법으로 자아 정체성을 획득하기도 한다. 이는 여성의 탐색담이 매우 축소된 결과이다. 이 절에 나타나는 여성의 탐색담은 남성적 권력의 강화로 인하여 전체 서사에서 남성의 서사가 많은 비중을 잠식하고 있는 상태이다. 이러한 상황에서 여성이 자아 정체성을 획득하기 위한 탐색과 그를 통하여 남성적 권력을 극복하고 있는 여성의 서사를 고찰해 볼 수 있다.

가. 평강공주 설화 : 온달의 서사와 평강공주의 자아찾기

<온달전>에서 평강공주의 탐색담을 논할 수 있는 것은 <온달전>의 서사가 전반부는 평강공주를 중심으로 전개되고 있기 때문이다. 여행이라는 과정이 축소됨으로써 탐색담으로서의 성격이 약화되어 나타나기는 하지만 <온달전>의 평강공주 또한 여성 탐색담의 주체라고 할 수 있다. 논의를 전개하는 데 있어 삼국사기의 <온달전>을 주된 텍스트로 삼고 있지만 여기서는 온달이 아니라 여성인 평강공주를 중심으로 한 탐색담적 특성을 드러내고자 하므로 <온달전>이라는 명칭 대신에 '<평강공주>설화'라는 명칭을 사용

하고자 한다.

<평강공주> 설화는 『삼국사기(三國史記)』 열전(列傳) 온달편에 기록된 내용이지만 전체 서사에서 평강공주가 차지하는 비중은 온달이 차지하는 비중과 대등하다.

1. 고구려 평강왕 때 온달이라는 사람이 살았다.
2. 평강왕의 어린 딸이 곧잘 울었으므로 왕이 바보 온달에게 시집을 보내야 되겠다고 놀렸다.
3. 딸의 나이 16세가 되어 왕이 딸을 상부 고씨에게 시집보내려 하니 공주가 왕의 식언을 문제 삼아 대왕의 명을 거역한다.
4. 왕이 화를 내어 공주를 내쫓는다.
5. 공주는 보물을 가지고 궁궐을 나와 온달의 집에 찾아가 온달의 배필이 되기를 자청한다.
6. 온달의 배필이 된 공주는 궁을 나올 때 가지고 온 보물을 팔아 살림을 구비한다.
7. 공주는 온달에게 병들고 수척한 말을 골라 사오게 하여 말을 기른다.
8. 3월 3일 천신제 준비를 위한 왕의 사냥대회에 온달이 나가 재주를 뽐내자 왕이 놀라며 기이하게 여긴다.
9. 후주의 무제가 요동을 공격하였을 때 온달이 공을 세우자, 왕이 "이 사람은 나의 사위이다"라고 말한다.
10. 양강왕이 즉위 후, 신라에게 빼앗긴 땅을 되찾기 위해 온달이 스스로 출전을 하지만 화살에 맞아 전사한다.

11. 온달이 길을 떠날 때, 계림현과 죽령 서쪽의 땅을 되찾지 않으면 돌아오지 않겠다고 맹세하였는데, 과연 온달을 장사지내려 하였으나 영구가 움직이지 않았다.

12. 공주가 와서 관을 어루만지면서 "사생이 이미 결정되었으니, 돌아가소서!"라 말하자, 마침내 영구가 움직여 하관하였다.

전반부는 온달의 이야기로 시작되지만, 평강공주와 평강왕의 갈등, 평강공주의 지인지감(知人之鑑)과 남편 고르기, 택마(擇馬)·양마(養馬) 모티프와 관련된 평강공주의 혜안, 세상 사람들이 모두 바보라고 부르는 온달을 평강공주가 장군으로 성장시키는 내용 등에서 평강공주의 능력이 강조되고, 전체 서사 또한 평강공주를 중심으로 전개된다. 8번부터 시작되는 후반부는 온달 중심의 서사이다. 서인들에 의해서 바보라고 불리던 온달은 실력을 쌓아 사냥대회에 나가서 뛰어난 능력을 발휘하고, 평강왕으로부터 사위로 인정을 받고 명성을 누리다가 평강왕이 죽고 양강왕이 즉위하자 신라에 맞서 싸우다가 전사를 한다. 그런데 재미있는 것은 온달이 죽음으로써 다시 서사는 평강공주로 옮아간다는 것이다. 평강공주는 한을 품고 죽은 온달을 어루만져 온달로 하여금 한을 풀고 저승길을 떠날 수 있도록 한다. 전체 서사는 온달로부터 시작되지만 본격적인 서사의 시작은 평강공주부터 시작된다. 평강공주의 서사는 발단으로 그치고 온달을 중심으로 다시 서사가 전개되다가 맨 마지막에는 다시 평강공주의 서사로 끝을 맺고 있는 것이다. 이처럼 온달과 평강공주의 서사가 교차되고 있다는 것이 <평강공주> 설화의 특징이다.

평강공주의 탐색을 중심으로 이야기를 풀어보자면, 문제는 평강
공주가 항상 운다는 것 때문에 발생한다. 평강왕은 자꾸 울면 바보
온달에게 시집보내 버리겠다고 놀린다. 우는 행위는 자기의 욕구를
표출하는 방식이다. 아이들은 불만이 있을 때 울음으로써 이를 표
현하며, 자의식이 강한 아이일수록 많이 운다. 울보로 형상화된 평
강공주는 기존 질서에 이의를 제기하고 불만을 표출하는 반항적인
인물이었던 것으로 추측해 볼 수 있다. 즉 강한 자의식을 바탕으로
하고 있었기 때문에 기존 질서에 순종하지 못하였던 것이다. 그러
나 평강왕은 평강공주의 울음이 자의식의 표출이라는 사실을 깨닫
지 못하고 온달에게 시집보내겠다는 농담만을 반복하게 된다.

평강공주는 평강왕과의 갈등으로 인하여 축출되므로 평강왕은
파견자의 성격을 띤다. 파견자는 탐색의 주체가 통과의례적 분리를
경험할 시기가 되었을 때 등장하여 주체로 하여금 탐색을 떠나도록
만드는 자로서, 평강왕에 의한 평강공주의 축출은 평강공주가 사춘
기에 접어들어 아버지를 떠나 남편을 찾아 떠날 시기가 되었음을
암시하는 것이다. 평강공주가 시집갈 나이인 16세가 되자 평강왕과
평강공주의 갈등은 첨예하게 드러난다. 평강왕은 상부 고씨에게 평
강공주를 시집보내려고 한다. 상부 고씨는 평강공주가 스스로 선택
한 남성이 아니라 평강왕이 왕이자 아버지의 권리로 정한 남성이다.
그러나 공주는 이에 순순히 응하지 않는다. 공주는 전일의 왕의 식
언을 문제 삼으며 대왕의 명령이 잘못되었다고 맞선다. 평강공주는
울음이 아닌 논리적인 언어로 자신의 의지를 표출할 수 있는 나이
가 되자, 즉 자의식이 형성되는 시기가 되자 평강왕의 독단적인 혼

인 결정에 이의를 제기하고 나서는 것이다. 이것은 아버지의 질서
에 대한 정면적인 도전으로서 평강공주는 아버지와의 결별을 선언
하고 자아를 찾기 위해 궁을 떠난다.

　평강공주의 출궁이 자아를 찾기 위한 것이냐, 온달, 즉 남편을 찾
기 위한 것이냐는 논란의 여지가 있다. 앞서 <삼공본풀이>의 경우
와 마찬가지로 평강공주는 아버지를 떠나 온달과 결연을 맺음으로
써 겉으로 보기에 남편찾기의 형태를 띠고 있다. 그런데 평강공주
와 온달의 결연은 사랑을 바탕으로 한 것이 아니다. 평강공주는 온
달을 한 번도 본 적이 없으며, 온달에 대한 사랑으로 온달을 찾아
간 것은 더욱 아니다. 평강공주 설화가 남편찾기가 되기 위해서
는 평강공주의 여행과 시련이 온달과의 결합 완전한 결합을 이루기
위한 과정이 되어야 하고 평강공주와 온달이 완전한 결합을 이룸으
로써 평강공주는 자아 정체성을 확립할 수 있어야 한다.

　그러나 평강공주의 출궁은 아버지와 평강공주, 즉 아버지의 독단
적인 권력과 자의식이 충돌을 빚으면서 발생한다. 비록 그 사이에
온달이 개입되어 있다고 하더라도 평강공주는 온달과의 사랑을 바
탕으로 온달을 찾고자 하는 것이 아니기 때문에 평강공주의 출궁을
남편을 찾기 위한 행동이라고 보기는 어렵다. 평강공주가 남편찾기
를 통해 자아 정체성을 회복한다고 하려면 평강공주가 온달과 결연
을 맺게 됨으로써 평강공주의 자아 정체성은 완성에 이르러야 한다.
평강공주의 정체성은 온달을 훌륭한 장수로 성장시킨 아내상에 있
는 것이 아니라 온달의 한 맺힌 죽음을 풀어내는 능력을 발휘하는
데서 가장 강하게 드러나기 때문이다. 이 부분에 이르러 평강공주

는 생명과 죽음, 창조와 풍요의 여성으로서 자아 정체성을 표출하게 된다. 즉 평강공주 설화 전반부에서 평강공주가 온달과 결연을 맺고 온달을 장수로 성장시키는 과정은 남편을 찾는 과정이라기보다는 평강공주의 능력을 스스로 발현하는 과정이며 그러한 여성적 능력 발현은 자기 완성을 이루어 나가는 과정의 일부로서의 의미를 지닌다.

평강공주는 기존의 세계를 거부하고, 아버지에게서 벗어나 자신의 영역을 스스로 선택하려고 궁을 떠난다. 이제 막 형성된 자의식을 바탕으로 아버지와 맞서 아버지의 질서를 거부하고 떠나온 평강공주에게는 자신의 정체성을 확립하고 자아실현을 이룰 수 있는 시련 극복을 통한 단련의 과정이 필요한데 그 과정으로 선택된 것이 바로 바보 온달의 영웅 만들기이다.

평강공주의 능력은 바보 온달의 영웅 만들기라는 과정을 통해서 발휘되는데 평강공주는 남편을 스스로 선택하는 지인지감을 가지고 있으며 말을 알아보는 혜안과 양마(養馬) 능력 또한 가지고 있다. 말을 알아보는 혜안은 유화에게서도 볼 수 있는 능력이며, 양마 능력은 주몽에게 나타나는 능력으로서, 신화시대부터 정치적 권력과 밀접하게 관련이 있는 매우 특별한 능력이다.[57] 이러한 평강공주의

---

57) 말은 하늘과 땅을 이어주는 천마의 이미지로서 하늘과 군주의 관계와 군주의 신성한 권력을 말해주는 정치적 상징성을 지닌다. 군주와 말의 밀접한 관련은 주몽, 박혁거세, 신라의 천마총 등의 예에서 볼 때 북방의 기마 민족에게만 있었던 것은 아닌 듯하며 아기장수 신화에서도 말이 등장하는 것으로 보아 말과 군주의 밀접한 관련을 암시하는 이러한 전통은 그 기원이 매우 오래되었으면서도 후대까지 이어진 것인 듯하다.

택마(擇馬) 능력은 평강공주의 탁월한 능력을 보여주는 장치로 작용하고 있다. 그렇기 때문에 <평강공주> 설화는 평강공주의 자아 찾기가 중심이 되는 탐색담이 되고 온달과 관련된 서사는 평강공주의 능력을 드러내는 과정으로서의 역할을 한다. 그런데 평강공주 중심의 탐색담에서 단지 전리품의 기능을 하는 온달이 이후 서사에서는 중심적인 역할을 한다는 데서 문제가 발생한다. 이는 평강공주의 서사에서 온달의 서사로 서사의 중심이 옮아가고 있음을 뜻한다.

영웅의 탐색에는 일정한 전리품이 있어야 하는데 이 전리품은 '생은 역전시키는'[58] 것이라야 한다. 탐색 주체로 하여금 탐색 여행을 떠나지 않으면 안 되게 만들었던 것은 세계의 위기이다. 탐색 영웅의 탐색은 이러한 세계의 위기를 구하기 위해 모험을 떠나고 그 결과 얻어낸 전리품을 가지고 이전의 세계를 새로운 세계로 바꾸어야 한다. 평강공주가 갈등을 겪고 축출당한 세계는 이미 위기에 처해 있었음을 암시하며 그것은 국가적 위난으로 표면화된다. 여기서 위기의 세계를 구원하고자 등장하는 인물은 탐색의 주체인 평강공주가 아니라 온달이다. 여기에서 평강공주의 소외가 발생한다. 여기서부터 서사는 온달에게로 옮아가고 평강공주는 서사에서 소외된다.

이처럼 평강공주의 탁월한 능력이 바보 온달의 영웅 만들기에 집중된다는 점이 문제이다. 평강공주가 애초에 궁을 나온 것은 자아 정체성을 찾기 위한 도전이었음에도 불구하고 그 과정은 보통 택부

---

58) '모험 당사자인 영웅은 아직 생을 역전시키는 전리품을 가지고 귀환하는 모험을 치러야 한다' 조셉 캠벨 저, 이윤기 옮김, 앞의 책, 253쪽.

담(擇夫譚)과 마찬가지로 남편을 통해 자아 성취의 의지를 표출하는 데 그치고 만다는 한계를 지닌다. 따라서 평강공주의 자아찾기는 온달의 서사에 묻히고, 서사는 여기서부터 온달중심으로 전개됨으로써 평강공주의 자아찾기 노력은 희석된다.

이러한 여성의 타자화(他者化) 현상은 <웅녀신화>와 <유화신화>에서도 나타난다. 온달이 비록 주몽이나 단군처럼 건국주(建國主)의 형상으로 나타나지는 않지만 평강공주는 온달로 하여금 정계에 나아가 권력의 옹호자 내지는 수호자 역할을 충실하게 하도록 돕는다. 그리고 후반부 서사에서는 온달에게 자리를 물려주고 모습을 감춘다. 자신은 아버지의 질서를 거부하고 나왔으면서 온달로 하여금 아버지의 권력을 수호하도록 만드는 것은 이율배반적인 행동이다. 또한 평강공주는 아버지의 권력을 거부하고 자신의 질서를 구축하고자 하였으므로 아버지의 권력을 계승하거나 수호하는 것은 평강공주여야 한다. 그런데 그 자리에 온달이 들어섬으로서 평강공주는 자아 확립의 완성단계에 이르지 못하고 서사에서 잠깐 사라진다.

평강공주의 서사에서 온달의 서사로 옮아 왔다면 온달의 서사는 완벽한가. 역시 그렇지 않다. 평강공주 설화에 삽입된 온달의 서사는 승리한 자의 서사가 아니라 패배한 자의 서사이다. 온달의 서사가 완벽하려면 평강왕의 권력과 질서는 온달로 자연스럽게 이양되어야 한다. 이는 비슷한 모티프를 가진 <무왕설화(武王說話)>와 비교해 보면 알 수 있다. 선화 공주님을 아내로 맞은 무왕은 권력의 중심에 섬으로써 서사의 주체가 되지만 온달은 뛰어난 능력에도 불구하고 평강왕의 권력을 이어받지는 못한다. 평강왕이 죽은 뒤 양 강왕이 권력을 계승하게 되며 자신의 권력 기반을 잃은 온달이 양 강왕대에 신라에 패하고 한을 품고 죽는 것은 당연한 귀결이다. 온 달은 권력의 지도세력으로 부상하지 못하고 비극적인 죽음을 맞는 전설적인 인물이 된다.

즉 평강공주 중심 서사에서 온달 중심의 서사로의 역전은 성공을 이루지 못한다. 평강공주가 죽은 온달을 위무(慰撫)하여 천도(薦度) 하는 신이한 능력을 드러내고 있는 지점도 바로 여기이다. 여기에 서 다시 서사는 평강공주 중심으로 돌아서고 있다. 죽은 이를 천도 하는 능력은 서사무가 '바리데기'의 오구신으로서의 능력과 대비되 는 것으로서 자아 정체성이 확립된 경우에 가능한 능력이며 평강공 주의 자아찾기 결과라고 볼 수 있는 부분이다.[59) 비록 온달의 서사 에 가리워져 명확하게 드러나지 않은 채, 결과만 파편화된 채 남아

---

59) 임재해도 온달설화를 아버지와 딸의 갈등으로 고찰하고 여성의 주체적 태도를 긍정적으로 평가한 바 있다.

"온달형 설화는 아버지에게 예속된 딸이 아닌 삶의 주체로서의 독자적인 딸의 삶을 긍정함으로써 여성의 주체의식과 삶의 가능성을 표출하고 부권중심 가족 제도와 도덕률을 비판한다. 이러한 비판정신은 딸의 삶을 종속적인 것으로만 여 기는 아버지의 일방적인 권위를 부정하면서 부녀간의 횡적인 평등관계를 긍정 한다. 여성의 주체성과 우위성을 주장하는 내용은 평등정신에 입각해 있는 근대 의식과 연결되는 것이다." 임재해, 「온달형 설화의 유형적 성격과 부녀갈등」, 『여 성문제연구』 11, 대구 효성 카돌릭 대학교 사회과학연구소, 1982, 46쪽.

그러나 이는 온달 설화의 부녀 갈등은 개인대 개인의 문제가 아니다. 따라서 '근대의식'을 운위하기 이전에 여성과 여성을 억압하는 남성 중심 질서의 문제 로 환원되어야 하며 신화적인 기원을 거슬러 올라갈 필요가 있다. 여기서는 '평 등'이 문제가 아니라 박탈당한, 억압당한 권력, 자아 정체성 회복에 대한 것이 문제이다.

있지만 평강공주는 자아 정체성 획득에 성공하고 있다.

탐색담에서는 보통 적대자와 구원자가 등장하는데 평강공주 설화에서는 적대자로 구체적인 인물이 등장하지는 않는다. 그러나 공주가 여태 살던 환경과는 다른 세계, 변화된 세계에 적응해 나가는 것, 가난과 무지에서 온달을 구원해 내는 과정 자체가 탐색에서의 고난 과정이라고 할 수 있으며, 공주에게 주어진 세계 자체가 적대자로서의 성격을 띠게 된다. 이렇게 본다면 미약하나마 온달의 어머니는 탐색 주체인 평강공주의 적대자로서의 성격을 띤다고 볼 수도 있을 것이다. 늙은 어미는 가난과 결핍의 상징이다. 늙은 여성의 생생력 소진과 이에 따른 가난은 젊은 여성의 등장으로 해소된다.60) 이러한 점에서 볼 때 온달의 어머니와 평강공주가 심각한 갈등을 일으키고 있지는 않지만61) 온달의 어머니는 평강공주의 탐색 과정에서 적대자의 역할을 한다고 볼 수도 있다.

요컨대 평강공주의 탐색담에 온달의 서사가 개입됨으로써 평강공주의 자아찾기는 완결된 형태를 갖추지 못하고 파편화된 채 남게

---

60) 늙은 여성의 쇠퇴한 생생력은 우렁색시 설화에서 늙은 총각과 함께 살아가는 늙은 어머니에게서도 발견할 수 있으며 무왕설화나 유금이들 설화에서도 잘 나타난다. 유금이를 업은 할머니나 다른 어른들의 눈에는 뱀으로 보이던 것이 생생력을 지닌 어린 여자 아이 유금이의 눈에는 풍요의 상징인 '이무기'로 나타난다는 것, 그래서 유금이는 비옥한 '유금이뜰'의 주인이 된다는 사실을 통해 여성의 생생력을 확인할 수 있다. 여성의 생생력을 강조하는 설화의 예는 얼마든지 있겠지만 주목할만한 것은 젊은 여성의 충만한 생생력은 늙은 여성의 쇠퇴한 생생력과 대립되어 나타난다는 점이다. 진은진, 「우렁색시 설화 연구」, 경희대학교 석사학위 논문, 1995 참조.

61) 온달전설이 온달을 중심으로 한 남성적 텍스트이기 때문에 충이나 효가 강조되고 있기 때문에 평강공주와 온달의 어머니는 대립적으로 나타나지 않는다.

된다. 아버지에서 온달로 이어지는 남성 중심의 계보가 형성되는 과정에서 여성의 타자화는 이미 진행되고 있는 것으로 보인다.

나. 구렁덩덩신선비 : 구렁덩덩신선비의 서사와 막내딸의 남편찾기

<구렁덩덩신선비>는 세계적으로 널리 분포되어 있는 설화로서 서대석은 <구렁덩덩신선비>의 이본 대비를 통하여 신화적 성격을 밝힌 바 있다. 또한 큐피트와 사이키 설화와의 비교를 통하여 사이키 설화에서는 비너스 신과 사이키의 대립이 중심인데 비하여 <구렁덩덩신선비> 설화에서는 신선비의 주체성과 상대적 우월성이 강화되어 있어 남성 중심의 사고를 드러내고 있다고 보았다.[62] 그러나 본 서에서는 막내 딸의 탐색담으로 이 설화를 분석해 보기로 한다. 서사단락을 정리하면 다음과 같다.

1. 한 늙은 여인이 구렁이를 낳았다(신선비의 출생).
2. 이웃의 장자집 딸 세 자매가 와서 보고 셋째 딸만 구렁덩덩신선비를 낳았다고 칭찬한다(이웃집 딸 세 자매의 평가).
3. 구렁이는 장자집 셋째 딸에게 청혼하기를 어머니에게 요구한다(구렁이의 청혼).
4. 구렁이는 셋째 딸과 혼례를 치른 후 허물을 벗고 미남 선비가 된다(구렁이의 탈각).
5. 신선비는 신부에게 구렁이 허물을 잘 간수하라고 부탁한다(허

---

62) <구렁덩덩신선비>에 대한 이본은 서대석의 논문에 잘 정리되어 있어 참고할 수 있다. 서사 단락도 서대석의 구분에 따르기로 한다. 서대석, 「구렁덩덩신선비의 신화적 성격」, 『고전문학연구』 제3집, 한국고전문학연구회, 1986.12.

물의 간수 부탁 – 금제의 선언).

6. 신선비는 과거를 보러 집을 나간다(신선비의 출타).
7. 신부의 언니들이 허물을 빼앗아 불에 태운다(허물의 소각 – 금제의 위반).
8. 신선비는 허물 타는 냄새를 맡고 자취를 감춘다(신선비의 잠적).
9. 신부는 신선비를 찾아 탐색여행을 한다. 까치, 멧돼지, 빨래하는 아주머니, 새보는 아이 등에게 길을 물어 신선비의 거처를 알아낸다(신부의 탐색).
10. 신부는 신선비가 달을 보고 자기를 그리워함을 알고 노래로 화답하여 재회한다(신선비와 신부의 재회).
11. 신선비는 전처와 후처에게 물 긷기, 호랑이 눈썹 뽑아오기 등의 시험을 부과한다. 여기서 전처가 승리한다(시험과 승리).
12. 신선비는 전처와 재결합한다(신선비와 신부의 재결합).

서대석은 <구렁덩덩신선비>를 전반부와 후반부로 나누어 전반부는 신선비의 출생과 결혼이고 후반부는 신부의 남편 찾는 과정이라고 보았다.[63] 그러나 여기서는 이러한 서사전개의 혼란을 여성탐색담에 남성 중심 이데올로기가 개입된 결과라고 본다. 따라서 여기서는 셋째 딸을 중심으로 한 서사로 본다. 따라서 탐색의 주체는 셋째딸이고 탐색의 대상은 구렁덩덩신선비이다.

셋째 딸은 언니들과는 달리 뱀을 구렁덩덩신선비로 알아보는 혜안을 가졌다는 점에서 언니들과는 다른 뛰어난 능력을 발휘하고 있

---

63) 서대석, 앞의 논문, 194-195쪽 참조.

다. 이러한 지인지감의 혜안이 여성의 뛰어난 능력을 드러내고 있음은 앞서 <삼공본풀이>에서도 확인한 바 있다. 또한 뱀을 '구렁덩덩신선비'로 알아보는 혜안은 <삼공본풀이>의 가믄장아기나 숯구이 총각에게 시집간 셋째딸이 금을 알아보는 혜안과도 상통하는 능력이다. 이는 이들 여성들이 지닌 생산적이고 창조적인 능력이 금이나 뱀이 가진 풍요 상징과 동일한 원리 속에 속해 있음을 말해준다.

그런데 지인지감의 혜안을 가지고 있음에도 불구하고 먼저 청혼을 하는 쪽은 셋째딸이 아니라 신선비이다. <삼공본풀이>나 <세경본풀이>에서 여성은 스스로 남편을 선택한다. 스스로 남편을 선택하는 것은 여성의 주체성을 강조하는 부분이 될 수 있다. 이러한 여성의 능력은 택부담에서도 이어지고 있다.[64] 그런데 셋째딸이 남편을 고를 수 있는 자질이 있음에도 불구하고 그러한 능력 발휘의 기회를 박탈당하는 것은 전반부의 서사가 신선비를 중심으로 전개되고 있기 때문이다.

이처럼 <구렁덩덩신선비>가 남성 중심의 서사로 시작되면서 여성의 탁월한 능력은 효과적으로 드러나지 못한다. 신선비의 신이함만을 강조하는 서사 전개 속에서 여성의 탁월한 능력은 의미를 상실하고, 전체 서사에서 여성은 주체적으로 행동하지 못한다. 앞서 셋째 딸이 남편을 고를만한 능력을 갖추고 있음에도 불구하고 신선비가 청혼을 하고 셋째 딸은 수동적으로 이를 받아들이기만 하는

---

64) 택부담(擇夫譚)과 관련한 논의는 정병헌의 논의를 참고할 수 있다. 정병헌, 앞의 논문.

것을 확인한 바 있다. 완전한 결합을 이루기 위한 금기와 금기 파기에 대한 책임 또한 셋째딸에게 부여된다. 신선비가 부여한 금기를 잘 지키지 못함으로써 셋째 딸은 부주의한 여성이 되고 만다. 따라서 완전한 결합을 위하여 탐색여행을 거쳐야 하는 인물은 구렁덩덩 신선비가 아니라 셋째 딸이 되는 것이다. 셋째 딸은 충만한 자의식이나 탁월한 능력 때문에 탐색여행을 하게 되는 것이 아니라 부주의함으로 인한 금기의 파기, 미숙함의 댓가로 남편찾기의 임무가 지워진다. 여기서도 남성 중심 이데올로기가 강하게 작용하고 있는 것을 볼 수 있다.

불완전한 존재는 셋째 딸이 아니라 신선비이다. 신선비는 인간이 아닌 뱀으로 태어났고, 자신의 존재를 인정해 주는 셋째 딸과 결혼함으로써 불완전하나마 인간으로 돌아올 수 있었다. 그리고 신선비의 허물을 간수해야 하는 책임이 있는 인물은 셋째 딸이 아니라 신선비이다. 그럼에도 불구하고 신선비는 자신의 허물을 셋째 딸에게 맡기면서 허물을 잘 간수하라고 당부를 한다. 이는 이미 파기가 전제된 금기이다. 따라서 이 부분은 결연의 실패와 그로 인한 셋째 딸의 고난을 셋째 딸의 부주의 때문인 것으로 미루고자 하는 의도이다.

셋째 딸과 신선비의 결합이 실패하는 이유는 셋째 딸이 금기를 어겼기 때문이 아니라 신선비가 불완전체이기 때문이다. 신선비의 불완전성이 셋째 딸과의 완벽한 결합을 불가능하도록 만들었으며, 따라서 고난은 이미 내재되어 있던 것임을 알 수 있다. 신선비는 자신이 원하는 여성과 결연을 맺었음에도 불구하고 낮에는 구렁이고 밤에는 뱀인 불완전체로 남아 있다. 곰인 웅녀가 환웅의 배필의 자격을 갖춘 완전한 여성이 되기 위해 인고를 겪었던 것과는 매우 대조적이다. 신선비에게는 이러한 인고 과정을 통해서 완전한 인간이 될 수 있는 과정이 주어지지 않는다. 대신 셋째 딸이 탐색 과정을 거친 이후 구렁덩덩 신선비와 셋째 딸의 결합은 완전하게 이루어진다.

셋째 딸은 두 번의 시험을 거치는데 첫 번째는 허물이 손상되자 잠적해버린 신선비를 찾는 일이다. 까치, 멧돼지, 빨래하는 아주머니, 새 보는 아이 등에게 길을 물어 신선비를 찾아 간다. 어렵게 신선비의 거처를 알아내지만 그것으로 완전한 결합이 이루어지지는 않는다. 신선비는 이미 후처를 얻어 살고 있는 상황이었으므로, 두 여인 중의 한 명을 선택하기 위해 시험을 부과한다. 즉 셋째 딸의 두 번째 시험은 남편이 부과한 과제이다. 여기에는 남성 중심의 위계 질서가 그대로 드러나 있다.

시험의 내용 또한 여성 주체의 풍요와 창조의 능력을 드러내는 쪽이 아니다. 신선비가 두 아내에게 부과하는 과제는 호랑이 발톱 빼오기, 새가 앉은 나뭇가지를 새를 날리지 않고 꺾어오기, 동지 섣달에 딸기 세 개 따오기 등이다. '빼기', '꺾기', '따기' 등은 창조적인 속성이라기보다는 파괴적인 속성으로서 남성적 속성에 가깝다. 이는 이 과제가 여성 주체의 능력을 드러내기 위한 것이 아니라 남성에 의해 요구된 것임을 보여주는 부분이다.

<구렁덩덩신선비>에서는 신선비의 서사와 셋째 딸의 서사가 혼재되고 있고, 이 과정에서 탐색의 주체는 셋째 딸이지만 그 탐색과

정에서 셋째 딸은 신선비에 의해 주어진 과제를 수동적으로 받아들이기만하고 있다. 즉 남편을 찾기 위한 탐색 과정에서 셋째 딸이 보여준 뛰어난 능력에도 불구하고 셋째 딸은 전체 서사에서 타율적인 인물로 등장할 뿐이다. 그러나 셋째 딸의 능력을 축소하면서 타율적인 여성으로 위장하고자하는 남성 중심 서사 이면에서 셋째 딸의 주체적 서사를 발견할 수 있다.

셋째 딸은 풍요의 상징을 인지하는, 혹은 인물을 알아보는 혜안을 가지고 구렁덩덩신선비가 뱀이 아니라 신선비라는 것을 알아차린다. 그리고 신선비의 아내가 되기를 자청한다. 그리고 신선비의 불완전성을 극복하고 신선비와 완전한 결합을 이루기 위해 탐색 여행을 거치게 된다. 탐색여행을 거쳐 신선비의 거처를 알아 낸 뒤, 신선비가 달을 보고 자기를 그리워함을 알고 노래로 화답하여 재회하는 부분에서는 셋째 딸과 신선비의 결합이 사랑을 바탕으로 한 것임을 알 수 있다. 선선비가 부과한 과제를 해결하면서 능력을 발휘한 셋째 딸은 신선비와 완전한 결합에 이르게 된다. 신선비의 서사가 개입되어 있고, 이로 인하여 셋째 딸의 능력이 축소된 면도 없지는 않지만 셋째 딸은 뛰어난 능력을 바탕으로 하여 남편찾기에 성공한다. 탐색여행을 거치기 전 셋째 딸은 풍요와 창조적 능력을 갖춘 완전한 여성으로서의 잠재적인 능력을 지니고 있었음에도 불구하고 언니들의 횡포를 막지 못하던 우유부단한 여성이었다. 그런데 남편을 찾기 위한 여러 과제들을 거치면서 자신의 뛰어난 능력들을 발휘하고, 그 과정에서 남편과 완전한 결합을 이룩할 수 있는 자격을 갖춘 인물, 그러한 결합을 가능할 수 있도록 만드는 인물로서 자아 정체성 확립에 성공하고 있는 것을 볼 수 있다.

다. 초공본풀이 : 아들의 아비찾기와 초공의 정체

<초공본풀이>는 제주도에서 전승되는, 서사무가 <당금애기>의
변이형이다.65) <초공본풀이>보다는 <제석본풀이>66)나 <당금애
기>67)로 더 일찍 알려지고 많이 알려졌으나 <초공본풀이>가 서사
적 내용이 다채롭고 여성의 탐색담으로서의 특징적인 성격을 많이
지니고 있으므로 여기서는 <초공본풀이>를 대상으로 삼아서 논의
를 전개하기로 한다.

1. 천아임정국대감과 지아김진국부인은 오십이 되도록 자식이 없

---

65) 홍태한은 북한지역 <당금애기>가 전반부에 창세무가 및 인세(人世)차지 경쟁
담과 연결되어 복잡한 양상을 드러내고 있다는 점, 후반부에 당금애기가 신격을
획득하는 부분이 있다는 점 등을 들어 북한 지역 <당금애기>를 이른 시기의
것으로 파악하고 후반부에 당금애기가 낳은 아이들에 초점이 맞추어져 기본형
에서 조금 변화를 일으킨 제주도의 초공본풀이를 변이형이라고 보아 <당금애
기>의 유형을 다음과 같이 분류하였다.
　원형 당금애기 : 창세무가, 인세차지 경쟁담 등 다양한 삽화와 어울린 석가의
일대기 중 혼인담.
　기본형 당금애기 : 현존하는 <당금애기>의 가장 일반적인 모습.
　변이형 당금애기 : 후반부가 축소된 전라도 지역 무가권, 후반부가 확장된 제주
도 지역 무가권.
　확장형 당금애기 : 제의축을 강조한 중서부 지역 무가권, 놀이축을 강조한 동해
안 영서지역 무가권.
　홍태한,『서사무가 당금애기 연구』, 민속원, 2000, 72쪽 참조.
66) 서대석,『한국무가의 연구』, 문학사상사, 1980.
67) 김태곤, 김준기, 홍태한 등에 의해서 이러한 명칭들이 쓰여지면서 일반화되었
으나 요즈음에는 제주도 무가에 대한 관심이 집중되면서 제주도 지방의 명칭이
그대로 쓰이고 있다.

어 걱정이다.

2. 그들은 불공을 드려 딸아기를 낳는다.

3. 아기씨가 15세가 되자, 임정국대감과 김진국부인님은 옥황의 분부로 각각 하늘과 땅으로 벼슬살이를 가고 아기씨는 살장 안에 갇힌다.

4. 황금산 도단땅의 삼천선비들이 내기를 하고 황금산 도단땅의 추젓대[朱子大先生]가 신통력으로 아기씨를 풀어주고 시주를 직접 받는다.

5. 주자 선생이 아기씨의 상가메를 세 번 만지고 떠나자, 아기씨는 느진덕정하님으로 하여금 그의 고깔 귀와 장삼의 귀를 한 조각 끊어두게 한다.

6. 종의 서신을 받고, 부모들이 돌아온다.

7. 부모들로부터 순결시험을 거친 후 잉태가 확인된 아기씨는 쫓겨난다.

8. 백강아지의 도움으로 산 넘고, 다리 건너고, 바다 건너 주자선생을 찾아간다.

9. 주자 선생은 송낙귀와 장삼귀가 꼭 들어맞고 아기씨가 자기의 자격 시험을 무사히 마침에도 불구하고 그녀를 받아들이지 않는다.

10. 불도땅에 들어간 아기씨는 아들 삼형제를 낳는다.

11. 성장한 삼 형제는 열 여섯 나던 해 과거를 보러 떠난다.

12. 그들은 팥죽 팔던 할머니와 그 딸의 도움으로 과거에 급제하나, 중의 자식이라는 이유로 급제가 취소된다.

13. 삼형제는 활쏘기로 다시 급제한다.
14. 삼천선비는 그것을 포기하도록 하기 위해 아기씨를 삼천천
    제석궁에 가두어 죽인다.
15. 삼형제는 아기씨를 살리기 위해 부친을 찾아간다. 부친은 모
    친을 구하려면 전생팔자를 그르쳐야 한다고 한다.
16. 삼형제는 모친을 구한 뒤 삼시왕이 되어 삼천선비의 원수를
    갚는다.
17. 유정승 따님이 전생팔자를 그르치고 무당이 되어 말젯자부장
    젯집의 죽은 딸아기를 살려 낸다.
18. 유정승 따님 아기는 백근이 차므로 삼시왕으로부터 무구를
    받아 굿을 잘하여 천하를 울린다.

<초공본풀이>는 매우 길고 다채로운 신화로 아기씨의 탐색담
후반부에 삼형제의 탐색담이 덧붙여짐으로써 아기씨보다는 삼형제
의 탐색담이 더욱 부각되는 효과를 나타내고 있다. 그 결과, <초공
본풀이>의 초공이 누군인가에 대한 논란이 일어나면서 <초공본풀
이>의 주체가 희미해진다. <초공본풀이>가 서사무가 <당금애기>
의 변이형이라는 논의를 받아들인다면 <초공본풀이>의 주인공은
아기씨가 분명하고, <초공본풀이>는 아기씨의 탐색담으로 보아야
한다.
    <초공본풀이>에서 탐색 주체 다음으로 문제가 되는 것은 탐색
대상이다. 아기씨의 탐색여행은 두 차례 나타나는데 첫 번째 탐색
여행에서 애기씨의 탐색대상은 주자 선생이 된다. 삼천선비와 내기

시합을 한 주자 선생이 아기씨의 상가메를 세 번 만지고 떠나자 아기씨는 잉태를 하게 된다. 잉태 사실이 부모에게 발각되어 집에서 쫓겨난 아기씨는 주자선생을 찾아간다. 그런데 아기씨가 가지고 온 신분 확인 증거물이 딱 맞고, 아기씨가 신부 자격 시험을 무사히 마침에도 불구하고 주자 선생은 아기씨를 받아들이지 않는다. 아기씨의 탐색 대상이 남편이라고 한다면 남편찾기의 실패라고 할 수 있다. 아기씨는 불도땅에 들어가 혼자서 아들 셋을 낳는데 아기씨의 남편찾기는 이들 아들들에 의해서 완성된다. 아들들은 아버지를 찾고 어머니인 아기씨도 죽음에서 구출해냄으로써 탐색영웅의 면모를 드러낸다. 여기까지 본다면 <초공본풀이>는 아기씨의 남편찾기 실패, 세 아들들에 의한 아비찾기로 이어진다고 볼 수 있다. 그러나 전체 서사를 생각해 보면 아기씨의 탐색대상은 주자선생이 아니라는 것을 알 수 있다.

<초공본풀이>는 무조신(巫祖神)으로 섬김을 받는 유정승 따님에 대한 언급으로 끝을 맺는다. 윤교임은 '무속신화에서는 하나의 신화 속에 여러 신들의 신화가 복합되어 나타나고, 여러 신들의 내력이 한꺼번에 설명되는 경향이 있다'[68]는 박경신의 논의를 상기시키면서 유정승 따님아기 서사가 전체 서사와 어떤 관련을 맺고 있을 것이라고 추정하고, 유정승 따님아기를 금기를 위반함으로써 다시 살아난 아기씨의 변모된 인물로 본다.[69] 이처럼 유정승 따님과 초공, 아기씨를 동일 인물로 보았을 때 <초공본풀이>는 아기씨가

---

68) 박경신, 「제주도 무속신화의 몇 가지 특징」, 『국어국문학』 96, 1986, 302쪽.
69) 윤교임, 앞의 논문, 40쪽 참조.

무조신으로서의 자아 정체성 확립 과정을 주요한 서사내용으로 하고 있다고 해야 할 것이다.

그러나 <초공본풀이>에서는 남성적 질서가 너무나 강고하여 이 속에서 아기씨는 주체적 자아 인식을 강하게 드러내지 못하고 있다. 따라서 아기씨의 탐색 대상도 명확하게 나타나지 않으며, 능동적으로 고난에 대처하는 것이 아니라 외적인, 주로 남성적인 힘에 의해 수동적으로 행동하는 인물로 나타난다. <초공본풀이>의 또 다른 이본형태인 <제석본풀이>에서 혼사장애로 인한 여성 수난의 구조적 모형이 추출됨으로써 주인공 제석 각시가 수난의 여인상으로 인식되는 이유도 바로 여성 주체의 수동적인 성격에 기인한다.

우선, 아기씨의 탄생부터 미숙성(未熟性)이 강조된다. 천아임정국대감과 지아김진국부인이 불공을 드려 낳은 딸아기는 완전한 아기가 아니라 시주가 백근이 못 차 딸로 태어난 아기이다. 이는 완전한 인간으로서의 면모를 갖추지 못한 미숙한 존재임을 뜻이다. 아기씨에게 가해지는 지속적인 세계의 폭력은 아기씨의 이러한 불완전성에 기인한 것이며, 역으로 여성 주체를 불완전한 인물로 형상화하는 것 자체가 남성적 권력과 질서에 의한 폭력의 결과이기도 하다.

아기씨가 15세가 되자, 임정국대감과 김진국부인님은 벼슬살이를 가고 아기씨는 살장 안에 갇힌다. 아기씨의 감금은 아기씨의 의지와는 무관하게 외부에서 가해진 폭력이다. 앞서도 살펴본 바와 같이 15세라는 나이는 사춘기에 접어드는 나이로서 자아에 눈을 뜨는 시기이다. 그러나 아기씨에게 이러한 주체적 변화는 보이지 않고 외부의 변화와 폭력에 아무런 대응도 하지 못한 채 모든 고난을 수동적으로 받아들여야만 하는 처지에 놓인다.

아기씨를 감금에서 풀어주는 사람은 주자선생이다. 그러나 이는 황금산 도단땅의 삼천선비들이 내기를 한 결과이다. 주자선생은 아기씨를 풀어주고 시주를 직접 받는데, 주자 선생이 떠난 뒤 아기씨는 임신을 하게 된다. 아버지는 아기씨의 처녀성 수호를 위해 아기씨를 감금하고 황금산 도단땅의 삼천선비들과 내기를 한 주자선생은 아기씨의 처녀성을 훼손한다. 아기씨는 성의 주체로서 아무런 권리도 갖고 있지 못하다. 아기씨의 의지와는 상관없이 남성들의 주도하에 아기씨의 성에 대한 유린이 이루어진다. 이 과정에서 아기씨가 할 수 있는 일은 느진덕정하님으로 하여금 그의 고깔 귀와 장삼의 귀를 한 조각 끊어두게 하는 일뿐이다.

부모가 돌아와 잉태가 발각된 아기씨는 쫓겨난다. 자아찾기에 등장하는 여성 주체들이 기존질서를 거부하고 스스로 아버지를 떠나려 하는 것과는 차이가 있다. 아버지의 질서를 거역하게 되는 것도 주체의 의도가 아니며 아버지로부터 떠나는 것도 주체의 의도가 아니다. 주체의 의지와는 상관없이 축출된 것이기 때문에 아기씨의 여행은 목적이 명확하지 않다. 아기씨는 자신의 존재를 받아들여 줄 수 있는 인물이 남편일 것이라고 생각하고 남편을 찾아가지만 남편에게서도 받아들여지지 않는다. 아기씨는 고난을 겪으면서 주자선생을 찾아가서 가지고 간 정표를 맞추어 자신이 아내임을 입증하고 거기에다 아내 자격시험까지 통과하지만 주자선생은 아기씨를 받아들이지 않는다. 탐색 주체로서의 자기 인식이 없는 상태에서 아기씨의 탐색은 불완전한 것이기 때문이다. 따라서 아기씨가 고난을 겪고 남편을 찾아갔지만 아내로서 인정을 받지 못하고 남편 찾기에 실패하는 것은 아기씨의 탐색 대상이 '남편'이 아니라는 것을 말해 준다. 또한 아기씨가 탐색의 주체로 등장할 만큼 아직 완전한 존재가 되지 못하였음을 보여주는 것이기도 하다. 아기씨는 주자선생의 아내로서의 자격은 획득하지 못하고 세 아들의 어머니로서의 생물학적 모성성만 강요당할 뿐이다.

즉 주자선생은 아기씨로 하여금 진정한 자아를 찾기 위한 탐색여행을 떠나도록 만드는 파견자의 성격을 띠고 있다. 아기씨가 주자선생의 아내 시험을 통과하고 주자선생의 세계에 동화되어 버렸다면 이후의 고난은 전개되지 않았을 것이며 아기씨는 진정한 자아 정체성 확립에 실패하였을 것이다.

홍태한은 북한 지역 <당금애기>가 전반부에 창세무가 및 인세 (人世)차지 경쟁담과 연결되어 복잡한 양상을 드러내고 후반부에 당금애기가 신격을 획득하는 것이 있다는 것을 근거로 하여 북한 지역 <당금애기>를 이른 시기의 형태로 추정한 바 있다.[70] 본풀이라는 서사무가의 특성을 상기한다면 주인공이 신격을 획득하는 단락이 있는 것이 이른 시기의 형태일 것이라는 추측은 자연스러운 것이며, 이로 볼 때 이른 시기부터 <당금애기>는 당금애기의 자아 찾기 과정을 주된 내용으로 하고 있는 탐색담이었을 것이라는 추정이 가능하다. 여기에 남성 중심의 이데올로기가 침투하고 남성의

---

70) 홍태한, 앞의 책, 72쪽.

서사가 개입되면서 당금애기의 자아찾기는 남성 중심의 서사에 묻혀 희미한 흔적만을 남기고 있는 것으로 보인다. 따라서 여기서는 <초공본풀이>를 여성탐색담으로 보고 아기씨가 자아를 찾는 과정으로 본다.

그런데 여기에 세 아들의 아비찾기 탐색담이 개입함으로써 아기씨의 서사는 급격히 축소되고 후반 서사의 주체가 희미해진다. 뿐만 아니라 전체 서사에서 서사 주체로서의 아기씨 위치 또한 위협받는다. 앞서도 살펴보았듯이 <초공본풀이>에서 아기씨는 아버지에 의해 감금되고, 삼천선비와 주자선생에게는 내기의 대상으로 전락함으로써 철저하게 타자화된 모습을 보여주고 있다.

아기씨는 불도땅에 들어가 혼자 아들 삼형제를 낳는다. <초공본풀이>의 아기씨는 무조신(巫祖神)으로만 나타나지만 이본인 <당금애기>에서는 무조신이라고도 하고 삼신이라고도 한다. 따라서 삼형제를 낳았다는 것은 이전에 자아에 대한 인식이 전무했던 아기씨가 비로소 자아에 대해 눈을 뜨게 되는 계기가 되며, 여성의 창조적 행위를 중시하는 태도이기도 하다. 그런데 전체 서사에서 아기씨의 이러한 창조적 능력은 자의식 확립에 따른 자아 정체성 회복과 밀접한 관련을 드러내지 못하고 아들의 서사로 전환되는 매개의 역할을 할 뿐이다.

여성의 창조적인 능력이 부각되지 못한 채 아들에게 서사 주체의 자리를 물려줌으로써 아버지와 아들로 이어지는 남성 중심의 서사에서 여성이 배제되는 경우는 웅녀와 유화에서도 발견할 수 있다.71) <초공본풀이>의 아기씨 또한 세 아들의 서사를 가능하게 만드는 대리모로의 전락을 보여주고 있다.

대리모로서의 역할 강요는 자연스럽게 여성에 대한 순결 강요로 이어진다. 아기씨가 아버지에 의해 감금되고 순결을 잃었다는 이유로 추방되는 것 또한 남성에 의해 조작된 모성의 신화와 같은 맥락에 있다. 줄리아 크리스테바는 성모 마리아의 <동정>의 속성은 오류인 것 같다는 추정을 하였다. 결혼하지 않은 처녀의 사회적, 법적 의치를 가리키는 셈어계의 어휘를 생리학적이고 심리적인 상황의 특성, 즉 처녀성을 규정하는 그리스어의 <parthenos>라는 어휘로 번역자가 바꾸어 놓았기 때문이며 듀메질(Dumézil)을 인용하면서 여기서 아버지의 권력을 위탁받은 순결한 처녀에 대한 인도-유럽의 환상을 읽을 수 있다고 하였다.72) 이것으로 볼 때 동정녀란 신성한 숭앙의 대상이 아니라 남성적 질서 유지의 수단으로서 여성에게 강요된 굴레인 것이다.

아버지의 질서 내에서 아버지의 권력을 위탁받은 동정녀로서 아버지의 권력을 승계할 대리모의 역할을 해야 하는 아기씨는 주자선생에 의해 처녀성을 상실하고 만다. 처녀성을 상실함으로서 아버지

---

71) 조현설은 건국신화는 시조 신화가 국가 권력의 이념으로 변형되면서 재구성된 신화라는 점, 그리고 이 건국신화는 온 나라가 함께 즐기는 축제의 장에서 서사시의 형식으로 음송되고 음송의 결과가 구전됨으로써 그 이념과 당위가 신화공동체 속에서 내면화된 서사라는 것을 밝힌 바 있다. 즉 여성이 주체였던 시조신화는 남성 중심의 건국신화로 왜곡되는 과정을 거치면서 여성은 남성 중심 질서에서 배제되고 철저히 타자화되었다는 것이다. 그 과정에서 여성의 모성성은 남성에 의해 왜곡되고 그 흔적으로 남아 있는 것이 바로 시조신에서 대리모로 전락한 웅녀와 유화의 형상이다. 조현설, 「건국신화의 형성과 재편에 관한 연구」, 동국대학교 박사학위 논문, 1997, 3장 참조.
72) 줄리아 크리스테바 저, 김영 역, 앞의 책, 372쪽 참조.

의 질서 내에서 대리모로서의 역할을 할 수 없게 된 아기씨가 아버
지의 세계에서 추방되는 것은 당연하다.

세 아들을 낳은 아기씨는 서사 주체의 자리를 세 아들에게 넘겨
줌으로써 주자선생과 세 아들로 이어지는 권력 승계 과정의 대리모
로서의 역할을 마치게 된다. 아기씨는 대리모일 뿐이므로 주자선생
의 시험을 통과하고서도 아내로 받아들여지지 않는 것이다. 남성중
심 질서에 의해 대리모로 전락한 아기씨에게 아내로서의 자격은 주
어지지 않는다.

이처럼 남성에 의한 아기씨의 고난은 결국 죽음으로 이어진다.
이것이 아기씨의 두 번째 탐색여행의 출발이다. 이 부분은 전체 서
사에서 크게 부각되지는 않지만 아기씨가 완전한 신격체로 거듭날
수 있는 계기가 된다는 점에서 매우 중요한 기능을 한다. 이는 영웅
들의 죽음의 세계로의 여행에 해당하는 것으로서 이 과정을 거침으
로써 영웅은 진정한 영웅으로서의 면모를 획득하게 된다. 아기씨
또한 죽음이라는 고난을 거치고 비로소 백근이 차게 된다. 이는 불
완전한 존재, 미완의 존재였던 아기씨가 유정승 따님 아기라는 완
전한 존재로 거듭남을 뜻하는 것이다. 그리고 그 결과 아기씨는 무
조신(巫祖神)으로 좌정함으로써 자아찾기에 성공하게 된다.

그런데 여기에는 또 문제가 있다. 아기씨의 자아 정체성 획득 과
정에서 계속 문제가 발생하는 것은 남성의 서사가 개입하기 때문이
다. 아기씨의 자아찾기 성공에 개입하는 남성 중심의 서사는 바로
삼형제 중심의 탐색담이다.

성장한 삼 형제는 열여섯 나던 해 과거를 보러 떠나 원조자의 도

움으로 과거에 급제하나, 중의 자식이라는 이유로 급제가 취소되면서 좌절을 겪는다. 삼형제는 활쏘기로 다시 급제를 하지만 삼천선비는 그것을 포기하도록 하기 위해 아기씨를 삼천천 제석궁에 가두어 죽인다. 삼형제는 아기씨를 살리기 위해 부친을 찾아가고 삼형제는 모친을 구한 뒤 삼시왕이 되어 삼천선비의 원수를 갚는다.

남성들의 아비찾기는 뒤에서 자세히 언급되겠지만 가문 중심의 철저한 남성 이데올로기를 반영한다. 삼형제 중심의 탐색담에서 모든 문제 해결의 열쇠를 쥐고 있는 사람은 아버지이다. 아버지는 삼형제의 정체성을 밝혀 줄 수 있는 인물인 동시에 삼형제를 신으로 좌정시킴으로서 완전한 자아실현을 이루어 줄 수 있는 능력을 가진 인물이다. 또한 아버지는 모친까지 구원할 수 있는 능력을 지닌 인물로 나타난다. 서사전개에서는 삼형제가 아버지를 찾으려는 의도가 어머니를 구하기 위한 것으로 나타나지만 아버지가 없다는 이유로 고난을 겪었던 것으로 보아 이들의 정체성을 밝혀 줄 수 있는 인물은 아버지뿐이라는 인식이 잠재해 있었던 것으로 볼 수 있다. 문제 해결의 열쇠를 쥐고 있는 사람은 아버지뿐이다.

남성 중심 사회에서 남성 중심의 계보를 확고히 하는 것은 자신의 정체성을 찾는 일과도 연결된다. 남성을 중심으로 한 탐색담에서 흔히 드러나는 아비찾기는 그러한 의미에서 중요한 의미를 지닌다. 아들은 어머니를 떠나 아버지를 찾고 그 과정에서의 능력을 인정받아 아버지의 권력을 승계하게 되는 것이다. 이는 주몽신화에서도 볼 수 있으며 '친부탐색담'이라는 일군의 설화들이 정리된 바도 있다.[73] 친부탐색담은 대개 전반부에 부모의 결연과 이별, 그리고 아들의 탄생이 나타나고 그 아들에 의한 아비찾기가 진행이 된다. 따라서 서사 전개에 있어서 부모의 결연과 이별, 그리고 아들 탄생이 큰 비중을 차지함에도 불구하고 전반부는 예비담으로 처리되어 버린다.[74] 이는 전체 서사전개에서 여성이 차지하는 비중이 큼에도 불구하고 이를 남성 중심으로 이해했기 때문에 생기는 문제이다. 이러한 시각에서 본다면 <초공본풀이>도 삼형제의 아비찾기라고 보아야 하고, <초공본풀이>는 삼형제의 본풀이가 되어 삼형제와 초공이 동일시된다. 그렇게 되면 서사 마지막에 신으로 좌정을 하는 유정승 따님과 이들과의 관계를 설명할 수 없다. 서사의 주체를 잘못 이해한 것이 된다.

아들의 아비찾기는 철저한 가문의식이 바탕이 되었던 조선조 사회를 거치면서 더욱 중시되었고 고전소설에도 착실히 수용되고 있는 모티프이기도 하다. <초공본풀이>가 아기씨보다는 삼형제에 더욱 비중이 두어져 있는 것은 조선조 사회를 지배하고 있던 가문 중심의 세계관이 반영된 결과로서 서사무가의 변모과정에서 개입된 시대적 영향이라고 보아야 할 것이다.

이미 아버지 중심의 질서가 구축된 상태라면, 아버지에서 딸로 이어지는 계보는 자연스럽지 못하다. 이보다는 아버지에서 아들로 이어지는 계보가 훨씬 자연스러울 것이다. <주몽신화>와 <단군신화> 등 건국신화의 남성 중심 계보들은 이러한 여성의 계보가 남성

---

73) 노영근, 「친부탐색담형 민담의 구조와 의미」, 『구비문학연구』 제6집, 한국구비문학회, 1998.
74) 노영근, 앞의 논문, 327쪽 참조.

중심 이데올로기의 침투에 의해 남성중심 계보로 이행되어 가는 양
상을 보여준다.

풍요를 관장하는 여성신으로서의 권능을 갖추고 있으면서도 남
성중심 계보에서 철저히 소외된 가장 대표적인 인물이 바로 유화이
다. 유화는 수신의 자손이며, 아버지에 의해 추방당한 뒤 금와왕에
게 발견되기 전까지 물 속에서 살았던 것으로 보아 물과 관련이 깊
은 여성이며 풍요를 관장하는 직능을 지니고 있었음을 알 수 있다.
이러한 유화의 풍요신으로서의 면모는 주몽에게 오곡 종자를 보내
는 데서 더욱 확실하게 드러난다. 시조신을 낳은 시조모 유화는 농
경을 포함하여 건국주의 잉태·출산과 같은 창조적 능력을 지닌 원
형적 여성신이었음을 알 수 있다.

유화 신화의 원형은 선도산 성모와 마찬가지로 '불부잉태(不夫孕
胎)'[75]하여 남편이 필요하지 않았을 것이나 남성중심 질서 재편 과
정에서 어쩔 수 없이 남편을 맞아들이게 된다. 이 결연에 유화의
의지는 전혀 반영되지 않을 뿐더러 유화에 관한 기록은 이미 건국
신화의 형태로 전해져오므로 신화는 해모수라는 남성 주체의 신이
성을 드러내면서 남성 중심으로 전개된다. 해모수는 천신의 아들이
며 유화는 이 천신의 아들에게 겁탈당함으로써 잉태를 하게 된다.
강은해는 이를 '도구적 자궁을 지닌 출산의 기호'로 설명한 바 있
다.[76] 이미 이 단계에서 유화는 남성 중심 계보에서 밀려나 보조적

---

75) 선도산 성모에 관한 『삼국사기(三國史記)』기록은 "중국 제실녀가 남편도 없이 아
   이를 배어 의심을 받게 되자 진한(辰韓)으로 왔다"고 되어 있다. 『삼국사기』권 제
   12, 신라본기.

존재로 전락해 있음을 알 수 있다.

　남성 중심 신화가 여성신을 타자화는 과정은 여기서 그치지 않는다. 유화가 낳은 것은 인간이 아니라 알이다. 여기서 여성신의 창조 능력이 불완전한 상태로 발현되는 것을 볼 수 있다. 이것은 물론 남성 중심 이데올로기에 의한 왜곡이다. 건국주의 잉태 과정에서 개입한 남성은 다시 출산에도 개입하여 완벽한 남성중심 권력 계보를 형성하고자 한다. 따라서 장차 건국의 주체인 남성이 탄생해야 할 알은 해모수에 의한 출산임을 명확히 할 필요가 있었을 것이고 이를 통해 여성의 출산을 불완전한 것으로 왜곡시키면서 출산 과정에 남성이 다시 한 번 개입한다. 알의 부화 과정에서 여성은 다시 소외되고, 알은 여성에 의해서가 아니라 햇빛에 의해서 부화된다. 이 햇빛은 해모수, 즉 남성 상징에 다름 아니다. 주몽이 낳은 아들 유리가 어머니를 떠나 아버지 주몽을 찾음으로써 남성의 계보는 확고하게 자리를 잡게 된다.77)

　요컨대 건국주를 낳은 시조모 유화는 창조적 능력을 지닌 여성신이었으나 남성 중심 질서 속에 편입되는 과정에서 타자화되고 그 과정에서 완벽한 남성 중심 계보가 학립되는 것을 볼 수 있다.78) 주몽을 낳아 성장시킨 것에 유화의 존재 의미를 두기도 하지만 이

---

76) 강은해, 「한국 신화와 여성주의 문학론」, 『한국학논집』 제17집, 계명대학교, 1990, 130쪽.
77) 이 단계에 이르면 어머니는 거의 흔적을 드러내지 않고 있다. 유리의 어머니는 예씨라고 하나 주몽의 행적으로 볼 때 명확하지 않다.
78) 조현설은 동북아시아 시조신화와의 비교를 통해서 남성질서에 의한 유화와 웅녀의 타자화 과정을 세밀하게 분석해 놓고 있다. 조현설, 앞의 논문.

는 남성 중심 질서가 여성에게 강요한 모성성의 부정적 측면에 다름 아니다. 여성 중심의 질서가 아버지(혹은 남성) 중심의 질서로 편입되는 과정을 보여주는 <초공본풀이>는 아버지가 권력을 가지고 있음에도 불구하고 여성의 역할이 아직 강조된다는 점에서 아직 여성 주체의 신적 권능이 심각하게 왜곡된 상태는 아니라고 본다. <초공본풀이>는 서사무가로 존재하기 때문에 유화나 웅녀의 경우와는 달리 남성중심 이데올로기에 의한 왜곡을 덜 겪었다고 할 수 있다.

아기씨가 고난을 겪고 그 고난에 대한 댓가로 신으로 좌정하면서 아기씨는 자아찾기의 완성에 이르게 되는데, 자아실현의 완성단계에 남성이 개입하게 된다. 즉 아기씨가 풀어야할 문제는 아기씨에 의해서 풀리지 않고 삼형제와 아버지에 의해 풀린다는 것이다. 아기씨는 죽음에서 스스로 재생하지 못하고 아들이 어머니인 아기씨를 구하기 위해 나선다. 아버지는 어머니를 살릴 수 있는 방도를 알려준다. 즉 아들과 아버지가 문제 해결의 주체가 됨으로써 남성에 의해 여성의 문제가 해결된다. 이러한 현상은 여성중심의 서사에 남성 중심 이데올로기가 개입하면서 흔히 나타나는 현상이다. 이후에 자세히 살펴보겠지만 <춘향전>도 이러한 경우이다. <춘향전>은 명백히 춘향 중심의 서사이지만 춘향의 문제를 해결해 주는 사람은 이도령이다. 따라서 논자에 따라서는 전반부는 춘향 중심의 서사로, 후반부는 이도령 중심의 서사로 파악하기도 한다. 그러나 <초공본풀이>가 친부탐색담이나 <춘향전> 등과 다른 점은 여성의 서사로 끝을 맺게 된다는 점이다. 이것은 본풀이라는 서사무가의 특성 때문이기도 하고 여성의 권능이 아직 긍정되는 신화이기 때문이기도 하다. 전생팔자를 그르치고 무당이 되어 '말젯ᄌᆞ부장젯집'의 죽은 딸아기를 살려 낸 유정승 따님 아기는 백근이 차므로 삼시왕으로부터 무구를 받아 굿을 잘하여 천하를 울리게 된다. 즉 남성의 개입이 끝나는 지점에서 여성은 다시 생명의 원천으로서의 능력을 발휘하면서 권위를 회복하고 무조신으로 좌정하게 되는 것이다.

제3장 소설시대의 여성탐색담

　여기서 소설시대는 조선후기라는 일정한 시기로 한정한다. 여성
탐색담으로서의 면모를 강하게 드러내는 소설이 조선후기에만 제
한적으로 나타난 것은 아니다. 그러나 조선후기는 남성 중심 이데
올로기가 가장 확고히 자리잡고 있던 시기이며 이에 대한 반작용으
로 여성의 자아 인식 또한 눈을 뜨고 있는 시기이기 때문에 남성성
과 여성성의 갈등과 혼재를 살펴 볼 수 있는 시기로 가장 적절하기
때문이다. 또한 조선후기는 여성영웅소설이 대거 등장하여 인기를
누리던 시기였다. 자아 의식의 성장으로 인하여 각성된 여성들이
여성영웅소설을 요구하기도 하였겠고, 반대로 여성영웅소설의 유
행이 여성독자들의 의식을 각성시키기도 하였을 것이다. 어느 쪽이
든 이념적 갈등을 겪으면서 변화하는 다층적인 여성상을 살펴보기
에 조선후기라는 시기는 매우 유용한 시기라고 판단된다.
　설화시대에 사용되었던 자아찾기, 남편찾기, 아비찾기 유형은 소
설시대에도 동일하게 적용될 수 있다. 그러나 소설시대와 설화시대
의 가장 큰 차이점은 소설시대에 이르면 가부장제라는 질서가 이미
확고하게 자리잡고 있으며, 소설은 그러한 남녀의 차별적 위계질서
를 당연시하는 사고방식이 전제된 상태에서 서사가 전개된다는 것

이다. 설화시대에는 남성을 중심으로 한 권력이 아직 형성되지 못
하였거나, 남성적 권력이 형성되었다고 하더라도 남녀의 위계질서
가 아직 제도화하는 단계에까지는 나아가지 못하고 있다. 따라서
설화시대는 남성 중심의 질서가 아직 권력화하지 못한 채 아버지로
대표되는 남성적 질서가 통용되는 사회에서는 여성과 남성의 위계
가 뚜렷하지 않다. 따라서 아버지의 질서는 여성 주체에 의해 부정
되거나, 거부되거나, 회복이 가능하다. 아버지에서 아들로 이르는
권력구조가 여성을 배제하려는 시도를 하고 있는 경우에도 여성 주
체는 탐색여행을 통해 자아 정체성 회복에 성공하고 있다. 여성의
서사를 방해하고 희석시키는 남성의 서사는 불완전한 상태로 여성
의 서사와 교차되어 나타나고 있는 것이 특징이다.

　그러나 소설시대 여성탐색담은 이미 일정한 이데올로기 하에서
생성되고 발전된 것이다. 따라서 소설시대를 중심으로 논의를 전개
하는 이 장에서는 가부장제라는 남성적 이데올로기가 여성성을 억
압하는 상황에서 여성이 얼마나 자기 목소리를 내고 있는가를 살피
는 데 중점을 둔다.

　'자아찾기', '남편찾기', '아비찾기'라는 서사 구조의 유형 자체가
가지는 의미는 설화시대의 그것과 별반 다르지 않다. 이처럼 설화
시대의 전통을 이어받고 있으면서도 남성 이데올로기 개입 현상과
여성성 표출 양상 등 소설시대 여성탐색담의 구체적인 형상화 방식
은 설화시대의 그것과 구별된다. 조선후기는 가부장적 질서를 바탕
으로 여성에 대한 통제가 매우 철저하던 시기이며 특히 조선 후기
소설은 작가의 계층이나 성별도 명확하게 밝혀져 있지 않은 상태이

기 때문에 조선후기 여성탐색담은 남성적 질서라는 자장 내에서 형성·발전되었다는 전제에서 출발한다. 따라서 남성 중심 이데올로기가 강고하게 자리잡고 있는 현실에서 여성이 중심 주체로 탐색과정을 거치는 여성 중심 서사의 전통이 소설에 와서 어떤 변주 과정을 보여주고 있는가, 그 속에서 여성성은 어떻게 드러나고 또 왜곡되고 있는가를 중점으로 논의를 전개할 것이다.

1. 가부장제와의 대립과 자기 완성의 서사

가. 이현경전 : 공적인 영역에서의 활약과 적극적 목소리 내기

<이현경전>의 줄거리를 요약하면 다음과 같다.

1. 명나라 청주 땅에 평도라는 시랑이 현경이라는 여아와 연경이라는 남아를 두었는데 여아 현경은 어려서부터 재능이 뛰어나고 남자의 기질을 지님.
2. 현경의 나이 팔 세에 부모가 죽고, 남동생과 유모를 거느리고 삶.
3. 늘 남장을 하고, 옥천상 도사에게 수학한 뒤 돌아와 장시랑의 아들 장연을 비롯한 남자들과 교유를 맺으며 동문수학 함.
4. 과거시험에 응시하여 현경과 장연이 각각 장원, 부장원을 함.
5. 장연이 현경을 보고 여자인가 의심을 하지만 더욱 우의가 깊어짐.
6. 현경이 어사가 되어 순행하는 중, 정씨를 겁탈하려던 권신 왕세충을 상소하여 처벌함.
7. 남경왕 주환이 모반하자 현경은 천자의 명을 받고 군무어사로

서 출전하여 난을 평정함.

8. 다시 남만 선우족이 모반하자 현경이 도원수가 되고 장연이 부원수가 되어 출전하여 이를 평정함.

9. 장연의 꿈에 현경의 아버지가 나타나 현경이 여자임을 밝히며 현경을 취하라고 일러 줌.

10. 현경의 꿈에도 아버지가 나타나 장연과 결연을 이루라고 하지만 현경은 의지를 굽히지 않음.

11. 현경이 득병하여 어의가 진맥 도중 여성임을 눈치채지만 현경이 이를 책함.

12. 유모로부터 전후 사실을 들은 장연이 찾아와 의심하는 말을 하지만, 현경이 이를 부인하며 숨김.

13. 현경이 고민하다가 천자에게 상소를 올려 기군한 죄를 밝히는데 천자는 용서하고 청주후와 태학사를 명함.

14. 장연이 청혼하나 현경이 종신토록 남성으로 살겠다며 거절하는 편지를 씀.

15. 천자가 알고 장연과의 결혼을 주선하나 현경이 거절함.

16. 천자와 장연이 짜고 글짓기 시합으로 혼인을 결정하기로 하는데 현경이 패하여 장연과 결혼함.

17. 결혼 첫날, 현경이 장연에게 글짓기 시합을 하자고 하여 장연이 지면 평생 부부의 의를 끊겠다고 함. 장연이 변명함.

18. 장연의 첩 운영이 현경을 모함하자, 현경이 본부로 돌아감.

19. 운영이 자객을 보내어 현경을 죽이려 하자 자객을 처단한 후 천자를 알현하여 사실을 밝힘.

20. 천자는 운영을 처벌하고 장연을 질책함.

21. 장연이 현경의 본부로 찾아가 사과를 하나, 현경이 질책하면
    서 거절함.

22. 시부모가 다시 찾아와 애걸하니 이에 응하여 집으로 돌아 옴.

23. 남편의 동침 애걸을 거절하다가 삼십이 넘어 동침하고 자녀
    를 두어 행복을 누림.

이현경의 남장은 남성 중심의 제도와 관습에 강력한 반기를 든
다. 김열규는 한국의 언어관습에서, 그것도 남성 대 여성의 관계와
맺어진 언어관습에서 "여자가…"하는 통사와 "여자는…"이라는 통
사는 성차별의 디스코스를 극명하게 보여주고 있다고 하였다. 전자
는 으레 "여자가 감히…"를 함축하고 있고 후자는 "여자는 마땅
히…"를 함축하고 있어 두 통사는 여성에게 강요된 무엇이라고 보
았다. 즉 전자는 강요된 금기이고 후자는 강요된 제약이라는 것이
다.79) 기존의 질서가 여성에게 강요하고 있는 금기와 제약을 벗어
나려 하는 것은 여성의 자아인식을 바탕으로 한다. 그리고 이것이
구체적인 행동 실천으로 나타난다는 것은 여성 정체성 획득이라는
측면에서 커다란 의미가 있는 사건이라고 하겠다.

여성의 남장은 기존 논의에서 논란이 많이 되었던 부분이다. 여
성이 궁극적으로 남성성을 모방하려는 것이며80) 여성성을 상대적

─────────────

79) 김열규, 「한국여성의미론」, 『여성문제연구』 제34집, 효성여자대학교부설 한국
   여성문제연구소, 1995, 130쪽.

80) 융에 의하면 변신은 흔히 자아의 타화, 즉 인간이 자신과 짐승을 일치시키는
   상상력에 의해 비롯된다고 한다. C. G. Jung, Four Archetypes, Prinston Univ.
   Press, 1969. 그렇다면 여성의 남장도 남성과 자신을 일치시키는, 남성에 대한

으로 떨어뜨리는 한계로 작용한다고 보는, 다소 부정적인 견해가
논의가 있는가 하면81) 남장이 당대의 현실 속에서 여성의 능력을
발휘할 수 있는 도구로이며 여성의 남장은 어쩔 수 없는 선택이었
음을 강조하는 태도도 있다.82) 윤교임은83) 자청비의 남장을 양성성
획득을 위한 과정으로 보아 좀 더 적극적인 의미를 부여하기도 하
였다. 이보다 더욱 긍정적인 의미를 부여한 경우, 여성의 남장은 여
성의 적극적인 의지와 삶의 자세를 드러내는 데 효과적이며, 남성
우위 문화에 억눌려 살아온 여성들의 집단무의식의 표현으로서, 현
실에 대한 반작용으로 여성의 남성에 대한 잠재의식의 해방을 꾀하
고 있다고 보기도 했다.84) 최운식은 남장 모티프가 향유층에 익숙
하고 흥미로울 뿐만 아니라 고난을 극복하고 운명을 개척해 나가는
여성의 적극적인 의지와 삶의 자세를 드러내는 데 효과적이기 때문
에 우리의 서사 작품에 많이 나타난다85)고 하였다. 양혜란은 남장
은 사회적 존재로의 편입을 용납하기 위한 '사회의 틀'이라 할 수

원망(願望)을 형상화한 것이라고 할 수 있다.
81) 이인경, 「「홍계월전」 연구-갈등양상을 중심으로」, 『관악어문연구』 17, 서울대
  학교 국어국문과, 1992.
  ＿＿＿, 「여성영웅소설의 유형성에 관한 반성적 고찰」, 『한국서사문학사의 연
  구』 5, 중앙문화사, 1995.
82) 정병헌은 '여성영웅소설의 영웅소설적 외피가 여성성의 발현을 위한 봉투일
  것'이라고 하였다. 정병헌, 「여성영웅소설의 이야기 전개방식」, 『한국의 여성영
  웅소설』, 태학사, 2000, 각주3) 참조.
83) 윤교임, 「여성영웅신화연구 : 초공본풀이, 삼공본풀이, 세경본풀이에 대한 문
  화기호학적 해석」, 서강대학교 석사학위 논문, 1996.
84) 전용문, 「여성영웅소설의 계통적 연구」, 충남대학교 박사학위논문, 1988, 416쪽.
85) 최운식, 「서사작품에 나타나는 남장신부 모티프의 성격과 의미」, 『한국고소설
  연구』, 계명문화사, 1995, 403쪽.

있다. 남장의 본질은 자아의 두 층위적 구조를 첨예하게 대비시켜 보여주고 있다. 즉 여성이 남성으로 행세하였을 때와 여성으로 행세하였을 때와의 차이, 그리고 그 층위의 차이가 의미하는 사회체제의 모순 등을 통합적으로 작가는 보여주고자 하고 있다. 여성이 남장을 하게 된 목적은 여성이 자신의 내면으로 들어가 여성이란 존재의 본질에 대한 여성으로서의 자아실현을 위한 통찰이라기보다는, 사회의 불합리, 특히 여성의 사회적 성차별에 대한 도전으로 여성의 사회성을 쟁취하고자 하는 데 필요한 도구로 사용된 데 있다고 볼 수 있다. 즉 남장이란 사회 제도적인 개념인 것이며 자아의식적인 개념은 아니다[86]라고 하였다.

줄리아 크리스테바는 남성 겸유자에 대해 다음과 같이 설명하는데 영웅소설에서 남장을 설명해 줄 수 있는 말이므로 인용해 보기로 한다.

> 남녀양성겸유자는 단일성이다. 즉 그 속에 둘이 있고, 자위에 능란한 자이고, 완전히 갇혀 있고, 하늘과 땅의 충돌이며, 재앙에 가까운 행복한 융해이다. 남녀양성겸유자는 사랑하지 않는다. (중략) 남자에게 일어나는 여성의 흡수, 여자에게 일어나는 여성의 은폐인 양성겸유란 여성성에 대한 한풀이다. 즉 남녀양성겸유자는 여성으로 변장한 남근이다. 또한 차이를 모르는 남녀양성겸유자는 여자의 성을 제거해 버리는 가장 음흉한 변장자이다.[87]

---

86) 양혜란, 「고소설에 나타난 조선후기 사회의 성차별의식 고찰-<방한림전>을 중심으로-」, 『한국고전연구』 제4집, 한국고전문학회, 1998, 138쪽.
87) 줄리아 크리스테바 저, 김영 역, 『사랑의 역사』, 민음사, 114-115쪽.

남장 여장군들은 여성으로 변장한 남근으로서 여성영웅소설이 한계를 보여줄 수밖에 없는 이유를 잘 설명해 주고 있다. 남장 여성들은 공적인 영역에서의 남성적 삶을 동경하고 사적인 영역에서의 여성성을 가치 낮은 것으로 취급해 버림으로써 남성성의 우월을 역설적으로 보여주고 있다. 그런데 여성의 남장이 단순한 남성적 삶에의 동경이 아니라 확고한 목적의식을 가진, 여성의 주체적인 선택에 의한 것일 때는 의미가 달라질 수도 있다.

신화에서는 남성의 여성으로의 변신 욕망과 여성성 모방이 나타나 조선후기 고소설에서 보이는 여화위남(女化爲男)과 좋은 대조를 보여주고 있다. 이한길은 「「해님 달님」 연구」에서 호랑이가 남성원리로 작용한다는 김열규의 논의[88]를 전제로 하여 어머니를 잡아 먹고 아이를 잡아 먹는 과정과 세계수로서 우뚝 솟은 나무 위로 올라타는 호랑이의 모습에서 여성으로의 변신 욕망을 읽어 낸다. 어머니의 음식 → 옷 → 육체로 이어지는 먹음을 통하여 호랑이는 어머니, 가짜 어머니가 될 수 있었으며 여인으로서의 가장 중요한 상징인 아이마저 먹으려는 욕망으로 남성 상징인 나무위로 오르려다가 변을 당한다. 이한길은 이 장면을 남성과 여성이 교호하는 장면으로 보며 호랑이가 떨어져 수숫대가 붉어진 이유를 출혈, 즉 최초의

---

88) 김열규, 『어머니 동화는 이렇게 읽어 주세요』, 춘추사, 1993, 259-273쪽.

김열규는 어머니를 왜 여의는가?라는 질문에 답하면서 어머니를 여의야만 하는 이유를 밝히는데 이제는 어머니의 보호가 필요 없는 상황에 달한 아이들의 성년식과 관련지어 어머니의 호환과 호랑이의 기능에 주목한다. 그러니까 호랑이는 아버지 사회가 요구하는 시련과 고통의 남성 원리로서 기능하고, 아이들이 스스로를 보호할 수 있을 때가 되면 묵은 세대로서 사라져가는 것으로 파악한다.

처녀막 파괴로 본다. 즉 호랑이가 아이들을 먹는 데에는 실패하였
지만 여성으로의 변신에는 일단 성공했다고 본다.[89] 이러한 호랑이
의 여성 원망(願望)과 변신은 호랑이의 트릭스터로서의 특징으로
파악된다.

트릭스터는 Paul Radin에 의하면 북미 인디언의 한 신화적 영웅
으로서 예측불가능성과 변화무쌍함을 지닌 장난끼있는 어릿광대형
에 주어진 이름이었다고 하며 영웅의 트릭스터적인 성격에 대해서
는 이미 잘 알려진 바와 같다.[90] 영웅을 특징지을 수 있는 한 성격
이 바로 트릭스터적인 성격이 되겠는데 트릭스터로서의 영웅은 변
신을 트릭의 중요한 방법으로 사용한다. 즉 변신은 트릭스터로서의
영웅에게 매우 중요한 존재 규정 방식인 것이다. 호랑이에게서 신
화적인 영웅의 트릭스터적인 면모가 발견된다면 호랑이의 변신은
완벽한 변신에는 비록 실패하기는 하였으나 여성의 창조적 능력을
원망(願望)하는 남성 영웅의 모습을 볼 수 있다.

이를 뒤집어 본다면 여성의 남장은 남성적 능력을 원망(願望)하
는 여성 영웅의 변신이라고 볼 수 있지 않을까 한다. 요컨대 여자의
남장은 트릭스터로서 영웅의 변신을 의미하는 것이며 그것이 남성
성의 모방이든, 여성적 능력 발현의 도구이건 간에 여성의 영웅적
면모를 강하게 드러내는 장치임은 분명하다고 하겠다.

양혜란은 <홍계월전> 유형에 대하여 작가는 예속적 삶에 짓눌

---

89) 이한길, 「「해님 달님」 연구-트릭스터로서의 호랑이」, 『한국고전연구』 제3집,
한국고전연구학회, 1997, 313-317쪽 참조.
90) 조희웅, 「설화와 탐색 모티프」, 『설화학강요』, 새문사, 1989, 참고.

린 여성들의 한을 일시적이나마 남성과 동등하게 해소시켜 부풀려
주는 듯하다가 다시 제자리로 내려 앉혀 유교적 질곡 속으로 들이
밀어 버린다고 하면서 양반 가문의 여성이 당대 사회의 질곡적 범
주를 벗어나는 데는 뚜렷한 한계가 있었던 만큼이나 작가 또는 여
성에 대한, 혹은 여성의 인권에 대한 보다 개방되고 자유스러운 의
식을 보여주기에는 제한적[91]이라고 하였다. <이현경전>에서도 기
존 질서의 한계는 뚜렷하다.

이현경의 남성적 기질에 대해 아버지는 현경이 어릴 때부터 근심
을 하고 이현경에게 여성으로서의 역할을 환기시킨다.[92] 이현경에
게 여성으로 살아간다는 것은 남성과의 결연을 전제로 하는 것이며
여성으로서 남성 중심의 질서에 편입되는 것을 뜻한다. 이현경은
결연을 거부하지만 아버지는 장연의 꿈에 나타나 현경이 여성임을
밝히고 인연을 이루라고 한다. 이어 유모와 현경의 꿈에도 나타나
장연과 결연을 맺음으로써 여자의 도를 다할 것을 종용한다.

고전소설에서 아버지의 현몽은 대개 주인공이 위기에 처한 상황
에서 주인공에게 도움을 주는 기능을 한다. 따라서 이현경의 꿈에
아버지가 현몽했다는 것은 아버지로서 보기에 현경이 계속 남성으
로서의 삶을 살아가는 것은 매우 무모하고 염려스러운 일이며, 현
경이 장연과 결연을 맺는 일은 여자의 도를 다하는 마땅한 일임을
드러내는 것이다. 유모 또한 부모 대신 부모의 역할을 맡아 이현경

---

91) 양혜란, 앞의 논문, 123쪽.
92) "네 녀즈의 몸으로 녀즈의 도를 닷글거시어날, 남즈에 일을 힝함은 엇지민다"
　　<이학사전>, 『활자본고전소설전집』 제7권, 아세아문화사, 199쪽.

에게 여성으로 살아갈 것을 종용한다. 유모는 끊임없이 현경을 설득하고, 장연에게 현경의 비밀을 털어놓음으로써 현경을 여성으로 되돌려 놓으려고 애를 쓴다. 현경의 아버지가 유모에게 현몽한 것도 이러한 유모의 막중한 역할 때문이다.

천자도 현경에게 여성으로 살 것을 강요한다. 천자는 현경의 입공을 치하하고 현경이 여성임이 밝혀진 뒤에도 벼슬을 그대로 내리지만, 장연과의 결혼에 대해서는 장연과 같은 편에 선다. 이현경은 장연과 남녀의 종속적 결연이 아닌 동성으로서의 수평적 우정을 나누고 싶어했지만 장연은 계속 결혼을 요구하고, 결국 천자와 장연의 속임수에 의한 늑혼이 이루어진다. 이현경은 장연과의 결연을 거부하지만 이러한 이현경의 뜻은 아버지, 장연, 천자에 이르는 남성적 질서와 남성적 질서를 대변하는 여성인 유모에 의해서 꺾이고 만다.

이처럼 타율적인 결연이 순조로울 리가 없다. 또한 이러한 기존질서의 한계에 대해서 이현경이 순응할 리도 없다. 이현경은 세계의 질서에 맞서 자신의 목소리를 내는데, 이것은 시댁이라는 공간에서 자기 자리를 찾기 위한 행동으로 구체화된다.

이현경은 결혼 첫날 남편에게 글짓기 시합을 하자고 하여 전일 남편이 자신을 속였던 사실을 사과받는다. 자신의 의지에 의한 결연이 아니기 때문에 순응할 수 없다는 현경의 태도는 결연하다. 현경은 계속 장연을 외대하고 시댁 구성원들과도 조화를 이루지 못한다. 귀머거리 삼 년, 벙어리 삼 년으로 표현되기도 하는 인고의 삶을 현경은 받아들이지 않고 시댁에서 자신의 위치를 찾고자 스스로 목

소리를 냈기 때문이다. 시어머니와의 갈등은 장연의 애첩 운영의
모해로 인하여 더욱 깊어지고 결국 현경은 본부로 돌아오게 된다.
조선시대 봉건적 남성 중심 지배질서가 여성을 옭아매던 윤리 중의
하나가 칠거지악이다. 이 중 투기하는 여성과 시부모에게 불효하는
며느리는 시집의 일원이 될 자격이 없다. 이현경은 이러한 윤리에
정면으로 맞선다. 현모양처라는 이름으로 요구되는 인내와 굴종을
거부하고 스스로 집을 나선다. 본부에 부모가 있는 것은 아니다. 따
라서 현경이 본부로 돌아왔다는 것은 여성으로서의 삶을 버리고 자
유로운 삶을 살겠다는 강한 의지의 표현이라고 할 수 있다.

  첩 운영은 자객을 보내 현경을 죽이려 하는데 현경이 자객을 처
지한 뒤 황제에게 상소하여 황제는 장연 부자를 불러 책망한다. 케
이트 밀레트는『성의 정치학』에서 남녀 간의 지배 종속관계를 말하
면서 여성들이 선망하는 것은 남근 자체가 아니라 이 남근에 부여
된 사회적 자만이라고 하였다. <이현경전>에서 이현경이 선망하는
것 또한 남근 자체에 부여된 사회적 자만이라고 할 수 있다. 그러한
이유로 사적인 가정사에 해당하는 일이 공적인 영역으로 공개되고
국가적인 차원에서 해결되는 것이다. 천자-아버지-남편으로 이어
지는 확고한 가부장제 질서와 처첩갈등, 고부갈등 등 여성을 억압
하는 여러 현실들을 벗어나려는 방편으로 이현경은 남장을 통한 공
적인 영역에서의 능력 발휘라는 방법을 사용한다. 기존의 질서가 확
고하기 때문에 일정한 한계 또한 존재하고 있고, 특히 무력이라는
남성적 방식으로 문제를 해결하려고 하는 이현경의 태도 또한 긍정
적이라고 할 수는 없다. 그러나 강고한 남성 중심적 질서 내에서 자

신의 목소리를 드러내는 방법은 상대적으로 강경할 수밖에 없다.

활자본에서는 장연의 거듭되는 사죄와 시부모의 사죄로 이현경이 집으로 돌아가고 삼십이 넘어 남편을 받아들임으로써 행복하게 사는 것으로 결말이 이루어지지만 필사본에서는 다시 시집으로 돌아가 장연이 고씨를 또 아내로 맞아들이고, 고씨와 현경의 갈등이 전개된 후 가족이 화락하는 것으로 나타나 이현경이 시댁에서 자기 자신의 자리를 확고히 해나가는 과정을 자세히 그리고 있다.

서사의 부분 부분에서 이현경의 태도가 지나칠 정도로 강경하게 나타나는 경우가 있다. 이는 특히 이현경이 본부에 돌아와 있을 때 현경을 데리러 온 장연에 대한 태도에서 가장 극명하게 드러난다. 노복들의 무례한 태도에 화가 난 장연은 칼을 뽑아들고 내실로 들어가고, 이를 본체만체하고 거문고만 타고 있는 현경을 꾸짖으나 현경은 도리어 자신이 작록이 높음을 상기시키면서 칼을 들어 장연을 꾸짖으며 돌아가지 않으면 자결하겠다고 한다. <옥주호연>에서 최완 형제가 회유와 애정을 바탕으로 자주 형제와 결연을 맺는 경우와는 매우 다르다. 장연의 태도 또한 전반에는 현경을 회유하였으나 이제 두 사람은 더 이상 양보하거나 물러설 수 없는 첨예한 대립을 경험하지 않으면 안 되는 것이다. 남성의 회유에 굴복함으로써 문제를 회피하는 것이 아니라 정면충돌을 통해서 문제 해결을 시도하고 있다.

이인경은 <이현경전>과 같은 계열에 있는 <홍계월전>을 평가하면서 <홍계월전>에서 찬양되고 있는 것은 '계월'이 아니라 '평국'이라고 보았다. 따라서 <홍계월전>은 여성성보다는 남성성을 찬양

하고 있어, 홍계월은 여성 영웅들 중 가장 신장된 여성의 지위를 보
여주는 동시에 여성성을 가장 많이 상실한 주인공이라는 아이러니
를 보이고 있다고 하였다.[93] 여성이 자아실현을 이루는 데에 남장
을 통해서 남성성을 모방하는 것이 과연 진정한 자아 실현을 이루
는 길인가에 대한 문제제기이며 여성영웅소설을 다른 각도에서 평
가해야 함을 지적한 탁견이다. 또한 소설 구상상의 한계는 이인경
이 논문에서도 밝히고 있는 바와 같이 작품 자체의 한계라기보다는
시대적인 한계라고 이해된다.

   그러나 <이현경전>은 여성이 생물학적으로 주어진 성을 거부함
으로써 사회가 여성에게 요구하는 성을 거부하고 스스로 자신의 성
정체성을 선택하고 있다는 데서 여성문학적인 의의를 찾을 수 있을
것이다. 즉 생물학적인 성을 이현경에게 지속적으로 요구하고 있는
인물들은 아버지를 비롯한 장연, 유모, 천자 등이다. 이들은 이현경
에게 여성으로 살아갈 것을 지속적으로 요구하고 있으며 이들이 이
현경에게 요구하는 부덕(婦德)이라는 것도 이현경을 남성 중심 질
서 속에 편입시켜 사회화하고자 하는 의도이다. 현실적 한계에 부
딪혀 이현경은 어쩔 수 없이 장연과 결혼을 하기는 하였지만 사회
가 강요하는 삶을 살지는 않는다. 이현경은 자아 인식을 바탕으로
스스로 성을 결정하고자 했으며 자신이 원하던 남성으로서의 삶을
포기당했지만 그렇다고 사회가 요구하는 순종적인 여성성을 순순
히 받아들이지도 않았다. 치열한 갈등과 대립을 통해서 시대에서

---

93) 이인경, 「홍계월전 연구-갈등양상을 중심으로」, 『관악어문연구』 제17집, 서울
   대학교 국어국문학과, 246쪽.

자신의 위치를 찾고, 그렇게 함으로써 이현경은 행복한 삶을 살 수
있게 된 것이다.

나. 춘향전 : 계급적 인식과 평등한 사랑의 성취

<춘향전>에서 탐색의 여주인공 춘향은 기녀이다. 기녀라는 신분
은 이미 가문이나 가정과는 밀접한 관련을 갖지 않는다. 따라서 춘
향은 이미 신분에서부터 가문주의나 가족주의에 얽매여 있지 않으
므로 자기 욕망과 정체성을 드러내기 용이한 처지에 있다. 따라서
춘향은 기존 질서에 얽매이지 않고 사랑과 욕망에 충실한 삶을 살아
내고 있다.

춘향은 명확한 자기 인식을 바탕으로 한 사랑과 저항으로 자신의
자리를 찾으려 한다. 그런데 여기에도 한계가 없는 것은 아니다. 연
구자에 따라서는 <춘향전>을 춘향을 중심으로 한 서사로 보고 있
기도 하고, 춘향 서사에 이도령을 중심으로 한 서사가 덧붙여져 있
는 서사로 파악하기도 한다. 이는 주로 근원설화 논의와 맞물려 있
는 문제이다. <춘향전>의 근원설화로 암행어사 설화를 거론하는
경우는 향유자들이 <춘향전>을 실사로 이해하는 태도를 드러내고
있으며 연구자들도 이에 부응하여 실사로 인식하고 있다.94) 이러한

---

94) 춘향과 이도령이 실존 인물이었다는 주장은 1964년 남원에서 「부사성공안의
성정비(府使成公安善政碑)」가 발견되면서 춘향의 아버지는 성의안이고 기생
월매가 이 성부사의 수청을 들러 춘향을 낳았다는 견해가 일어났다. 이는 춘향
이 실재 인물임을 부정하는 김동욱(「춘향은 실재 인물이 아니다」, 동아일보,
1965.4.29 / 「춘양 파동은 어디로?」, 대한일보, 1965.5.13)과 춘향이 실재 인물일
가능성이 있음을 주장하는 이가원(「춘향은 실재 인물일 수도 있다」, 한국일보,
1965.5.2 / 「춘몽록은 무양」, 한국일보, 1965.5.4 / 「「춘향 파동」이란 가소로운

태도는 기녀담의 일종으로 <춘향전>을 취급하고 있는 태도이다. 이는 춘향을 주체로 <춘향전>을 이해하는 것이 아니라 남성인 이도령을 중심으로 <춘향전>을 이해하는 방식이다. 따라서 문제 해결 또한 기녀의 주체적 행동에 의해서가 아니라 남성에 의해 이루어지며 여자는 남자의 구원을 기다릴 뿐이다. 춘향의 주체적 자아 인식에 기반한 저항이 이도령이라는 남성의 개입으로 의미가 약화되는 것을 볼 수 있다.

『어우야담』에 나타난 유몽인의 기녀에 대한 인식 또한 이러한 남성 중심적 태도를 잘 보여 주고 있다. 유몽인은 여인의 한과 절망의 기저는 언급하지 않고 다만 현재의 한과 절망을 풀어주고 해결하는 자는 남성이고 그는 용기와 포용력을 지닌 인물이라는 점을 드러내면서 여성이 지닌 문제는 남성만이 지닌 거대한 자질 내에서 풀어진다는 의식을 확고히 하고 있다.[95]

이도령이라는 지배층 남성의 자장 속에서 춘향이를 이해하고 춘향이의 저항을 평가하려는 노력들은 유몽인이 보여주고 있는 남성적 사고에 다름 아니다. 그러나 춘향의 정절과 이도령과의 결연은 춘향이 명확한 자아 의식을 바탕으로 자기 주체성을 확립하기 위하여 적극적으로 노력하였기 때문에 가능한 것이다. <춘향전>에서는

말」, 대한일보, 1965.5.27)의 논쟁으로 이어지기도 했다. 이후 박선정(「춘향전고」, 『어문논집』, 1982)에 의해서 다시 이가원의 실존설이 재론되었으며 설성경(「춘향전」의 비밀, 서울대 출판부, 2001)에 의해서 실존설은 계속 이어지고 있다.
95) 신선희는 여기서 유몽인의 언술 속에는 명기 당사자만의 이야기로 전개시킬 의도 대신 상대 남성의 인간됨과 능력의 영역 내에서 명기의 사랑과 재주를 가늠하려는 태도가 역력히 보인다고 하였다. 신선희, 「어우야담에 나타난 여성인물의 양상」, 『한국고전연구』 제2집, 한국고전연구학회, 1996, 243-244쪽.

변사또에 대하여 인간으로서의 존엄성을 주장하는 춘향의 의지가
행복한 결말을 만들어 내는 것이다.

<춘향전>은 양반과 기녀의 풍류 차원의 이야기와는 다르다.
<춘향전>은 양반 위주의 풍류의식을 극복하고 여성과 남성의 진정
한 사랑을 드러내고 있다. 춘향과 이도령은 계급을 떠나서 사랑을
추구하고 있는 것이다. 그리고 이는 사랑을 쟁취하고자 하는 춘향
의 주도적 역할에 의한 것이다.

즉 여기서는 춘향이를 서사의 주체로 놓고 춘향이가 남편을 찾는
탐색담으로 본다. 물론 춘향이 탐색 여행을 떠나는 것은 아니다. 그
러나 남편을 찾기까지의 고난의 과정은 탐색여행에 비견될만한 과
정이다. 또한 탐색담이 가진 입사식담(入社式譚)으로서의 성격을
상기한다면 춘향이가 이도령과 완전한 결합을 이루기 위한 고난의
과정은 무리 없이 탐색담의 영역에 속할 수 있으리라고 본다.

신동흔은 완판을 중심으로 춘향과 이도령의 사랑의 역정과 관련
되는 대목들을 (1) 춘향과 이도령이 처음 만나 사랑을 나누는 장면,
(2) 이도령이 춘향에게 이별을 고하는 장면, (3) 걸인 행색의 이도령
이 옥에 갇힌 춘향을 만나는 장면으로 나누고 이들 각 장면에서 두
인물이 빚어내는 사랑의 성격이 동일하지 않음에 주목하였다.[96] 즉
(1)에서 부각되고 있는 것은 '풍정(風情)' 차원의 자유 분방한 사랑으
로서 철없는 남녀가 계산없이 본능적인 애욕을 발산하면서 희열을
찾고 있으며 (2)에서는 두 인물의 애정 속에 이해관계가 얽혀 있음

---

96) 신동흔, 「춘향전 주제의식의 역사적 변모양상-완판 계열 이본을 중심으로」,
『판소리 연구』 제8집, 판소리학회, 1997, 217-220쪽 참조.

을 발견하였다. 그런가하면 (3)에서는 고통과 시련 속에 피어나는 아름답고 숭고한 사랑을 드러내고 있다는 것이다. 신동흔이 정리한 <춘향전>의 세 개의 대목은 우리가 늘 익숙하게 들어 오던 <춘향전>의 대목을 중심으로 <춘향전>에 다양한 주제가 엉켜있음을 증명하기 위한 작업의 일환이었다.

이 세 대목은 <춘향전>에 대한 우리의 관습적인 이해를 잘 설명해 주고 있다. 이본별 대비를 통하여 이본에 나타난 주제를 도출해 내는 방식은 연구자들이 <춘향전>을 향유하는 방식일 따름이다. 판소리의 경우, 부분 부분으로 끊어 창을 했다는 점을 감안한다면 위에서 신동흔이 정리한 바, 우리에게 익숙한 대목이 바로 <춘향전>에 대한 일반적인 인식과 동일할 것이다. 즉 이본별 상황이야 어찌 되었건, <춘향전> 전체를 통어하는 주제는 춘향과 이도령의 사랑이며, 처음에는 철없던 사랑으로 시작하여 책임지지 못하고 헤어졌다가 나중에는 진정한 사랑을 이루게 된다는 것이 <춘향전>의 가장 일반적인 설명이 될 것이다. 그렇다면 <춘향전>에 대한 해석은 바로 이러한 인식의 범위 내에서 이루어져야 한다.

춘향과 이도령의 사랑은 열여섯이라는 그들의 나이에서도 그 순수한 열정을 짐작할 수 있다. 이들이 자신의 사랑을 끝까지 지키지 못하고 이별을 하게 되는 것도 이들이 아직 미성숙의 상태에 있기 때문이며, 춘향이 변사또에 맞서 자신의 정절을 주장할 수 있는 것도 이들이 아직 세파에 물들지 않았기 때문에 가능한 일이다. 이도령이 민중의 대변자로 나서는 것도 이러한 맥락에서 이해될 수 있다. 그리고 종국에 계급을 초월한 사랑을 이루게 되는 것 또한 순수한 열정 때문이다.

춘향은 이처럼 아직 사회화되지 않은 순수한 상태에서 이도령을 만난다. 춘향에 대한 이도령의 사랑은 치기어린 소년의 그것이라고 할 수 있으나 춘향은 명확한 자의식을 드러내고 있다. 이는 대비정속하였다고는 하나 기녀라는 자신의 신분에 대한 명확한 인식을 바탕으로 형성된 자의식일 것이다. 자신의 신분이 혹은 어머니의 신분이 기녀라는 현실적 조건은 춘향으로 하여금 자신이 처한 현실적 상황을 명확히 인식해야 할 필요성을 느끼도록 하였을 것이다. 그러나 춘향이 자의식을 지니고 있었던 것이 중요할 뿐 춘향이 자신을 기녀라고 여기고 있는지 기녀가 아니라고 여기고 있는지는 별반 중요한 사실이 아니다. 어떠한 경우이건 춘향은 이도령과 하룻밤을 지낸 뒤 이도령과 백년가약을 맺기를 간절히 바라고 있기 때문이다. 이는 초야를 치르기 전에 이도령에게 요구하는 불망기(不忘記)로 나타나기도 하고, 이도령이 서울로 떠날 때 이도령에게 신물(信物)을 요구하는 것으로 나타나기도 한다.

줄리아 크리스테바는 <각자는 자기가 새겨진 조각tessère을 보충해 줄 부분을 계속 찾고 있는 것이다.> 여기서 tessère라는 말은 그리스어의 <symbolon>으로 해석하며, 둘로 나누어진 부분들을 지니고 있는 자들에게, 그들 자신이나 그들 가족들 사이의 옛날에 있었던 관계를 이 두 부분들이 증명하는 데 이 잘린 물건을 참조하며, 또한 상대물이 없으면 알아낼 수 없는 징표, 계약, 의미작용을 의미한다. 각 성은 타자의 심벌이고, 그를 보충하는 것이고 그의 지주이며 의미의 증여자이다. 사랑이란 정확히 말해서 통합의 성향으

로 징표들을 다시 알아보는 것이고, 해독이며 의미작용을 만들어
내는 것이다. 그러므로 남녀양성겸유자들의 막혀진 달걀형의 세계
와는 반대된다.[97]라고 하였다.

<춘향전>에서 춘향과 이도령이 주고 받은 사랑의 징표는 상대
방에게 '너는 나다'라는 확신을 보여주는 것이다. 춘향이 이도령에
게 불망기·신물을 요구한 것은 이러한 확답을 원한 것이었다고 할
수 있다. 이미 춘향은 이도령과의 완전한 결합을 꿈꾸고 있었기 때문
에 이도령에게 이러한 표식을 요구했던 것이다. 이러한 확신을 바탕
으로 춘향은 변사또에게 강하게 저항하면서 이도령이 오기를 기다릴
수 있었다.

이도령의 변화 또한 춘향이의 이러한 확신에 전도된 바가 크다.
남원에 오는 길에 농부들에게서 춘향의 이야기를 전해 들은 이도령
은 춘향의 사랑에 감동의 눈물을 흘린다. 처음 치기어린 행동으로
시작했던 이도령의 사랑은 춘향의 사랑을 통하여 감응되고, 이는
이도령 자신의 신분적 각성에 이른다. 이도령은 춘향을 만나고 춘
향을 진심으로 사랑하기 전까지는 사또 자제라는 외적인 신분이 자
신에게 어떤 의미가 있는지 모르고 있었던 것이다. 그러나 춘향을
통해 진정한 사랑을 배우게 됨으로써 비로소 자신이 해야 할 일이
무엇인지를 깨닫게 된다. 즉 이도령은 하층의 대변자로서 변사또의
잔치에 나아가 '금준미주천인혈(金樽美酒千人血)'이라는 한시를 짓
고 탐관오리를 징치하게 되는 것이다.

---

97) 줄리아 크리스테바 저, 김영 역, 앞의 책, 113쪽.

연구자에 따라서는 이도령이 춘향을 구하는 부분을 두고 이도령 중심으로 <춘향전>을 이해하기도 한다. 그러나 이도령이 암행어사로 등장하게 되는 것은 이도령이 명확한 자기 인식을 바탕으로 하고 있었기 때문에 가능한 일이며 이러한 이도령의 의식 변화는 춘향에게서 촉발된 것이다. 따라서 춘향의 사랑과 저항이 이러한 결말을 유도했다고 보아야 한다.

줄리아 크리스테바의 사랑에 대한 다음과 같은 기술은 춘향과 이도령의 결연이 이도령의 주도에 의한 것이 아니라 춘향의 저항에 기반한 것임을 알 수 있게 해 준다.

> 일상을 깨는 위반행위가 사랑을 끓어오르게 하는 기본 요건이 되고 있다. (중략) 제3자를 치워 보라. 그러면 그 체계는 정열적인 색채를 잃어버리고, 욕망의 요인이 사라지기 때문에 그냥 무너져 버린다. 사실 비밀을 지휘하는 제3자가 없으면 남자는 위협적인 아버지와 맞서는 사랑의 순종을 잃어버린다.[98]

<춘향전>의 경우 제3자는 변사또이다. 변사또가 등장함으로써 <춘향전>이 더욱 극적인 전개가 펼쳐지는 것은 이 때문이다. 변사또가 춘향에게 요구하는 것은 '기녀는 본관의 수청을 들어야 한다'는 일반적인 상식이다.

보부아르는 '타자성'이 인간의 사고를 조직하는 필수적인 개념이라고 말한다. 인종집단이나 사회 집단들은 스스로를 이질적인 '타자'와 반대되는 것으로 규정함으로써 집단 정체성을 획득한다. '여

---

[98] 줄리아 크리스테바 저, 김영 역, 앞의 책, 332쪽.

자' 역시 남자들이 남성이라는 긍정적인 정체성을 형성할 수 있도록 도와주는 타자 역할을 할 뿐이다. 그 자체는 아무런 정체성도 갖지 못하는 타자는 자주 지배집단이 원하는 것이라면 무엇이든 부여될 수 있는 빈 공간으로 작용한다.[99]

춘향에 대한 변사또의 시각도 춘향을 빈 공간으로 생각한다. 이도령이 떠난 자리에 자신을 채워 넣을 수 있다고 생각함으로써 성이나 애정에 있어서 자신이 주체라고 생각하고 춘향을 타자화시킨다. 변사또는 양반이면서, 남자로서 기존 질서의 중심에 자신을 위치시킨다.

이러한 타자화는 이도령에서도 한계로 드러나기는 한다. 잔치연에서 춘향을 떠보는 행위 등이 그러한 한계를 드러내는 것인데 여기서 이도령은 자신의 신분을 속인다. 춘향에 대한 이도령의 시각은 사랑을 바탕으로 하고 있으므로 이도령의 모든 행동은 춘향을 중심으로 이루어진다. 춘향을 위해 과거 급제하고, 춘향을 아내로 닦아들이기 위하여 변사또의 잔치날 변사또를 징치하고 춘향을 구해 낸다. 이러한 춘향 중심의 행동과 춘향의 정절을 떠 보는 행위는 상치되는 행위이다. 이 때문에 이도령은 암행어사라는 가면을 사용한다. 즉 자신의 정체를 속이고 암행어사라는 지배계층의 양반 남성 목소리로 춘향의 정절을 시험하게 된다. 이는 이도령에게 아직도 남아 있는 남성적 요소라고 할 수 있다. 춘향과의 진솔한 사랑을 이루고자 하면서도 아직 이도령에게 남아 있는 이질적인 요소이다.

---

99) 팸 모리스 지음, 강희원 옮김, 『문학과 페미니즘』, 문예출판사, 1997, 33쪽.

따라서 이도령은 춘향의 정절을 시험할 때 얼굴을 가리고 자신이 이도령이라는 사실을 숨길 수밖에 없다.

춘향은 이러한 남성적 질서에 강하게 저항한다. 기녀가 아닌 인간적인 존엄성을 주장하면서 계급을 넘어서고 있다. 이 때문에 변사또에 대한 목숨을 건 저항이 가능하며, 암행어사에 대해서도 차라리 죽여달라는 발악을 서슴지 않게 되는 것이다. 여성영웅소설들에서 남장 여주인공들이 가정으로 귀환하여 평범한 여성으로서 부덕을 지키며 살아가는 것과 마찬가지로 춘향전의 결말 또한 열이라는 봉건 질서로의 귀환으로 귀결된다. 그러나 앞서 살펴보았듯이 '귀환' 자체가 문제가 되지는 않는다. 이는 시대적 한계이지 작품 자체가 가진 한계가 아니기 때문이다. 문제는 여성탐색담의 주체가 자기 인식을 바탕으로 찾고자 한 것이 무엇이었는지, 그리고 그것을 찾기 위한 과정이 얼마나 주체적이고 능동적인지, 그 과정에서 주인공은 작품 속에서 얼마나 자기 목소리를 내고 있는지, 남성에 의해 조작된 목소리인지 아니면 남성적 질서에 저항하고 남성을 변화시키는 힘을 지니고 있는 목소리인지, 그리고 마지막에 여성 주인공의 탐색 대상은 성공적으로 획득되는지가 중요하다. 탐색대상의 획득은 곧 탐색 주체의 정체성 획득과 긴밀히 연결되기 때문이다.

<춘향전>은 여성에 대한 다른 인식을 보여 주고 있다는 점에서 여성적이다. 남성적 입장에서가 아니라 여성의 입장에서, 기생의 입장에서, 하층민의 입장에서 지배층에 맞서 자기 목소리를 내고 있다. 남편인 이도령을 찾는 과정, 이도령과 완벽한 결합을 이루는 과정은 이러한 자아 정체성을 드러내는 과정이며, 그럼으로써 인간적

인 사랑이란 양방향적인 것임을 보여준다. 그리하여 <춘향전>은 춘향의 숭고한 사랑의 승리라는 낭만적이면서도 사실적인, 판소리 적 결말을 맺게 된다.

다. 심청전 : 모성성을 바탕으로 한 인간 구원

<심청전> 또한 심청의 아비찾기가 서사의 중심이 되고 있으며 가문회복에 이르고 있다. <심청전>을 심청의 가문회복을 중심으로 평가한 논의로는 우쾌제와 최동현을 들 수 있다. 우쾌제는 <심청 전>에서 자손 계승 의식, 현모양처적 내조의식, 희생적 봉친의식, 가문창달의식 등의 가문중심 의식을 밝혀 낸 바 있다.[100] 최동현은 <심청전>이 18세기 이후 발달한 가문소설의 특징을 지니고 있다 고 하면서 가문의 창달 자체가 중요한 가문소설과는 달리, <심청 전>은 가문의 창달이 목표가 아니라 선행에 대해 부수적으로 주어 지는 보상이라는 점에서 차이가 난다고 하였다. 즉 <심청전>에서 는 가문창달에 이르게 된 요인, 곧 가족주의 가치관이 문제시되며, <심청전>은 이 가족주의 가치관을 통해서 가부장제 이데올로기가 처방하는 태도를 몸에 지니도록 사회화하는 기능을 수행한다고 하 였다.[101] 최동현은 <심청전> 주제를 논하는 데 있어 심청을 서사 주체로 인식해야 된다고 전제함으로써 진전된 논의를 전개했으나

---

100) 우쾌제, 「가정소설에 나타난 가족 의식 고찰」, 『고소설연구』 제2집, 한국고소 설학회, 1997.

101) 최동현, 「심청전의 주제에 관하여」, 『국어문학』 31집, 국어문학회, 1996. 최동 현·유영대 편, 『심청전 연구』, 태학사, 1999 재수록.

심청을 주체가 아니라 '희생자'로 보는 데서 한계를 드러내고 있다. 심청을 '희생자'로 보는 태도는 <심청전>의 주제를 '효'로 보는 데서 기인한다.

판소리계 소설을 논할 때, 그것이 소설에서 판소리로 발전한 것이냐, 판소리가 소설로 발전한 것이냐 하는 발생·전승의 문제는 차치하더라도[102] 창과의 영향관계를 떨쳐 버릴 수는 없을 것이다.

---

102) <심청전>의 경우는 특히 소설과 판소리의 관계가 다른 판소리계 소설들과 달리 간단치 않다. <적벽가(화용도)>를 제외하면 대부분의 판소리계 소설이 설화적 모티프를 중심으로 판소리가 형성된 후 판소리의 인기에 힘입어 소설로 정착했다는 가설에서 크게 어긋나지 않는데, <심청전>은 소설 선행설이 통설로 자리 잡아가고 있다. 이는 <심청전>의 경판 한남본의 성격에 기인한 것인데, 한남본을 근거로 들어 소설 선행설을 주장한 사재동에 이어 이문규, 최운식, 정하영, 성현경, 정병헌 등이 이 논의를 받아들였다. 한편 김흥규는 경판본이 판소리와는 별도로 설화를 바탕으로 창작된 것이라고 하여 판소리와는 별도의 독자성을 지닌 이본임을 주장하였는데, 판소리와 경판본이 별도의 전승과정을 가졌다는 견해는 이후 유영대로 이어져 유영대는 경판 한남본이 선행 문장체 소설에서 영향을 받았다고 보았다. 이에 대한 논의는 다음을 참조할 수 있다.

사재동, 「심청전 연구 서설」, 『한국고전소설』, 계명대학교출판부, 1974. ; 이문규, 「심청전의 문학적 특질 검토」, 『한국고전산문연구』, 동화문화사, 1981. ; 최운식, 『심청전연구』, 집문당, 1982. ; 정하영, 「심청전에 나타난 제재적 근원 연구」, 서울대학교 박사학위논문, 1983. ; 정병헌, 「판소리의 변모」, 『판소리 문학론』, 새문사, 1993. ; 김흥규, 「판소리의 이원성과 사회적 배경」, 『창작과 비평』 31호, 창작과비평사, 1974. ; 유영대, 『심청전연구』, 문학아카데미, 1991.

<심청전>의 경우, 소설과 판소리의 관계는 여기서 끝나지 않는다. 박일용은 유영대가 초기 창본으로 분류한 바 있는 박순호 소장 필사본 19장본 외 몇 개의 이본을 검토하여 이들이 소설이나 판소리가 아닌, 가사체의 형태를 지니면서 비극성이라는 독특한 미학을 지니고 있음을 발견하였다. 이들 가사체 심청전은 내방 가사나 문장체 소설처럼 독서물적 향유 방식을 통해 후대까지 향유되어 창본과는 별도로, 또는 창본과 연계를 맺으면서 가사체 심청전 자체의 흐름을 지속시켜 왔다는 것이다.(박일용, 「『심청전』의 가사적 향유 양상과 그 판소리사적 의미」, 『판소리연구』 5집, 판소리학회, 1994) 이는 창본과 소설본이라는 양대

판소리계 소설의 이본은 하나의 텍스트로서의 독자적인 가치를 지니고 있으면서 작품의 일부로 묶여 있다는 데 연구의 어려움이 있다. 또한 각 이본들은 서로 다른 형태로, 서로 다른 방식의 향유 양상을 보이고 있어 작품의 주제를 고찰하는 데는 더더욱 어려움이 따른다. 판소리계 소설을 둘러 싼 주제의 양면성 논의는 판소리라는 장르 자체가 지닌 특성에 기인한 문제일 뿐만 아니라 판소리계 소설이 다양한 형태와 내용의 이본을 거느리고 있다는 데서 문제가 발생하는 것이다. <토끼전>의 경우는 이러한 문제가 더욱 심각하다. <토끼전>에서는 작품 내에 공존하고 있는 대립적인 정치적 입장들과, 봉건 질서의 몰락과 새로운 가치관의 등장으로 인하여 다양한 가치관이 공존하고 있는 작품 밖 현실, 그리고 보수와 혁신이라는 양가성 사이에서 자신의 위치를 확립하지 못한 향유자들의 의식이 혼재하고 있어103) <토끼전>의 주제를 도출하기보다는 <토끼

구도와 이 둘 사이의 영향 관계를 판소리 계열 구분의 중요한 지표로 삼았던 종래의 논의를 깨고 '가사체'라는 독특한 향유 방식을 제시했다는 데 의의가 있다. 이 논의를 더욱 발전시킨 논문에서는 박순호 19장본에서 정문연 62본으로의 변이는 오늘날 판소리 심청가가 형성되는 초기 양상에 해당하는 것으로서, <심청전> 전편이 가사체에서 판소리체로 바뀌어 가는 양상을 보여주는 것이며, 최재남본에서 박순호 4장으로의 변화는 <심청전>이 여성들에 의한 내방가사체의 형태로 재창작되어 가는 과정을 보여주는 것이라고 하였다.(박일용,「가사체 <심청전> 이본과 초기 판소리 창본계 <심청전>의 관련 양상」,『판소리 연구』7집, 판소리학회, 1996, 참조) 이는 판소리계 소설의 존재 양상과 상호 관련 양상으로 창본과 소설본 외에 가사체를 더 첨가한 것으로, 실상에 근접한 <심청전> 향유양상을 살피는 데 진일보한 성과를 내 놓았다는 데 의의가 있다.

103) 이와 관련한 논의는 다음의 논문들을 참고할 수 있다.
   정출헌,「조선후기 우화소설의 사회적 성격」, 고려대학교 박사학위논문, 1992. ; 김현주,「<토끼전>의 우의적 성격」,『고전작가작품의 이해』, 집문당, 1998. ;

전>이 드러내고 있는 가치관의 혼란이 어디에서 기인한 것인지를 밝히는 데 중점을 두고 있는 형편이다.

<심청전> 또한 주제를 둘러 싼 이론이 없었던 것은 아니다.[104] 김태준이 '몸을 팔아서라도 맹부(盲父)의 효양(孝養)을 공코자 함'[105]이라고 <심청전>을 평가한 이래 <심청전>의 주제가 효라는 것은 통설로 받아들여져 왔다. <심청전> 주제를 효로 보는 경우에 심청이의 효가 유교적 효냐, 불교적 효냐 하는 논의가 있었고, 김준겸은 유교적 효와 구별되는 속신적 효로 보기도 했지만[106] <심청전>의 주제가 효라는 데에는 대체적인 의견의 일치를 보았다고 할 수 있다. 그런데 몇몇 논자들은 이에 반하는 견해를 제시하기도 하였다. 김우종[107]은 심청전의 불통일성을 들어 <심청전>의 주제 상실을 비판하기도 했고, 이능우[108]는 가난과 불구에서의 꿈이라고 보았으며, 성택승은[109] 심청이가 죽음을 택한 것은 효가 아니라 효를 거역한 것으로 자아와 효가 충돌하고 있는 것으로 파악하기도

김동건, 「토끼전 연구」, 경희대학교 박사학위논문, 2001.

104) 심청전의 주제에 대한 논의로는 다음을 참고할 수 있다.
    인권환의 「심청전 연구사와 그 문제점」, 『한국학보』 9집, 일지사, 1977. ; 정하영, 「심청전 주제 재고」, 『백영 정병욱 선생화갑기념논총』, 신구문화사, 1982. ; 최운식, 「연구 성과 검토」, 『심청전』, 시인사, 1984. ; 최동현, 「『심청전』의 주제에 관하여」, 최동현·유영대 편, 『심청전연구』, 태학사, 1999.

105) 김태준 저, 박희병 교주, 『증보조선소설사』, 한길사, 1990, 147쪽.

106) 김준겸, 「심청전의 주제문제」, 『국어국문학논문집』 7·8집, 동대국어국문학회, 1969.

107) 김우종, 「단군신화의 시적 의미-심청전 비평의 결언」, 『현대문학』 38호, 1958.

108) 이능우, 『고대소설연구』, 선명문화사, 1974.

109) 성택승, 「パンソリの 文学的 측면」, 『한 66호』, 한국연구원, 1977.

하여 <심청전>의 주제인 효에 대하여 회의적인 견해를 보이기도 하였다. 그러나 아버지를 위해 자신의 몸을 인당수에 던졌던 심청이의 행동을 효가 아니라고 할 수 있는 논리적 근거를 마련하지 못한 채 이러한 논의들을 크게 힘을 얻지 못하고 말았다. <심청전>의 주제를 효로 보는 관점은 정현석110)에까지 거슬러 올라간다. 정현석에서부터 초기 <심청전> 연구자를 거쳐 현재까지 <심청전>의 주제를 일관되게 효로 보고 있다는 것은 <심청전>의 주제가 매우 명확하고 공고하다는 것을 뜻한다 하겠다.

<심청전>의 주제가 효라는 것을 인정하면서도 다른 주제를 찾아내려 했던 시도들도 있었다. 이는 <심청전>의 주제를 이원적으로 보는 태도이다. 판소리계 소설의 주제를 이원적으로 본 시도는 조동일에서부터 비롯된다. 조동일은 <심청전>의 주제를 '표면적 주제', '이면적 주제'로 나누어, 표면적으로는 심청의 효를 중심으로 한 보수적 관념론이 우세하지만 이면에는 유교적 이념을 부정하는 진보적 현실주의를 드러내고 있다고 보았다.111) 이 논문은 <심청전>의 주제보다는 비장과 골계라는 <심청전>의 미의식을 중심으로 논의가 이루어지고 있기 때문에 표면적 주제와 이면적 주제가 구체적으로 설명되어 있지는 않다. 예컨대, 조동일은 <심청전>이 '현실을 생생하게 인식하고 현실과 유교윤리의 괴리를 심각하게 문제삼았다'112)고 평가하고 <심청전>의 비고정체계면에서 주장하고

---

110) 沈淸歌 爲盲父賣身 此勸孝也.『악학궤범·악장가사·교방가요』, 아세아문화사 영인, 1975, 75쪽.
111) 조동일, 「심청전에 나타난 비장과 골계」, 『계명논총』 7집, 계명대학교, 1971.

있는 바가 '골계를 통해 제시된 이면적 주제는 현실과 유교 이념의
괴리를, 유교 이념을 부정하고 현실을 긍정함으로써 해결하자는 주
장'이라고 하였다. 여기서 말하는 '유교 이념의 부정'이라는 것이 심
청의 행동을 효로 보지 않는다는 것인지, 심청의 행동을 효로 보기
는 하되 이를 부정적으로 평가한다는 것인지 명확하지는 않다.

고정체계면은 작품의 근간을 이루는 단락들이 체계적으로 구성
되어 표면적인 주제가 발하는 곳이라고 했을 때[113] <심청전>을
<심청전>답게 만드는 것이 바로 심청의 효라는 사실을 쉽게 추출
해 낼 수 있다.

<심청전>의 주제가 효라는 데 동의하면서도 이와 공존하는 또
다른 주제를 찾으려는 노력은 사재동, 인권환, 정하영, 성현경으로
이어진다.[114] 이들 연구자들은 효를 부수적이며 부차적인 주제라고
하면서 근원적인 주제, 원주제를 도출하려고 하였다. 사재동은 불교
적 효는 수단이요 방편일 뿐 작품의 본원적인 주제는 아니며 효보
다 더 근원적인 희생적 참회, 비원에 의한 무상(無上)의 제도(濟度),
즉 절대적 불공(佛供)에 따른 '왕생극락(往生極樂)'이 곧 주제라고
보았다. 인권환은, 효는 작품 외피에 입혀진 부수적인 것이며 비장

---

112) 조동일, 앞의 논문, 306쪽.
113) 조동일의 논문 「「흥부전」의 양면성」(『계명논총』 제5집, 계명문학, 1969), 「갈
    등에서 본 「춘향전」의 주제」(『계명논총』 제6집, 계명문학, 1970)에서 '고정체계
    면'과 '비고정체계면', '표면적 주제'와 '이면적 주제' 용어가 자세히 설명되어 있다.
114) 사재동, 「심청전연구서설」, 『어문연구』 7, 1971. ; 인권환, 「정화와 구원의 비
    가-심청전-」, 『고대신문』, 1977.5. ; 정하영, 「심청전 근원연구 서설」, 『국어문
    학』 21, 국어문학회, 1980. ; 성현경, 「성년식 소설로서의 심청전-경판 24장본의
    경우」, 『서강어문』 3, 서강어문학회, 1983.

의 정화와 종교적(불교적) 구원이라는 입장에서 주제를 논해야 한다고 보았고, 정하영 또한 효는 극히 일부분을 차지하는 주제이며, 원주제는 인신공희라고 보았다. <심청전>을 성년식 소설로 파악한 성현경은 효는 부분적이고 부차적인 것이며 인간 심청의 대우주적 자아 발견·회복과 그 성취 또는 확장 실현이 <심청전>의 대주제라고 보았다. 그러나 이들 연구자들이 원주제라고 밝힌 주제들도 효에 대립되거나 효를 부정하는 것이 아니라 효의 의미를 더욱 확장시킨 것이라고 할 수 있어 <심청전>이 드러내고 있는 효라는 덕목을 더욱 가치 있는 것으로 만들고 있다.

　이 외에도 <심청전>의 주제를 이원적으로 파악하고 있지는 않으나 이미 효를 내포하고 있는 주제를 설정하고 있는 논의들도 있다. 예로는 부친의 신체적 불구를 극복하기 위한 대속적 희생으로 <심청전>을 본 정하영의 논의와[115] 사회구원이라는 맥락에서 심청의 효를 평가한 임용식,[116] 부(父)-녀(女) 분리를 통한 성숙으로 본 김복희[117] 등의 논의를 들 수 있다. 이들은 앞의 논의들처럼 효를 부분적인 주제로 인정하지 않으나 <심청전>의 효라는 주제를 확장시키고 있다는 점에서는 앞선 논의들과 동일하다. <심청전>이 심청의 효를 근간으로 이루어진 작품이라는 데에는 동의하면서도 효와는 다른 주제를 도출하고자하는 이러한 일련의 노력들은 설화

---

115) 정하영, 「속죄의식의 문학적 전개-심청전을 중심으로-」, 서울대학교 석사학위 논문, 1975.
116) 임용식, 「「심청전」 주제의 신고찰」, 『우리문학연구』 2집, 우리문학연구회, 1979.
117) 김복희, 「심청전의 신화비평적 연구」, 『이화어문논집』, 이화여자대학교, 1980.

와는 다른 소설로서의 <심청전>이 지닌 소설적 가치와 주제를 파악하고자 하는 의도에서 비롯된 것이라고 할 수 있다.

이상에서 살펴본 바와 같이 <심청전>의 주제가 효라는 데에는 큰 이견이 없어 보인다. 그런데 그간 주제 논의에서 간과해 왔던 점은 심청의 효가 누구를 위한 것이냐 하는 점이다. 자신을 희생하여 다른 사람을 살리는 행동이 다른 사람을 위한 것인지, 궁극적으로 자신을 위한 것인지에 대한 성찰이 부족하였다. 심청의 효를 유교적, 혹은 불교적 효라고 보는 입장이나 '인신공희', '사회 구원'의 차원에서 평가하고자 하는 논의들을 효를 행하는 주체인 심청보다는 심봉사에 중점을 두어 온 것이 사실이다. 인신공희 설화의 남성 중심적 성격, 심청의 희생이 쓰러져가는 봉건 이데올로기의 구현이라는 낡은 외피를 입고 있다는 사실, 그 때문에 심청의 숭고한 정신이 희석되고 있다는 점을 안타깝게 여겨 그 의미를 확장시키려 의도한 해석들이지만 심청이 주체로 드러나지 못하고 크고 작은 대의의 희생물로 심청을 파악했다는 한계를 안고 있다.

심청을 중심으로 <심청전>을 이해하려는 노력들이 없었던 것은 아니다. 성현경은 <심청전>을 성년식 소설로 보고[118], 심청의 희생을 통해서 '인간 심청의 대우주적 자아 발견·회복과 그 성취 또는 확장 실현'된다고 보아 심청의 자아 성취를 중심으로 주제를 파악하였다. 그런데 문제는, 심청을 중심으로 한 <심청전> 이해에는 성공하고 있지만 그럴 경우, 심청을 둘러 싼 인물들은 심청의 자아 발

118) 성현경, 앞의 논문.

견을 위한 보조자들에 지나지 않게 된다는 점이 문제이다. 심봉사를 비롯한 주변인물들은 조선후기 현실 사회를 반영하는 중요한 인물들이다. 조선후기라는 현실을 떠나서 <심청전>을 이해하는 태도 또한 <심청전>을 완전하게 이해하는 것이라고 할 수 없다.

여성 중심적인 시각에서 <심청전>을 파악하려는 시도들은 조선후기라는 현실을 염두에 두면서도 주인공인 심청을 중심으로 <심청전>을 이해하려는 태도들이다. 최동현은 '<심청전>의 주인공을 심청으로 볼 때에는 심청의 자기 희생적 측면을 중시하여, 주제가 '효'라고 하는 견해가 주류를' 이루고 '<심청전>의 주인공을 심봉사로 보는 경우에는 심봉사의 개안에 초점을 맞추어 해석하려는 경향이 다수를 차지한다'고 보았다.119) 이러한 주제 논의에 대한 비판을 토대로 <심청전>을 심청을 중심으로, 여성주의적 관점에서 논의한 결과, <심청전>의 주제는 '여성을 죽음으로까지 몰아넣는 봉건윤리의 모순성에 대한 깨달음'120)이라고 보았다. 고은미도 여성주의적 관점에서 심청전을 평가한 결과, 심청의 효는 가부장제 이데올로기의 희생자인 동시에 수호자라고 보았다. 또한 가부장제 이데올로기를 통한 여성 억압을 은폐하려는 수단으로 '환상'이라는 문학 장치가 도입되어 있다고 평가하였다.121)

조선시대라는 시대적 한계에다 효라는 유교적 이데올로기를 강

---

119) 최동현, 앞의 논문, 393쪽.
120) 최동현, 앞의 논문, 415-416쪽.
121) 고은미, 「여성주의적 관점에서 본 판소리 <심청가>-여성이미지 비평을 중심으로」, 『한국언어문학』 44, 한국언어문학회, 2000.

하게 드러내는 소설이라는 점에서 <심청전>이 남성 중심적 시각에서 자유로울 수 없으리라는 것은 자명하다. 그러나 <심청전>을 여성주의적인 시각에서 평가하고자 한다면 <심청전>의 주제가 효인지 아닌지에 대한 논의는 벗어나야 할 것이다. 심청의 행동이 자발적인 것이든, 유교적 이데올로기에 의해 강요된 것이든 아버지를 위한 행동임에는 틀림없으며 효행인 것은 틀림없다. 중요한 것은 심청의 주체적인 성격을 중심으로 심청이 효의 성격과 가치를 규명해 내는 것이다. 이를 위하여 다음 두 가지 요건이 충족되어야 심청이를 중심으로 <심청전>을 이해했다고 할 수 있을 것이다. 첫째, 심청이의 효를 구현하기 위한 행동이 심청이의 자아정체성 확립과 관련되어 논의되어야 한다. 심청이의 행동이 아버지를 위한 효라거나 자신을 희생함으로써 타인을 구제하는 대속적인 희생이라고 파악하는 태도는 재고되어야 한다. 심청이의 행동이 스스로의 변화, 발전에 어떤 영향을 끼쳤는지, 심청의 자아 확립에 어떤 의의가 있는 것인지가 먼저 밝혀져야 한다. 그 다음, 그러한 심청이의 행동이 자기 외에 다른 사람의 변화 발전에는 어떠한 영향을 끼쳤는지, 심청이의 행동은 사회 속에서는 어떠한 가치를 지니는 것인지를 파악해야 한다. 그래야만 심청의 행동이 심청을 중심으로 평가되면서도 사회적인 가치를 아울러 평가해 낼 수 있을 것이다.

여기서는 심청을 주체로 보고 심청이 아비찾기라는 과정을 통해서 자아를 확립해 가는 과정을 살핀다. 심청은 아비찾기를 통해 영웅적 면모를 드러내면서 자아 성취에 이른다. 심청의 일련의 행동은 유교적 이데올로기의 실현이나 불교적 실천을 위한 것이 아니라

자아실현의 한 방편이었으며 심청이 자아 정체성을 찾아가는 과정
으로 이해할 수 있다.

　심청의 효를 중심으로 <심청전>을 이해할 때 심청은 가부장적
이데올로기에 의해서 제물로 바쳐진 딸이다. 진 시노다 볼린은 이
사악과 이피게네이아를 예로 들어 아버지에 의해 제물로 바쳐진 아
들과 딸에 대해 이야기하고 있다. 이러한 신화들은 가부장제의 반
영으로서 아버지의 권위를 드러내고 있다.122) 가부장제 사회의 도
래와 함께 전인적인 여성이었던 '위대한 여신'은 남성신에게 그 권
위를 물려주어야 했고, 가부장제하에서 생겨난 남성신화는 여성을
희생양으로 삼고 있으며 파괴와 공격의 속성을 지닌 아버지를 형상
화하고 있다. 설화나 소설에 나타나는 매신 모티프 또한 이러한 가
부장적 이데올로기의 산물임은 말할 것도 없다. <효녀지은> 설화,
<이해룡전>, <숙녀지기>, <심청전> 등에서는 효를 위한 매신을
주요 모티프로 삼고 있다.123)

　매신은 아니면서 매신과 동일한 의미를 지닌 것이 <손순 매아>
이다. 아들을 버림으로써 아버지의 이념을 실현하는 모습은 부모에
대한 사랑과 자식에 대한 사랑이 다를 리 없음에도 불구하고 아버
지는 부모에 대한 사랑만을 강조하여 기꺼이 자식을 희생시키는 모
습을 보이고 있다. 여기서 자식의 시각은 드러나 있지 않다. 이념에
충실하는 아버지의 모습만 강조될 뿐이다. 거타지 설화 등과 같이

---

122) 진 시노다 볼린 지음, 유승희 옮김, 『우리 속에 있는 남신들, 또 하나의 문화』,
　　1994, 34-57쪽 참조.
123) 김동건, 「이해룡전 연구」, 경희대학교 석사학위논문, 1997, 참조.

아버지에 의해 제물로 바쳐진 후 남성에 의해 구원되는 딸들도 남성적 질서의 희생양이라는 점에서는 동일하다. 이들 이데올로기의 희생양들에게 어떤 선택권이나 주체적 행동은 없다. 이것은 희생자를 주체로 한 서사가 아니기 때문이다. 심청도 이러한 측면에서 남성중심 이데올로기의 희생자라고 할 수 있다.

그러나 여성탐색담의 주체는 희생을 스스로 선택함으로써 이데올로기를 넘어서고 있다. <심청전>의 경우, 심청은 스스로의 판단에 의해 고난을 선택했고, 그것은 주체적인 결정이다. 따라서 서사는 심청을 중심으로 심청의 고난과 극복, 이계로의 여행과 새로운 생명력을 획득하게 된다. 그리고 그 힘은 자신을 위한 힘이 아니라 타인들을 위한 힘이다. 개인적으로는 아버지의 결핍을 모두 충족시켰으면서124) 동시에 가문 회복을 이루고, 국모가 됨으로써 그 은혜는 더욱 널리 퍼질 수 있는 기회가 되어 심청의 숭고한 정신은 모든 이들을 감화시키게 된다.

심청을 희생양으로 볼 때, 심청의 주체성은 사라져 버린다. 이 때 주체는 심봉사가 되며 <심청전>의 주요 서사는 심봉사의 눈을 뜨는 일이 된다. 이는 심봉사를 위하여 어떤 인물이 조력자의 역할을 하는 것이 아니라 심청이 자원한, 심청이의 일이다. 즉 심청은 심청은 희생자가 아니라 대속자(代贖者)의 이미지를 가지고 있다.125)

---

124) 최래옥과 최운식도 결핍의 충족이라는 측면에서 <심청전>을 파악한 바 있다. 최래옥, 「<심청전>의 총체적 분석」, 『한국학논집』 5, 한양대학교 한국학연구소, 1984. ; 최운식, 『심청전연구』, 집문당, 1982.

125) 이런 점에서 심청을 주체, 예수로 파악한 최래옥의 논의는 새로운 시각이라고 할 수 있다. 최래옥, 앞의 논문.

　<심청전>에서 심청이의 숭고함은 심청이의 희생을 미화시키는
역할을 하고 있다. 그러나 유교 이데올로기를 강조하는『열녀전』의
주인공에 비해 심청이는 자기 갈등을 강하게 드러내고 있다. 살고
싶다는 욕망과 갈등은 심청이의 선택을 더욱 강하게 부각시켜 주는
역할을 한다.

　　　심청이 거동 보쇼 ㉠빅머리에 나셔 보니 식팔흔 물겨리며 울울울
　　바람 쇼릭 풍낭이 되죽ᄒ야 빗젼을 탕탕 치니 심청이 깜쪽 놀닉 뒤로
　　퍽 쥬쥰지며 이고 아버지 다시난 못 보것닉 이 물헤 싸져씨면 고기밥
　　이 되것쑤나 뮤슈이 통곡다ᄀ 다시금 일어나셔 바람마진 병신갓치 이
　　리빗틀 져리 빗틀 치마푹을 물음씨고 압이를 아드득 물고 아고 나 죽
　　닉 쇼릭 ᄒ고 물의 가 풍 싸졋다 ᄒ되 그리ᄒ여셔야 효녀 죽엄 될 슈
　　잇나 ㉡두 손을 합장ᄒ고 ᄒ나님젼 비난 마리 도화동 심청이가 밍인
　　익비 희원키로 싱목슘이 죽쏘오니 명쳔니 하감ᄒ수 캉캄흔 익비 눈을
　　불일닉의 발기 써셔 셰숭 보게 ᄒ옵쇼셔 (중략) 빗머리의 썻 나셔셔
　　만경창파를 제 방안으로 알고 풍 싸지니(신재효본 24뒤-25앞)[126]

　㉠은 심청의 갈등이 드러나는 부분임에 비해 ㉡은 이러한 심청의
심리적 혼란을 제거한, 신재효의 개작이 분명하게 드러나는 부분이
다. 심청의 죽음을 효라는 유교적 이데올로기로 승화시키고자 하는
신재효의 시각이 강하게 드러난다. 신재효의 입을 통해 전개되는
심청의 발화는 자신의 죽음에 대한 아무런 갈등 없이 유교적 효 이
념에 철저한 모습을 보여주고 있다. 이러한 개작이 필요한 이유는

---

126) 김진영 외,『심청전 전집』1, 박이정, 1997, 23쪽.

본래 심청의 희생이 유교적 이데올로기를 염두에 두고 전개된 것이 아니었기 때문일 것이다. 즉 심청은 유교적 이데올로기가 만들어 낸 성스러운 희생양이 아니라 심청 스스로의 의지에 의해 자신의 삶의 방향을 결정한 주체적 인간이었으며 그 때문에 심청은 갈등하는 인간으로 나타난다.

장승상댁 부인의 역할도 심청의 인당수 투신이 심청의 주체적 선택이었음을 알 수 있게 한다. 장승상댁 부인이 심청의 신분상승이라는 기능적 역할을 하고 있다는 논의도 있기는 하지만[127] 장승상댁 부인은 오히려 심청의 선택을 어렵게 만드는 고난과 유혹의 이미지를 지니고 있다. 장승상댁 부인은 심청에게 자신이 공양미 삼백석을 줄 테니 인당수 투신을 포기하라고 설득한다. 심청은 이러한 장승상댁 부인으로 인하여 인간적인 고민에 빠지고, 이를 극복하고 스스로 선택한 길은 더욱 가치로운 길이 된다. 타인을 위해서 개인적인 행복을 스스로 포기하고 죽음의 길로 들어서고자 하는 심청의 결정은 이미 아버지의 개안이라는 개인적 차원을 넘어 인간구원을 위한 대속자로서의 의미를 가지게 되는 것이다.

강봉근은 <심청전>의 구조를 통해서 낙원의 상실과 회복, 속죄양을 통한 구원이라는 두 가지 원형을 찾아내고, <심청전>의 주제를 구원이라고 제시하였다.[128] 또한 <심청전>의 인물을 검토한 논문에서도 이러한 견해는 다시 강조된다.[129] "沈奉事는 地上의 樂園

---

127) 유영대, 「장승상 부인 대목의 첨가에 대하여」, 최동현·유영대 편, 『심청전 연구』, 태학사, 1999.
128) 강봉근, 「심청전 연구」, 『한국언어문학』 제15집, 형설출판사, 1977.12.

이요, 세계의 中心인 皇城에서 어둠의 狀態를 완전히 벗어나 그가
일찌기 所有했던 樂園을 다시 回復하게 되는데, 그것은 黙示的 人物
인 沈淸을 만남으로써 이루어지며, 따라서 沈淸傳의 主題는 神과 結
合한 人間의 "救援"이라고 볼 수 있다130)는 것이다.

그런데 여기서 짚고 넘어가야 할 것이 있다. 심청이 심봉사와 심
봉사를 포함한 모든 맹인들을131) 구원해 주기 때문에 가치로운 인
물이 아니라 심청 스스로 고난을 딛고 성취를 이루고 그를 바탕으
로 구원자가 되었기 때문에 가치 있는 인물이 된다. 심청에게 우리
를 구원해 달라고, 출천지효를 강요하는 것, 민중의 구원자가 되어
야 한다고 강요하는 것은 심청의 주체적 행동의지와 가치를 떨어뜨
리는 것이 된다. 자칫, 유교적 이데올로기를 내면화하여 가부장제에
희생된 여성으로 비추어질 수도 있는 것이다.132)

---

129) 강봉근, 「심청전의 인물론」, 『국어문학』 20, 국어문학회, 1979.

130) 강봉근, 위의 논문, 13쪽.

131) 이들은 맹인이라는 신체적 장애자일 뿐만 아니라 정신적, 육체적 결핍과 고난
을 받고 있는 모든 이들을 상징한다고 할 수 있다.

132) 최동현의 논의는 이러한 우를 범하고 있다. 이본에 따라서는 심청의 효가 강
요된 측면이 없지는 않을 것이다. 그러나 <심청전>을 이렇게만 평가한다면, 심
청의 주체적 노력은 가치를 잃게 되고 만다. 최동현, 앞의 논문.
    이러한 시각은 고은미에서도 동일하게 나타난다. 고은미는 심청과 곽씨 부인
을 가부장제의 희생자인 동시에 가부장제의 수호자로 보고, 이들은 <심청가>를
향유하는 사람들에게 가부장제 이데올로기의 주입자가 된다고 하였다. 그리고
곽씨 부인/심청과 대비되는 뺑덕 어멈은 유교적 가치질서의 강화가 이루어지기
시작한 판소리에서 유일하게 기존 가치를 조롱하고 그것에 반항하는 반체제적
인물로 보았다. 따라서 <심청전>은 환상이라는 문학적 장치를 통해 가부장제
이데올로기를 강화하는 모습을 보여주고 있다는 것이다. 고은미, 앞의 논문.
    그런데 현재에도 <심청전>이 유효하다면 현재에도 <심청전>은 우리에게 가
부장제 이데올로기를 강요하고 있는가. 우리는 효와 가장의 보좌라는 가부장제

심청의 아비찾기는 효라는 윤리 이전의 근원적인 성격을 지니고 있다. 즉 자기를 버림으로써 획득되는 정체성을 통해서 아버지를 비롯한 다른 사람의 구원에까지 이르고 있는 것이다. 심청이 이러한 역할을 할 수 있는 것은 심청이 효녀라서가 아니라 심청이 지닌 모성성으로 가능한 것이다.

심청의 모성 이미지는 심청과 물과의 관련에서 가장 잘 드러난다. 이상일은 심청의 이름에서 <홍수>와 <맑다>라는 상징적 의미를 캐내고, 이것은 다시 <심청전> 초두의 자연묘사에 나타난 생식·탄생·광명을 맞이하는 계(系)와, 겨울·죽음·암흑을 추방하는 계(系)의 결합인 <봄>과 대응되고 있다고 말한다. 그리고 심청의 투신과 꽃으로의 화신은 물에의 회귀로부터의 재생이라고 하였다.[133] 태초의 창조적 근원으로서의 물의 이미지를 지니고 있는 심청은 인당수 투신이라는 죽음을 통해서 부활하게 되며 심청이 아버지의 눈을 뜨게 해 줄 수 있는 것도 심청의 이러한 생명력과 창조적 능력에 기인한 것이다.

아버지를 위해 인당수에 투신하는 심청의 행동이 효라는 이념적

이데올로기를 <심청전>을 통해 체화하고 있는가. 그리고 뺑덕 어멈이 유교적 가치 질서에 반항하고 있는 반체제적인 성격이라는 논의 또한 잘 이해가 되지 않는다. 뺑덕 어멈의 실리를 추구하는 자유 분방한 태도는 유교적 가치 질서에 반항하고 있다고 볼 수 없다. 뺑덕 어멈은 돈과 食과 色을 밝히는 속물적 근성을 지닌 인물로서 자유분방한 태도를 보여주고 있지만 유교적 가치 질서에 반항하고 있지는 않으며 반체제적인 성격을 지니고 있지도 않다. 당대 인물의 한 전형을 보여주고 있을 따름이다.

133) 이상일, 「심청전의 기원」, 『월간문학』 3권 5·6호, 월간문학사, 1973, 272-273쪽.

행동에 국한된 것이 아니라는 것은 모든 맹인들이 눈을 뜨게 된다는 대목에서 명확하게 드러난다. 이념적인 효는 대개 가정 내의 문제로 국한되고, 범위를 넓힌다 하더라도 국가적인 차원의 충으로 확대되는 것이 보통이다. 효행설화나 효를 주제로 하고 있는 소설 대부분이 효의 결과와 보상이 효를 행한 개인의 차원에 머무르고 있는 것도 이 때문이다. 효의 대상은 자신의 부모에 한정되기 때문이다. 그러나 <심청전>의 경우에는 이러한 인간의 윤리적인 차원에서의 효를 넘어서고 있다. 이는 심청이 창조적 능력과 생명력을 포괄하는 모성성을 강하게 드러내고 있기 때문이라고 할 수 있다.

심청의 모성성은 심청에게만 나타나는 것은 아니다. <심청전>에 등장하는 여성들 즉, 곽씨부인, 귀덕어미, 장승상댁 부인 등은 대체로 나눔과 베풂을 실천하는 인물들로서 생산적인 이미지를 드러내고 있다. 이들 여성들의 가장 큰 공통점은 심청의 어머니로 등장한다는 것이다. 곽씨 부인은 심청의 생모이고, 귀덕어미는 심청의 젖어미이다. 그리고 장승상댁 부인은 심청을 양녀로 맞아들임으로써 심청과 새로운 모녀관계를 형성한다. 심청이는 이들 어머니들과의 관계를 통해서 모성성을 이어받고 있으며 이러한 중충적 모녀관계는 <심청전> 전체를 통어하고 있는 모성성을 더욱 강조하고 부각시킨다.

심봉사 또한 이러한 모성성에 도전한다. 곽씨 부인이 어린 심청을 낳아 놓고 죽은 뒤 심봉사는 동냥젖을 얻어 먹여가며 딸 심청을 키운다. 어머니의 빈 자리를 채우기 위한 심봉사의 눈물겨운 노력은 심봉사의 한계와 더불어 실재 어머니 되기의 어려움을 잘 반영하고 있다.

어머니 일, 아버지 일의 구분은 성별분업에 기초한 구분이다. 성별 분업이란 자녀 양육 및 일반적인 보호활동에 대한 일차적인 책임을 여성에게 배당하고, 경제적인 준비 및 사회 방어에 대한 일차적인 책임을 남성에게 배당하는 문제, 그리고 여성의 이미지는 양육자적이고 의존적인 것으로, 반면 남성의 이미지는 수완 좋고, 공격적이고, 독립적인 것으로 관련시키는 기제를 지칭한다.[134] 곽씨 부인이 없는 상황에서 심봉사는 곽씨 부인 대신 심청의 어머니로서의 역할을 다하려고 노력하지만 이는 한계에 부딪히고 만다. 심봉사는 어머니 일 수행과정에서 의존성을 강하게 드러내면서 남성적 불모성을 상대적으로 적나라하게 드러낸다.

심청이의 또 다른 어머니로는 뺑덕 어멈을 들 수 있다. 서사전개에서 심청이와 맞닥뜨리지는 않지만 심봉사가 새로 맞아들인 부인이므로 심청의 어머니라고 할 수 있다. '어멈'이라는 호칭으로 불리고 있지만 '뺑덕이'라는 자녀가 등장하지 않는 것으로 보아 자녀를 버린, 혹은 자녀를 잃은 인물인 듯하다. 즉 뺑덕어멈은 모성 상실, 모성 결핍을 드러내고 있다. 따라서 뺑덕 어멈에게는 어머니로서의 창조적이고 생산적인 능력보다는 소비지향적인 성격이 부각된다.

밤이면은 마을 돌고 낮이면은 낮잠자기 쌀 퍼주고 떡 사먹기 벼 퍼주고 엿사먹고 의복 잡혀 술 먹기와 빈 담배대 손에 들고 오고가는

134) 페이스 R. 엘리엇 저, 안병철·서동인 역, 『가족사회학』, 을유문화사. 1983, 44쪽.

행인들게 담배달라 힐란허기 멱살잡고 어린양에 젊은 중놈 유인허기 동인 걸어 욕설하고 초군들과 싸움허기 여자보면 내외허고 남자보면 쌩긋 웃고 코 큰 총각 술 사주기 제사 대에 메 올려도 담배대는 뺄 수 없고 몸볼 적에 찼던 서답 조왕 앞에 끌러 놓기 밥 푸다가 이 훔쳐 서 밥주걱에가다 꾹 죽이기 잠자면서 이 갈기와 배끌고 발목 떨고 한밤중에 울음 울고 이불 속에서 방귀뀌기 빼쭉허면 빼쭉허고 빼쭉 허면 삐쭉허고 힐끗허면 핼끗허고 핼끗허면 힐끗허고 술 퍼먹고 활 딱 벗고 장자 밑에서 낮잠자기 남의 내외 잠 자는듸 가만가만 찾아가 서 봉창문에다 입을 입에 대고 불이야 왼갖 악증 다 겸하여 이 전곡 을 모두 다 **빨아먹은** 연후에는 이삼일 먹을 양식만 남겨두고 도망헐 작정으로 오유월 까마귀 곤수박 파먹듯 밤낮없이 파 먹는듸(김연수 창본)135)

　'이 전곡을 모두 다 **빨아먹은** 연후에는 이삼일 먹을 양식만 남겨 두고 도망헐 작정으로 오유월 까마귀 곤수박 파먹듯 밤낮없이 파 먹는듸'에서 알 수 있듯이 **뺑덕** 어멈은 기생적인 존재로서 생산의 주체라기보다는 소비의 주체이다. 그러한 **뺑덕** 어멈의 불모성은 예 문에서 언급된 실행(失行)으로 증명되고 이는 동리 다른 여성들의 생산적이고 창조적인 모성성과 대비되면서 강하게 부각된다.

　뺑덕 어멈의 불모성이 자기 자신뿐만 아니라 심봉사마저 정착하 지 못하고 유랑하게 만든다. **뺑덕** 어멈을 만나기 전에는 동리 사람 들과 좋은 관계를 맺고 살았던 심봉사가 **뺑덕**어멈을 만난 뒤에는 소중한 이웃을 잃고 동리를 떠나게 되136)는 것도 **뺑덕** 어멈의 불모

---

135) 김진영 외 편저, 『심청전 전집』 1, 박이정, 1997, 157쪽.
136) 정하영, 「심청전에 나타난 악인상」, 『국어국문학』 97, 국어국문학회, 1987, 참조.

성에 기인한 것이다. 물론 뺑덕 어멈의 자유분방함은 강요된 모성성을 해방시키는 기능을 하기도 한다. 그러나 뺑덕 어멈이 등장하고 있는 부분은 심청이 인당수에 투신을 한 다음이다. 아내와 딸을 잃고 정신적으로 황폐해 있는 심봉사에게 뺑덕 어미가 등장하고 있다. 이 부분은 심봉사가 '딸 팔아 먹은 아비'로서의 자괴감을 드러내고 있는 부분이기도 하며, 그와 동시에 '동네 과부 잇난 집을 공연히 찾아다녀 선웃음 풋장단을 무한히 하'고 다니는 행위, 그리고 뺑덕 어멈과의 행적으로 인하여 심봉사에 대한 비판이 가장 고조되는 부분이다. 이 부분은 심봉사의 불모성이 강조되는 부분이며 따라서 이러한 심봉사의 불모성을 더욱 강조할만한 인물로서 뺑덕어미라는 '악인형' 인물이 등장했던 것이다.

그런데 심청이를 비롯한 모성성을 지닌 여성들과 비교되었을 때 뺑덕 어멈이 부정적인 인물로 나타나는 것이지, 그 자체로 부정되지는 않는다. 뺑덕 어멈은 거부할 수 없는 인간의 본성을 지닌 인물, 욕망에 충실한 인물, 악인이라 할 수 없는 악인형 인물이라고 할 수 있다. 그리고 뺑덕 어멈의 그러한 측면들이 부정적이지 않고, 인간이라면 지닐 수 있는 허점으로서 뺑덕 어멈은 골계적 기능을 하게 된다.137) 위에서 뺑덕 어멈의 악행으로 열거된 예중에서는 그러한 행동을 하는 인물이 여성이기 때문에 문제시되는 측면이 많다.

우선, '밤이면은 마을 돌고 낮이면은 낮잠자기', '빈 담배대 손에 들고 오고가는 행인들게 담배달라 힐란허기', '잠자면서 이 갈기와

---

137) 뺑덕 어멈의 골계적 기능에 대하여서는 최혜진, 「판소리 소설의 골계적 기반과 서사적 전개 양상」(숙명여자대학교 박사학위 논문, 1999)을 참조할 수 있다.

배끌고 발목 떨'기, '술 퍼먹고 활딱 벗고 장자 밑에서 낮잠자기' 등
과 같은 행동은 여성이기 때문에 특히 문제시되는 행동들이다. 남
성의 태도와 여성의 태도가 달라야 한다고 생각하는 내외법에 근거
한 비판들이며 남성의 경우에는 특별히 비난받을만한 행동이라고
할 수는 없다. 둘째, 뺑덕 어멈의 소비지향적인 성격을 드러내는 '쌀
퍼주고 떡 사먹기 벼 퍼주고 엿사먹'기, '의복 잡혀 술 먹기' 등도
여성에게만 특히 문제시되는 행동이다. 조선시대 하층 여성들은 노
동으로 가정 경제를 책임져야 했다. 이는 곽씨 부인의 품팔기와 비
고해 보아도 잘 나타난다.

> 삯바느질 관대 도복 행의 창의 직영이며 섭수 쾌자 중치막과 남녀
> 의복의 잔누비질 꺽음질 외올띄기 꽤땀이며 고두누비 솔올리기 망건
> 꾸미개 갓끈접기 배자 토수 보선 행건 포대 허리띄 단님줌치 쌈지
> 엽랑에 필낭 휘양 볼지 복건풍채이며 천의 주의 갓인 금침 비개모에
> 쌍원앙수 놓기와 화관 원삼 잠옷 문무백관의 빛난 흉배 오이학 쌍학
> 범그리기 명모 악수 제복이며 질삼을 논지하면 궁초 공단 수주 선주
> 낙릉갑사 운문토주 갑주분주 표주명주 생초통경 조포북포 황저포 춘
> 포 문포 제추리며 삼베 백저 극상세목 삯을 받고 맡아 짜기 적황적백
> 침향회색을 각색으로 염색허기 초상난 집 상복제복 혼대사 음식숙정
> 가진 증편 약과백과 절에 다식전 냉면 화채 신선로 각갓 찬수 약주빗
> 기 수팔년 봉오림과 배상허기 고임질을 일년삼백육십일에 하로 반대
> 놀지 않고 품팔아 모일 적에 푼을 모아 돈이 되고 돈 모아 양을 짓고
> 양을 모아서 관돈 되면 학실헌 곳 빗을 주어 일수체계 장리변으로
> 실수 없이 받어들여 춘추시향의 봉제사와 앞 못보는 가장공경 시종
> 이 여일허니 상하혼 사람들이 곽씨부인 어진 마음 뉘가 아니 칭찬허
> 리(김연수 창본 심청가)138)

삯바느질, 길쌈, 염색하기, 초상난 집에 상복제복 만들어 주기, 혼대사 음식돕기 등으로 '일년삼백육십일에 하로 반대 놀지 않고 품팔아' 가정을 꾸려 나가는 곽씨에 비하면 뺑덕어멈의 이러한 소비적인 태도들은 비판받아 마땅하다. 그러나 곽씨 부인의 이러한 행실이 여성에게 가정 경제를 책임지도록 짐 지웠던 남성의 시각에서 평가된 것이라면, 뺑덕 어멈에 대한 비판 또한 남성의 시각에서 재단된 평가라고 보아야 한다.

'제사 때에 메 올려도 담뱃대는 뺄 수 없고 몸볼 적에 찼던 서답 조왕 앞에 끌러 놓기 밥 푸다가 이 훔쳐서 밥주걱에가다 꾹 죽이기' 등도 가족의 식사 준비와 봉제사를 책임져야 했던 여성들이 삼가야 할 일들이다. 이 일들은 남성들에게는 해당되지 않는 여성만의 일이다. 여성의 행실을 비판하는 근거로 이러한 항목들이 설정되어 있다는 것은 남성과 동등한 인간으로서 여성을 평가하는 것이 아니라 여성에게만 적용되는 남성 중심 이데올로기의 잣대가 있었다는 것이된다.

여성은 성적인 욕구를 마음대로 발산하는 것도 금기시되었다. '젊은 중놈 유인허기', '여자보면 내외허고 남자보면 쌩긋 웃기', '코 큰 총각 술 사주기' 등도 정숙한 여성으로서 해서는 안될 일이다. 가부장제 사회가 여성에게 정절을 강요했던 것은 남성 중심의 혈통을 이어가기 위한 방편이었다. 여성의 출입을 엄격히 통제하였던 것도 만일의 사태에 일어날 수 있는 불상사에 대비하기 위한 규제

---

138) 김진영 외, 앞의 책, 91-92쪽.

였다. 이런 상황에서 남성에게 웃음을 던지며 유혹하는 행위는 생계를 위해 몸을 파는 천기들이나 할 짓이었고, 민가의 여성으로서는 비난받아 마땅한 행실이었을 것이다. '젊은', '총각'이라는 표현에서도 볼 수 있듯이 뺑덕 어멈은 성적 욕망이 매우 강한 여성이었음을 알 수 있다. 조선시대 여성에게 성은 개인적 욕망으로 이해되지 못하고 가문을 위해 후사를 잇기 위한 도구로만 인정되었다.

여성들에게 있어 성적인 자유스러움의 부재는 조선시대에 국한된 문제만은 아니었으나[139] 조선시대에는 특히 여성의 성이 도구화되었는데 그러한 양상을 열녀담에서 확인해 볼 수 있다. 가장 대표적인 예로 <개가한 열녀 유복자 본가로 보내기> 유형을 들 수 있는데, 주인공 여성은 남편을 잃고 나 직후에 자신을 탐낸 남자에 의해 보쌈을 당한다. 정절을 훼손당하면서도 이 여인이 자결하지 않은 것은 뱃속에 유복자를 가졌기 때문이다. 여인은 아들을 낳아 잘 길러서 과거 급제를 시킨 후 본가로 보내고 자신은 자결한다.[140] 이는 여성이 가문 유지를 위한 '자궁'으로서만 기능하고 있음을 보여주는 예이다.

---

139) 천혜숙은 농촌여성들의 생애담을 통해서 생애인식 양상을 살핀 바 있는데 그 과정에서 나타난, 남편에 대한 여성들의 인식은 어려서 이상한 모양이거나 너무 커서 무서운 존재, 또는 부끄러워서 가까이 갈 수 없는 존재였으며 남편과 함께 자는 일은 끔찍하게 싫은 일이었으며 남편이 군대라도 가 버리고 나면 그렇게 좋을 수가 없었다고 한다. 천혜숙, 「농촌여성 생애담의 주제와 생애인식 양상」, 『한국고전여성문학연구』 제2집, 2001, 237쪽 참조.

140) 김대숙, 「구비열녀설화의 양상과 의미」, 『고전문학연구』 제9집, 한국고전문학연구회, 1994, 59쪽.
자세한 유형 분류와 각편 내용에 대해서는 이인경, 「구비 '열설화' 연구」(서울대학교 박사학위 논문, 2000)을 참고할 수 있다.

뺑덕 어멈은 소비지향적이며, 생산적 노동을 하지도 않고, 조선시대 여성 윤리에도 어긋나는 행동을 일삼을 뿐만 아니라 왕성한 성적 욕구를 무분별하게 드러내고 있다. 이러한 행동들은 남성 중심의 가부장제를 유지해 나가는 데 매우 위험한 인물이 아닐 수 없다. 요컨대 이러한 비판들은 뺑덕 어멈이라고 하는 한 개인의 실행을 드러내고 있다기보다는 당대 사회가 여성에게 금기시하던 것들을 열거하고 있다고 해도 좋을 것이다. 이러한 뺑덕 어멈의 불모성은 심청을 둘러싼 여성들, 그리고 심청의 모성성과 강하게 대비되면서 심청의 모성성을 강조하는 역할을 하고 있다.

용궁에서 생모 곽씨 부인을 만나 모녀지정(母女之情)을 나누는 부분에서 심청은 곽씨 부인의 모성을 경험하게 되며 용궁에서 살아나옴으로써 황후가 된 심청은 창조적 어머니로서의 이미지를 더욱 강하게 드러낸다. 아버지는 이미 따르고 받들어야 할 위엄있는 존재라기보다는 구원해야 할 대상으로 존재한다. 아버지는 심청이로부터 구원을 받기 위해 맹인 잔치에 찾아온다.

심청이 아버지에게 따르는 술 또한 심청의 성자 이미지를 더 부각시킨다. 술은 물이 지닌 정화의 이미지를 지니고 있으며 아버지에게 술을 따르는 심청의 형상은 세례를 통해서 새생명을 주는 성자의 이미지와도 통한다.

이상에서 심청의 행동은 유교적 효 이데올로기에 의해 강요된 것이 아니라 심청 스스로 선택한 주체적인 행동이었으며, 심청과 심청을 중심으로 한 여성들이 지닌 모성성과 뺑덕 어미의 불모성은 심청의 모성적 이미지를 더욱 부각시키는 역할을 하고 있음을 살펴

보았다. 즉 심청의 이미지는 강요된 생물학적 모성이 아니라 선택된 모성이라는 데서 더욱 큰 의미가 있는 것이다.

마지막으로 심청이 아버지를 비롯한 맹인들의 눈을 뜨게 하는 치병 능력에 주목할 필요가 있다. 이러한 치병 능력을 지닌 여성은 향가 <천수대비가(千手大悲歌)>에서도 발견할 수 있다. <천수대비가>는 경덕왕 때 희명이란 여자 아이가 태어난 지 5년 만에 눈이 멀자 그 어머니가 아이를 안고 분황사 천수관음(千手觀音) 앞에 나아가 노래를 지어 아이를 시켜 빌게 했더니 마침내 개안(開眼)했다는 배경 설화를 갖고 있다. 이 배경 설화에서 나타나는 관음의 치병 능력은 심청의 능력과 상통한다. 김헌선은 고대신화 여성신의 생산신·곡모신적(穀母神的) 성격이 불교 관음설화에서 여성의 기능으로 지속되고 있음을 밝힌 바 있다.[141] 이러한 사실들을 종합해 볼 때, 심청은 생산과 풍요의 여신, 치병과 관련하여 삶과 죽음을 관장하는 여신의 성격을 모성성을 통해 드러내고 있다고 할 수 있다.

2. 가부장제 하에서 여성의 의무와 자기 자리 찾기

가. 옥주호연 : 자기 의지에 따른 가출과 귀환

<옥주호연>은 최완 삼형제와 자주 삼형제의 군담(軍談)이 병렬적으로 펼쳐지면서 결연으로 귀결되는 병렬형 군담소설이다. 따라서 여성중심 서사와 남성중심의 서사를 구분하기 위해서 줄거리를

---

141) 김헌선, 「불교관음설화의 여성성과 중세적 성격 연구」, 한국구비문학회 편, 『구비문학과 여성』, 박이정, 2000.

다음과 같이 구분하여 제시해 보기로 한다. 통합된 부분은 남녀가 만나는 부분으로서 최완 형제와 자주 형제가 공동으로 소유하는 서사이다.

1. 최문경이 홍포 관원에게서 보옥받는 꿈을 꿈. 2. 부인이 순산하는 날, 도사가 찾아와 10세 넘거든 광연산 진원도사 제식이라 하는 사람을 찾아 그 술법을 가르치라 함. 3. 아들 삼형제 출산하여 이름을 완·진·경이라 지음. 4. 이들들이 15살이 되자 출장입상하고자 출가함.	5. 유원경이 부처 꿈을 꾸고 금산사 시주를 지심함. 6. 금산사에 시주 후 부처에게 구슬을 받는 꿈을 꾸고 부인 왕씨가 잉태함. 7. 딸 셋을 낳아 이름을 자주·벽주·명주라 지음. 8. 세 딸이 자라 시서백가, 칼쓰기, 말달리기에 힘씀. 9. 왕씨가 이를 알고 세 딸을 계칙하나 뜻을 굽히지 않음. 10. 유원경이 이를 알고 진노하여 하나를 죽여 두 딸을 계칙하겠다고 엄포를 놓음. 11. 세 딸이 가출함.
12. 최완 형제가 주점에서 자주 형제를 만나 형제지의를 맺고 광연산에 같이 가지고 제안함. 13. 광연산에 가서 도사의 제자가 됨. 14. 도사의 제자 왕정빈은 하산함. 15. 3년 후 하산하면서 도사에게 신명한 천자를 알려 달라고 함. 15. 도사가 일러 준 조광윤을 찾아 가 왕정빈을 만남. 16. 왕정빈은 조광윤에게 이들을 천거하고 최완 형제와 자주 형제가 지략을 써서 전공을 세움. 17. 조광윤이 번성에 이르러 천자로 추대됨.	
18. 천자가 된 조광윤이 최완을 평무장군에, 최진을 용양장군에, 최경을 평양장군에 봉함.	19. 천자가 자주를 화수장군 완사후로, 벽주를 매향장군 채상후로, 명주를 옥두장군 거안후에 봉함. 20. 천자는 자주 형제가 여자임을 눈치 챔. 21. 자주 형제가 귀향하기를 청하는 상소 올리나 받아들여지지 않음. 22. 자주 형제가 슬퍼하며 신세를 한탄하는 시를 지음.

23. 최완 형제들은 우연히 시를 엿듣고 변복을 밝힐 계교를 씀.
24. 자주 형제가 최완 형제의 후원에서 술을 마시면서 신세를 한탄하는데 최완 형제가 뛰어 나와 증거를 잡았다고 기뻐함.
25. 자주 형제는 최완 형제가 자신들을 의심하는 것 같기에 이를 살피기 위해 거짓 연극을 하였다며 사실을 숨김.
26. 천자에게 이 사실이 알려지고 천자는 태후에게 이 사실을 고하고 택일함.
27. 천자가 잔치를 배설하여 어룡회가 먹고 싶다고 하면서 최완 형제와 자주 형제에게 물고기를 잡으라 하자 자주 형제가 하는 수 없이 기군망상한 죄를 고함.
28. 유문과 최문에 각각 뵙고 결연 후 누대 복록을 누림.

<옥주호연>은 최완 형제와 자주 형제의 서사가 병렬적으로 전개되고 있음에도 불구하고 각각의 서사는 독자적으로 전개되는 것이 아니라 최완 형제 쪽이 우위에 있는 것을 볼 수 있다. 따라서 남성 중심의 확고한 질서를 곳곳에서 발견할 수 있다.

우선 최완 형제와 자주 형제의 가문과 탄생이 동등하지 않다. 도사를 찾아가 수학을 하고, 전쟁에서 공을 세우는 과정 등의 영웅적 행적은 최완 형제와 자주 형제 형제 공동의 행적이다. 그러나 가문과 탄생 과정은 자주 형제 쪽이 최완 형제보다 열등하게 묘사된다.

최완 형제의 아버지 최문경은 정노장군 최춘의 후예로 되어 있다. 자식이 없어 걱정하던 중 꿈에 홍포 관원이 최문경의 꿈에 나타나 자식을 점지해 주는데, "너는 유명한 대장의 후예라. 어찌 네게 이르러 향화를 끊게 하리오. 네 소원을 사려 보옥 셋을 주나니 삼가 간수하면 너의 문호를 흥기하여 만년 영화 극진하리라."[142]라고 한다. 여기서 최완 형제의 가문이 강조되며 '장군의 후예'라는 사실의 강조는 이후 최완 형제 공적의 복선 구실을 하고 있다.

---

142) <옥주호연>, 111-112쪽.
    <옥주호연>의 내용 인용은 정병헌·이유경 엮음,『한국의 여성영웅 소설』(태학사, 2000)에 의거함. 면수 역시 이 책의 면수를 따름. 이하 동일.

이에 비하여 자주 형제의 아버지 유원경은 현달한 가문은 아니다. '재산이 유여하되'라는 표현에서 볼 수 있듯이 상업으로 부를 획득한 인물이 아닌가 추측된다. 역시 아버지 유원경의 꿈에 부처가 나타나 금산사에 나아가 불사 건립을 위해 시주를 하라고 한다. 그리고 시주를 한 이후 부처가 다시 꿈에 나타나 '네 전생에 죄 중하므로 금세에 무자하게 점지하였더니 이번 대시주 한 공덕으로 귀녀 셋을 점지하니 비록 여자이나 가문을 빛내고 부모에게 영영하리라.'[143] 라고 한다.

최완 형제의 집안은 장군의 후예였다가 몰락한 집안이며 자주 형제의 집안은 상업적 부를 획득한 집안이다. 그런 신분적 차이가 서사전개에서 부각되거나 문제를 일으키지는 않지만 자주 형제 집안에 비하여 최완 형제의 집안은 훌륭한 가문임이 거듭 강조되면서 가문을 중시하는 태도를 보인다. 태몽에 나타난 신인들의 태도 또한 마찬가지이다. 자주 형제의 아버지는 전생에 중한 죄를 지은 사람이고 그로 인하여 자식을 얻지 못하며 금산사에 시주를 한 다음에서야 죄를 닦고 딸을 점지 받는다.

여기서는 가부장제라는 남성 이데올로기에 의한 두 가지 의도를 확인할 수 있는데, 첫째는 앞서 언급한 바와 같이 최완 형제와 자주 형제는 동일한 내용의 활약을 펼치고 있음에도 불구하고 그 가문이나 출생과정 등을 차별적으로 제시함으로써 최완 형제 우위의 서사를 꾀하고 있다는 것이다. 둘째, 이 과정에서 드러내고 있는 가문의

143) <옥주호연>, 113쪽.

식은 남성 중심의 가부장제를 지탱하는 가장 중요한 의식이며, 따라서 지속적인 가문의식의 강조를 통해서 남성이 중심이 되는 남성 우위의 질서 확립과 수호에 당위성을 강조하고자 하는 것이다.

이러한 가문의식의 강조는 최완 형제가 출가하기로 결심하는 부분에서도 잘 드러난다. 이들은 "대장부 입신하여 출장입상하여 부모께 영효하고 조선을 빛냄이 떳떳하온 일이어늘 어찌 무성무해히 초목과 같이 스러지리이꼬."[144]라고 하여 자신의 포부를 밝히고 자신들의 뜻을 실현하기 위해 도사를 찾아간다.

한편 자주 형제의 아버지가 유생 이업의 아들이 동방급제했다는 소식을 듣고 자주 형제를 질책하는 부분에서도 가문영달의식은 잘 드러난다.

> 남은 팔자 희귀하여 명재 일방에 고등하여 명망이 진동하고 우리는 어찌하여 쓸데없는 삼녀를 두어 주야 근심하는고[145]

유원경은 딸들이 공적인 영역에서 활약함으로써 가문을 빛내는 일이 불가능하다는 점을 섭섭하게 생각하면서 딸들이 '쓸데없는' 존재라고 한탄한다. 아버지와 마찬가지로 자주 형제도 현실적으로 여성이 가문영달에 기여하지 못한다는 사실을 인식하고 있다. 따라서 남성들과 마찬가지로 가문을 빛내고자 하는 의지를 가진 그들은 여도(女道)를 배우는 것이 세월만을 허비하는 일임을 깨닫게 되는 것

---

144) <옥주호연>, 113쪽.
145) <옥주호연>, 115쪽.

이다. 가부장제라는 엄격한 남성 중심 질서 하에서 이들 여성들은
그러한 질서 수호를 위한 역할을 함으로써 자신들의 존재 의의가 있
다고 생각한다. 남성 중심적 이데올로기를 내재화하고 있는 이들은
가문을 빛내기 위해 자신들이 할 일은 남성적 능력들을 기르는 일이
라고 역설한다.

> 소녀 등이 규방의 소소한 예절을 지키다가는 부모께 영화를 뵈올
> 길이 없사온지라. 석에 당태종의 누이 장원공주도 평생 무예를 배워
> 천하에 횡행하여 빛난 이름이 지금 유전하오니 소녀 등도 이 일을
> 효칙하여 공명을 세워 부모께 현양코자 하옵고 하물며 방금 천하 대
> 란하오매 소녀의 즉시지추이어늘 어찌 한갓 여도를 지키어 세월을
> 허비하리이꼬.146)

이처럼 공적인 영역에서 활약함으로써 가문을 빛내야 한다는 생
각이 <옥주호연> 전체에 드러나고 있다. 가부장제 자체가 여성에
게 가문회복의 임무를 강요하고 있지는 않다. 그럼에도 불구하고
가부장제 수호를 위해 스스로 복무하고자 하는 여성들은 일면 남성
중심 질서를 내면화한 이질적인 여성으로 이해될 수 있다. 이것이
자주 형제가 가진 근원적인 한계인지, 아니면 남성 중심 이데올로
기에 의한 왜곡인지에 대한 논의를 전개하기 전에, 남성적 가치를
동경하고 남성에 의존하는 여성의 모습을 더 살펴 볼 수 있다.

최완 형제와 자주 형제의 가출은 각각 독자적으로 이루어지는 듯
보이지만 실제로는 그렇지 않다. 탄생시부터 최완 형제에게는 도사

---

146) <옥주호연>, 114쪽.

가 찾아와 미래를 예언하고 길을 일러 주었음에 비하여 자주 형제에게는 이러한 과정이 없었다. 따라서 최완 형제의 가출이 철저한 계획에 의한 가출임에 비하여 자주 형제의 가출은 아버지의 노여움을 피하기 위한 우발적인 가출이다. "어진 사부를 구하여 무예를 배워 공명을 성취코자 하되 마땅한 사부를 만나지 못하매 갈 바를 알지 못하노라."[147]라는 자주 형제의 언술에서도 알 수 있듯이, 자주 형제는 나름의 목표를 가지고 있기는 하지만 그들의 목표를 구체적으로 실천할 수 있는 방도를 알지 못하고 있다. 그들은 길을 잃은 상태에 있으며 타인에 의해 인도를 받아야 하는 처지에 놓여 있다. 타인은 물론 남성이다. 자주 형제는 객주에서 최완 형제를 만나 형제지의(兄弟之義)를 맺음으로써 비로소 자신들의 길을 구체적으로 결정할 수 있게 된다.

여기서, 최완 형제의 서사와 자주 형제의 서사가 표면적으로는 병렬적으로 전개되고 있지만 실제로는 자주 형제의 서사는 최완 형제의 서사에 종속되어 있음을 알 수 있다. 전체 서사는 최완 형제를 중심으로 마련되어 있으며 여기에 자주 형제의 서사가 마치 쌍둥이와 같은 모습으로 병렬되어 있지만 이 둘의 의미 관계는 대등하지 않다.

<옥주호연>에서는 최완 형제와 자주 형제의 서사가 대등하게 배열됨으로써 두 사람의 서사는 병렬적으로 전개되고 있는 것처럼 보인다. 또한 후반에서는 자주 형제의 갈등이 집중적으로 드러나

---

147) <옥주호연>, 118쪽.

자주 형제 중심의 서사가 전개된다. 그러나 서사의 이면에는 강력한 가부장적 질서가 자리잡고 있어 남성의 서사에 여성의 서사를 종속시키면서 남성 우위의 질서를 강조하고 있다.

이는 <옥주호연>에서 강조하고 있는 '안정적 질서'를 통해서도 알 수 있다. 안정적 질서란 유교적 이데올로기에 바탕한 상하주종(上下主從) 관계를 공고히 하는 것일 뿐만 아니라 인간에 의한 인위적인 질서, 전복 가능한 질서가 아니다. 이는 하늘이 정한 우주의 원리와도 같은 비중을 갖고 있기 때문에 자연의 질서이며 인간의 힘으로 어쩌지 못하는 운명적 질서이다. 이처럼 하늘이 계시한, 남성 중심의 안정적 질서를 추구하는 의식은 작품 전체에 걸쳐 드러나 있다.

최완 형제와 자주 형제는 수학(修學)을 마치고 하산하면서 도사에게 진주(眞主)를 섬길 수 있도록 신명한 천자를 알려 달라고 한다. "범증은 항우를 섬기므로 능히 입신치 못하고 진평은 한을 도와 천하를 통일하였으니 이는 그 임군을 만나고 못 만남에 있는지라. 이러하므로 우리도 성주를 기다리니 선생은 자세히 가르치소서."[148]라는 최완 형제의 언술에서도 알 수 있듯이 이들은 군주와 신하의 관계는 인위적인 관계에 있는 것이 아니라 운명적인 관계에 있다는 태도를 보인다.

신하가 어떤 군주를 선택하는가 하는 것은 남성과 여성의 관계로 바꾸어 말하면, 여성이 어떤 남성을 남편으로 섬겨야 하는가 하는

---

148) <옥주호연>, 121쪽.

것이다. 신하가 어진 군주를 쫓는 것과 마찬가지로 여성 또한 어진 남편을 쫓는 것이 마땅한 도리라는 생각이 드러난다. 이는 군주와 신하, 남성과 여성의 확고한 위계 질서를 보여주는 것이다. 그런데 문제는 이러한 선택이 스스로의 안목에 의해서 이루어지는 것이 아니라 하늘에서 미리 주어진 질서에 따라야 한다는 것이다. 최완 형제와 자주 형제 형제가 도사에게 천명을 물은 것도 이러한 이유에서이다.

천명에 의하여 안정적인 질서를 유지하고자 하는 의지는 작품 전체를 통해서 잘 드러난다. 천자가 되는 조광윤은 작품 속에서 뛰어난 능력을 발휘하는 구체적인 예가 없다. 전장에서 공을 세운 사람은 최완과 자주이지 조광윤이 아니다. 그럼에도 불구하고 조광윤은 천자로 추대된다. 그리고 조광윤 중심의 정치권력은 매우 안정적으로 유지된다. 서사 전개에서 두드러지는 활약이나 역할을 보여주지 못하고 있는 조광윤이 천자로 추대되고 안정적인 질서를 구가하는 것은 조광윤이 하늘에 의해 군주로 마련된 사람이기 때문이다. '천경을 받은 자'가 세상을 통치하는 것은 이미 하늘이 정한 질서로서 누구도 거역할 수 없는 운명과 같은 것이다.

그렇다면 최완과 자주 형제에게 천명은 어떻게 작용하는가. 최완 형제와 자주 형제는 각각 한날한시에 태어난 세 쌍둥이다. 특이한 태생과 더불어, 보옥과 구슬의 현신이라는 태몽 또한 이들의 천정(天定) 연분을 짐작케 한다. 이들이 각각 출가하여 주점에서 만나고, 만나자마자 형제지의를 맺은 것도 이러한 천상의 질서가 개입했기 때문이다.[149] 자주 형제가 남장 여자라는 것은 아무도 눈치채지 못

하는데 천자만은 자주 형제를 보고 단번에 여자라는 것을 알아차리
는 것 또한 의미심장하다.

조광윤은 천자가 된 후 논공행상을 하는 자리에서 최완·최진·
최경에게는 각각 평무장군·용양장군·평양장군을 삼는 반면 자
주·벽주·명주에게는 각각 화수장군 완사후·매향장군 채상후·
옥두장군 거안후를 봉한다.150) 천자는 자주 형제의 기이한 용모를
보고 이들이 여성이라는 것을 눈치 채고151) 이들에게 여성스러운
작위를 내려주는 것이다.

조광윤이 천자의 지위에 오르기 전에도 조광윤과 최완·자주 형
제는 이미 친분을 맺은 사이였다. 그럼에도 불구하고 천자가 된 연
후에 자주 형제의 정체를 알게 된다는 것은 천자의 위치란 보통 사
람과는 다른 위치라는 것을 말해주는 것이다. 조광윤은 천자라는
지위를 획득했을 뿐만 아니라 하늘과 동일시되는 지존(至尊)으로서
신적인 능력까지 획득한 상태이다. 따라서 조광윤은 천자가 됨으로
써 이전에는 알 수 없었던 자주 형제의 본질을 꿰뚫어 볼 수 있게
된다. 이는 여타 고소설에서 천자가 단순히 남녀의 결연을 성사시
키는 역할을 하는 것과는 구별된다. <옥주호연>에서 천자는 상하

---

149) 고전소설의 천정(天定) 질서에 대한 논의는 차충환, 「숙향전연구」(경희대학
  교 박사학위 논문, 1999) 참조.
150) 이는 최완 형제가 장군의 가문이었던 데 비하여 자주 형제의 가계는 단지 '유
  려한 집안'이라고만 묘사되었던 것과도 관련이 있는 듯하다.
151) "짐이 금일 삼경의 벼슬 봉하는 바는 별희라. 일후 반드시 기담묘사 되리라."
  하시니 이는 태조 총명예지하시며 그 음양변체함을 미리 알으심이라. <옥주호
  연>, 127쪽.

질서의 맨 위에 위치함으로써 본질을 꿰뚫어보고 있으며, 이는 천자가 통치하는 질서는 인간이 인위적으로 제도화한 질서가 아니라 하늘이 정한 질서라는 것을 강조하고 있다.

천자는 자주 형제의 본질을 꿰뚫어 볼 뿐만 아니라 자주 형제와 최완 결연 또한 주도하고 있다. 최완 형제는 첫눈에 자주 형제에 끌렸을 뿐만 아니라 자주 형제가 여성이라는 사실을 알게 된 후 매우 기뻐하고 있음에도 불구하고 자신들의 결연을 위해 능동적으로 행동하지 않는다. 대신 승상에게 이를 알리고 승상이 다시 이를 천자에게 보고하도록 하는 단계적 형식을 밟아 나가고 있다. 이들의 결연은 당사자들도 모르는 채 군주와 태후를 중심으로 준비되어 간다. 최완 형제가 첫눈에 자주 형제에게 끌렸다는 사실을 제외하면 최완 형제와 자주 형제의 결연은 자의에 의한 자발성과 적극성을 찾아 볼 수 없다.

조선시대에 남녀의 결연은 개인적인 의사는 전혀 반영되지 않은 가문과 가문의 결연이었다. <옥주호연>의 결연 또한 이에서 크게 벗어나지 않고 있다. 각 가문의 가장이 등장하지는 않지만 이들이 공적 영역에서 활약 중인 것을 감안한다면 이들에게 가장에 해당하는 인물은 천자이다. 가부장적 질서 하에서는 자주 형제와 최완 형제가 천자의 주도하에 결연을 맺는 설정이 매우 자연스럽다. 이는 자주 형제와 최완 형제의 결연이 하늘에서 이미 정해진 질서, 남성 중심 질서의 안정적 구현이라는 것을 드러내고 있는 것이다.

남성 주도의 가계와 질서는 딸들과 아내에 대한 유원경의 태도에서도 잘 드러난다. 자주 형제가 여공을 게을리하고 무예 연습에만 힘쓴다는 사실을 알게 된 유원경은 아내를 질책한다.

> "여자는 그 어미 행사를 본받나니 여아의 행사를 잡쥠이 없음은
> 이 어쩐 일이뇨? 일후 다시 이런 일이 있으면 부부지간이라도 결단
> 코 용서치 아니 하리라." 152)

딸들이 여공(女工)에 힘쓰도록 하는 것은 그 어머니가 가르칠 일
이며, 따라서 딸이 그릇된 길로 가는 것은 전적으로 어머니의 책임
이라는 태도이다. 시비에 의해서 딸들이 무예 연습을 여전히 그치
지 않고 있다는 것을 알게 된 유원경은 "하나를 죽여 둘을 징계하리
라."고 하면서 매우 강경한 태도를 보인다. 여기에는 아버지라는 혈
연의 정은 없고 '가장'이라는 권위만 남아 있을 뿐이다. 자주 형제가
가출을 결심하게 된 데에도 아버지에 대한 도전이나 대립보다는 가
장으로서의 아버지 권위를 살리고자 하는 의도가 드러나고 있다.
자주 형제와 최완 형제의 결연에는 자주 형제의 의사보다는 최완
의 형제의 의사가 더욱 부각된다. 최완 형제가 주점에서 자주 형제
를 만나 형제지의를 맺은 뒤 최진이 벽주의 손을 잡고 "금일 형의
용모를 본 즉 사제의 흠모함이 심하매 타일 현달한 후 형같은 부인
을 얻어 일생동락고자 하노라."153)라고 말하는 데서 최완 형제의
적극적 결연 의지를 엿볼 수 있다. 이 때 벽주는 "장부 공명을 이룬
후 숙녀 얻기를 어찌 근심하리오."154)라고 말하는데, 이는 남성 중

---

152) <옥주호연>, 114쪽.
153) <옥주호연>, 118쪽.
154) <옥주호연>, 118쪽.

심의 결연을 당연한 것으로 받아들이는 태도이다. 후에 자신들이 여성임이 밝혀진 뒤에도 계속 사실을 은폐하려고 하는 태도와는 사뭇 대조적이다.

자주 형제가 여성이라는 사실이 밝혀지자 최완 형제는 이를 승상에게 알리고 승상은 다시 천자에게 사실을 알린다. 그리고 천자의 주도하에 최완 형제와 자주 형제의 결연이 진행된다. 남녀의 결연이란 당사자의 의견이 중시되어야 하는 것임에도 불구하고 자주 형제의 의견은 전혀 반영되지 않고 남성들에 의해서 결연이 진행된다. 전날, "장부 공명을 이룬 후 숙녀 얻기를 어찌 근심하리오."[155]라는 벽주의 발언이 벽주의 목소리가 아니라 벽주에게 주입되어 있는 남성적 목소리라는 것을 여기서 확인할 수 있다.

자주 형제가 바랐던 것은 최완 형제와의 결연이 아니라 최완 형제와의 '형제지의'라고 할 수 있다. 또한 이들이 마지막까지 자신들이 여성이라는 것을 스스로 밝히려고 하지 않았던 것에서 이들이 원했던 것은 남성의 배우자로서의 여성의 삶이 아니라는 것을 알 수 있다. 자주 형제가 원했던 것은 남성에 대응되는 존재로서의 여성이 아니라 성을 떠나 남성과 동등한 존재가 되기를 원하였던 것이다. 자주 형제의 신세한탄을 보면 여성이라는 성 정체성을 거부했다기보다는 공적 영역에서의 남성들과 대등한 존재로 활약하고 인정받는 것을 간절히 바랐던 것임을 알 수 있다. 즉 공적인 영역에서, 남녀의 구별을 떠나 자아를 발견하고자 했던 것이다.

---

155) <옥주호연>, 118쪽.

그러나 남성들은 자주 형제에게 여성의 옷을 갈아입을 것을 강요하고 여성으로서 남성과 결연을 맺을 것을 강요한다. 이러한 강요는 아버지, 천자, 남편이라는 다양한 남성의 이름으로 가해진다. 요컨대 <옥주호연>은 천자-아버지-남편으로 이어지는 남성중심적인 질서를 지니고 있으면서 여성에게 사적인 영역에서 남성이 규정하는 여성으로 살기를 강요하고 있다.

가부장제 모든 여성은 남성에 감염된, 남성화된 여성들로 강요된다. <옥주호연>에서도 여성을 문화화하는 역할을 맡은 사람들은 모두 남성이다. 아버지는 딸들이 가문의 영달을 이룩할 수 없는 여성이라는 사실에 실망한다. 그리고 딸들이 원하는 삶을 인정하려 하지 않고 여공에 힘쓰는 현숙한 여식이 될 것을 요구한다. 최완 형제는 '형제지의'를 바라는 자주 형제의 의지를 꺾고 아내로서의 삶을 강요한다. 천자 또한 마찬가지이다. 천자는 고향으로 돌아가고자 하는 자주 형제들을 막는다. 계교를 써서 자주 형제가 여성이라는 사실을 밝혀 내고 자주 형제와 최완 형제의 결연을 주도한다. <옥주호연>의 남성들은 자주 형제들에게 남성 중심 이데올로기가 요구하는 여성이 되도록 강요한다.

여기에 등장하는 남성들은 자주 형제의 아버지 유원경을 제외하면 도덕적이고 온화한 남성들이다. 최완 형제는 자주 형제의 실체를 알고도 무리하게 여성임을 밝히기를 요구하지 않으며 천자가 자주 형제를 대하는 태도 또한 매우 평등한 것처럼 보인다. 최완과 자주 형제가 각 부중에 들러 예를 마치고 난 뒤 최완 형제만 조현하자 자주 형제를 다시 불러 "너희는 국가의 제일 공신이라. 주야 상대하여도 오히려 부족함이 있을 것이로되 불행히 너희 등이 여자인 고로 뜻과 같지 못하여 결연함이 많으매 이후로는 삭망흐로 조현하여 군신이 서로 낯이나 잊지 말게 하라."156)고 말한다. 이처럼 남성들은 자주 형제와 심각한 대립과 갈등을 일으키지 않고 함께 조화를 이루어 나가려는 듯한 태도를 보이고 있다. 그러나 겉으로는 평등한 것 같아 보이지만 그 이면에는 불평등한 질서가 온존한다.

결연 이후 갈등 없는 순조로운 전개 때문에 자주 형제의 여성으로서의 정체성 확립은 자연스럽게 전개되는 듯 보인다. 그러나 최완 형제는 자주 형제의 의사는 아랑곳 없이 자신들의 감정만 중시한다. 천자의 태도도 마찬가지다. 천자는 자주 형제가 여성이라는 사실을 스스로 밝히도록 하기 위해서 잔치를 배설하고 최완 형제와 자주 형제에게 동일한 과제, 즉 어룡회를 먹고 싶다고 하는데 이는 자주 형제에게 일방적으로 불리한 과제이다. 결국 이로 인하여 자주 형제는 여성임을 이실직고하게 된다.

그러나 자주 형제는 이러한 남성 중심적 질서 속에서 자기 목소리를 내고 있다. 자주 형제는 여성이지만 공적인 영역에서 활약을 해 보고 싶다는 뜻을 명확히 드러내고 있다. 남성과 동등하게 가문을 빛내고자 하는 의식을 드러내면서, 이러한 의지를 관철시키기 위해서 가출을 한다. 윤분희는 이를 '전통적 孝의 이중성 부정'157)이라고 보았다. 효 이념은 실제 생활에 있어서 성별의 차이에 따라

---

156) <옥주호연>, 138쪽.
157) 윤분희, 「「옥주호연」 연구」, 『여성문학연구』 제6호, 한국여성문학회, 예림기획, 2001, 257쪽.

이중적으로 적용되었는데 남성에게 요구되었던 효는 건강하고 총명하게 자라 집안의 대를 잇는 것인 반면 여성에게는 공적 영역에서의 삶과 거리가 먼 사적 영역 내에서의 삶이 요구되었다는 것이다. 자주 형제는 이처럼 여성에게 불평등하게 강요되는 윤리를 부정한다.

자주 형제는 여성이면서 남장으로 살아야 하는 자신에 대한 연민을 수차에 걸쳐 강하게 드러내고 있다. 그리고 이들은 고향으로 돌아가기를 원하고 수 차례 천자께 이러한 뜻을 밝히는데 이는 번번이 받아들여지지 않는다. 자주 형제가 바란 것은 <방한림전>의 방한림이나 <이현경전>의 이현경처럼 여성적인 삶을 버리고 남성적인 삶을 살기를 원한 것은 아니다. 이들이 바랐던 것은 남성과 여성이 공적 영역에서 동등하게 활약할 수 있고, 동등한 가문의 일원으로 인정받는 것이다. 여성으로서 가문을 빛내고자 하였던 자주 형제는 그 바람이 이루어지자 본래의 여성적인 감수성을 드러내며 여성적 삶을 살기를 원한다. 이들이 꿈꾸었던 것은 남성으로 살기가 아니라 여성으로서 남성과 평등하게 살기 위한 것이다.158)

이들의 남장과 공적 영역에서의 활약은 그 자체가 목적이 아니라 수단이다. 여성으로서의 권위를 높이려는 의도가 달성되자 자주 형

---

158) 윤분희는 <옥주호연>에서 자주 형제가 남복으로 변장하고 실현하고자 하는 사회는 사적(가정적), 공적(사회적) 영역에서 성차별 없는 평등한 사회였라고 보았다. 이러한 사회는 자주 형제가 '남장의 굴레를 벗고' 남성과 대등하게 능력을 발휘하는 것이 자유로운 선택이 되는 사회인데 소설 속에서 여성영웅 자주 형제가 꿈꾸어 온 평등한 사회는 여성영웅 자주 형제와 남성영웅 최완 형제가 첨예하게 대립하는 성갈등의 단계를 벗어나, 남녀 양성이 함께 협력하고 조화를 이룰 때 비로소 실현된다고 보았다. 윤분희, 앞의 논문, 283쪽 참조.

제는 스스로 남장을 벗고자 하며 자신의 신분을 숨길 수 밖에 없는 갈등을 드러낸다. 양혜란은 "대체로 여성영웅계 소설은 남성보다 여성이 우월하다는 상대적 대립의식을 근간으로 하고 있다. 그 여성의 우월성은 여화위남(女化爲男)이라는 '남장'의 틀 안에서만 가능하도록 설정되어 있다. 그리고 그것은 결과적으로 타율적 계기에 의해 '사회적 남성'의 표피를 벗기우고 '본질적으로 여성'으로 되돌림 당하는 공식을 갖고 있다."고 하였다.159) <옥주호연>에서도 천자에 의해 여성임이 밝혀지기는 하지만 남성에 의해 타율적으로 여성으로 되돌려지는 것이라고 볼 수는 없다. 사회적 남성이라는 표피가 수단일 뿐이라는 것을 자주 형제가 명확하게 인식하고 있기 때문이다. 자주 형제들은 공적인 영역에서 자신들의 능력을 인정을 받은 후 자신들의 목적이 달성되었다고 여기고 고향으로 돌아가서 여성으로서의 삶을 살아가고자 한다. 그러던 것이 천자에 의하여 여성임이 밝혀진다. 이는 남성의 표피를 입은 채 남성으로서 사회적 인정을 받는 것이 아니라, 여성으로서 공적을 사회적으로 인정받는 계기가 된다고 할 수 있다.

　자주 형제가 여성으로서의 명확한 자의식을 지니고 있는 인물이라는 것은 결연 과정이나 결연 이후의 태도에서도 잘 나타난다. 남성에 의해 남성들의 주도로 결연이 전개되는 중에서도 자주 형제는 자신들의 의사를 분명히 밝힌다. 천자의 주도로 결연을 이루고 난 다음에 최완이 "여름밤이 괴로이 짧으니 각각 침소를 정함이 어떠

---

159) 양혜란, 앞의 논문, 113쪽.

하뇨."160)라고 하자 자주는 "황명을 거역지 못하여 비록 예를 이루었으나 양가 친전에 고치 못하거늘 의를 차림이 예 아니매 고향에 돌아가 부부지도를 행하여도 오히려 늦지 아니할가 하나이다."161)라고 하면서 정중히 거절한다. 또한 "첩등이 먼저 구고께 뵈옴이 당연한 도리오나 우리 황명으로 성례한지라. 첩의 집으로 돌아가 다시 혼례를 이루고 신부지례를 갖추어 구고께 나아감이 옳을까 하나이다."162)라는 말을 통해서 자신의 가문에 대한 인식을 분명히 드러내고 있다.

자주 형제 자매가 가출한 것은 비록 여성이기는 하나 남성 못지않은 재능으로 가문의 영달을 이룰 수 있다는 믿음에 의한 것이다. 자주 형제의 이러한 목표는 여성이기 이전에 인간, 여성과 남성의 구분이 없는 동등한 개체로서 가문의 일원으로 인정받기를 원하는 것이다. 따라서 자주 형제는 집으로 돌아가 이러한 목표의 성취를 확인하고자 하는 의지가 강하게 드러난다. 귀환 후 아버지에게 "석일 대인이 어업의 양자를 부러워하시더니 금일 소녀 등의 영화 이생만 못하나이까."163)라고 묻는 데서도 이러한 태도는 잘 드러난다. 자주 형제에게는 이러한 목표 달성의 확인이 가장 우선적인 일이며 결연은 그 다음의 일이다.

자주 형제의 남장과 공적 영역에서의 활약, 입공은 가문회복을

---

160) <옥주호연>, 134쪽.
161) <옥주호연>, 134-135쪽.
162) <옥주호연>, 135쪽.
163) <옥주호연>, 136쪽.

위한 것으로 귀결된다. 그러나 이러한 가문 회복은 자주 형제들이 남성적 질서 내에서 자아 정체성을 확립하기 위한 수단으로서 남성적 질서를 수호하고자 하는 가문회복과는 구별되어야 한다. 왜냐하면 이들은 여성으로 살아가기를 강요하는 아버지의 폭력을 피해 달아나 공적 영역에서 능력을 발휘해 보고자 하는 자신들의 욕망을 실현시키고 있기 때문이다. 이는 남성이나 여성이나 동등하게 한 집안의 일원으로서 역할을 하고 싶다는 평등한 의식의 소산이다. 가부장제라는 남성중심의 사고가 확고히 자리잡힌 질서 내에서 자주 형제는 남성과 평등한 삶을 구현해 냄으로써 평등을 요구하는 목소리를 내고 있다.

나. 이춘풍전 : 여가장으로서의 아내 역할

<이춘풍전>은 기녀에 빠져 방탕한 생활로 가산을 탕진한 남편을 아내인 김씨가 각성시키는 이야기로서 대체로 세태·풍자의 성격을 강하게 지닌 소설로 다루어져 왔다. <이춘풍전>에 관한 주목할만한 논의는 김종철의 논의이다. 김종철은 <배비장전> 유형에 <이춘풍전>을 포함시켜 훼절소설(毁節小說)의 변이형으로 다루었다. 훼절소설은 여색에 초연한다고 자처하면서 도학군자인 척하는 남성 주인공이 주변의 인물들에 의해서 본질을 폭로당한다는 내용을 주된 내용으로 하고 있는데 <정향전>, <지봉전>, <종옥전>, <오유란전> 등의 한문본들과 <배비장전>, <이춘풍전>, <삼선기> 등의 한글본으로 나뉜다. 김종철은 훼절소설의 기본 구조로 '내기와 공모' 구조를 들고 있는데, 이 구조는 여색에 초연하다고 자

처하는 주인공과 두 사람의 공모자가 중심이 된다. 대체로 주인공
과 기녀, 감사 등 세 인물의 내기와 공모 구조에 따라 세태·풍자적
성격이 결정되는데 기녀와 감사의 공모 하에 주인공을 훼절시키는
경우에는 풍자보다는 웃음 그 자체에 목적이 있는 반면, 공모자의 관
계가 느슨해져 기녀가 독자적으로 행동하는 경우에는 주인공과 세태
에 대한 풍자가 강하게 드러나 세태소설로 나아가게 되는 것이다.164)

  여기서 주목되는 것은 주인공과 대립되는 인물로서 기녀의 등장
과 역할 부상이다. 양반적 취향의 훼절소설이 내기와 공모 구조를
변개시키면서 세태를 풍자하는 서민 취향의 소설로 나아가는 과정
에서 기녀가 주목되는 것이다. 훼절소설에서 기녀는 주인공과 대립
관계에 있지만 적대적이지는 않다. 이러한 기녀의 등장과 부상은
소설의 성격 변화에 중요한 역할을 하고 있다.

  그런데 <이춘풍전>에서는 비슷한 유형인 <배비장전>이나 <삼
선기>와는 달리 기녀보다는 춘풍의 처 김씨의 역할이 부각된다는
것이 특징적이다. <이춘풍전>에 등장하는 기녀 추월은, 감사와 공
모하여 주인공을 풍자하는 기능을 맡은 여타 훼절담의 기녀들과 달
리 매우 부정적인 모습으로 등장하면서 춘풍 처와 대립하고 있다.
기녀가 부정적으로 형상화되는 반면 기녀와 대립 관계에 있는 춘풍
처 김씨는 긍정적으로 형상화되어 있다.

  <이춘풍전>을 가정소설로 보는 시각은 기녀의 역할보다는 춘풍
처의 역할에 중점을 두는 태도이다. 이성권은 '治産'의 문제를 중심

---

164) 김종철, 「「배비장전」 유형의 소설연구」, 『관악어문연구』 10집, 서울대학교
    국어국문학과, 1985 참조.

으로 가정생활의 문제점을 지극한 '부덕(婦德)'으로 해결해 나갈 수 있다는 점을 보여주는 '규수서'요 '가정소설'로서의 성격을 지니고 있다고 보았다.165) <이춘풍전>을 가정소설로 보는 시각은 장덕순으로부터 비롯된 것으로서166) 가정 내에서의 춘풍 처의 역할이 강조되면서 춘풍 처는 이상적이고 근대적인 한국의 여인상167)으로 평가되기도 하고, 열녀로 평가되기도 하며168), 여걸로 평가되기도 하며169), 열장부형 인물로 평가되기도 한다.170)

　요컨대 <이춘풍전>에는 기녀와 본처라는 두 여성 형상이 나타나는데 기녀가 강조되는 경우에는 풍자 · 세태 소설로 분류될 수 있

165) 이성권, 「가정소설로 본 <이춘풍전>」, 『우리어문연구』 12집, 우리어문학회, 1999.

166) 장덕순은 내용으로 보아 가정소설에 속한다고 단언하고, 가정 중심으로 부부 사이에 일어나는 사건을 취급했다는 점에서 가정의 범위를 벗어날 수 없으나 가정 소설의 대표적인 유형인 계모형, 쟁총형, 축출형 그 어느 형에도 속하지 않는 특색이 있다고 하였다. 장덕순, 「이춘풍전 연구」, 『국어국문학』 5호, 국어 국문학회, 67쪽 참조.

167) 정병욱 · 이어령 공저, 「이춘풍전」, 『고전의 바다』, 현암사, 1977, 268쪽.

168) 하순철은 김씨의 행동은 "현실을 직시하고 자기 자신의 운명을 스스로 개척해 나가는 평민으로서의 자각"을 드러내고 있으며 "적극적으로 남편을 구하고자 하는 열녀로서의 면모"를 보인다고 하였다. 하순철, 「이춘풍전의 일고찰」, 『국제어문』 1, 국제대학교 국어국문과, 1979, 94쪽.

169) 여운필은 춘풍 처 김씨의 활약을 두고 '영웅소설 속의 여걸들과는 다른 의미의 여걸의 모습'이라고 평가하였다. 여운필, 「이춘풍전」, 『고전소설연구』, 화경고전문학연구회, 일지사, 1993, 1012쪽.

170) '열장부형 인물'이란 "경개방준(耿介方埈)한 성품으로 비분강개의 기상이 있어서 규범적인 기준에 어긋나는 일에 절대로 뜻을 굽히지 않고 자신의 의지를 관철시켜 나가는 여성인물형"을 말하는데 <사씨남정기>의 사씨, <창선감의록>의 화춘의 아내 임씨, 그리고 남소저 등이 여기에 해당된다고 한다. 이성권, 앞의 논문, 각주 24 참조.

으며, 아내인 김씨가 강조되는 경우에는 가정소설로 분류될 수 있다. 즉 두 여성 인물 중 누구를 강조하느냐에 따라 <이춘풍전>의 성격이 달리 규정되고 있는 것이다. 이는 바꾸어 말하면 기녀와 김씨는 <이춘풍전>의 성격을 규정하는 매우 중심적인 인물이라는 것이다. 따라서 어느 한 쪽만 강조될 것이 아니라 두 인물이 동시에 부각되고 이들의 서사적 기능이 해명될 때, <이춘풍전>의 성격이 올바로 해명될 수 있다.

<이춘풍전>에서 춘풍 처 김씨는 앞서 살펴본 바와 같이 긍정적인 인물로, 기녀 추월은 부정적인 인물로 매우 대조적인 형상으로 나타난다.

춘풍 처에 대한 긍정적인 시각은 작품 말미에 가장 잘 드러난다.

> 디져 일기 여즈로셔 손슈 남복ᄒ고 호계비장으로 나려가셔, ①츄월도 다스리고 ②츈풍 갓튼 낭군도 다려오고 ③호조 돈도 슈쇄하고 부부 두리 종신토록 사라스니, 만고(萬古)의 희로(偕老)ᄒ 이린고로 디강 긔록ᄒ여 후셰 스람의게 견ᄒ니, 만일 여즈 되거든 이른 일 효측(效則)하압소셔.171)

여기서 효측할만한 일은 세 가지로 요약된다. 첫 번째는 추월을 다스렸다는 것, 두 번째는 춘풍같은 낭군을 데리고 와 가정으로 복귀시켰다는 것, 세 번째는 호조돈을 수쇄했다는 것이다.

---

171) <이춘풍전>, 359쪽.
<이춘풍전>의 내용 인용은 신해진, 『조선후기 세태소설선』(월인, 1999)에 의거함. 면수 역시 이 책의 면수를 따름. 이하 동일. 이 책은 『필사본 고소설전집6』(김기동 편, 아세아문화사, 1980)에 실린 서울대 가람문고본을 대본으로 하고 있다.

김씨에게서 본받을 바 첫 번째로 꼽고 있는 것은 추월을 다스린 것, 즉 비윤리적인 문제에 대한 대응과 해결 능력이다. 김씨에게는 추월을 징치할만한 논리적인 근거는 없다. 기녀라는 직업은 자기 자신을 상품화하여 경제적 이득을 취하는 경제 활동의 일종으로서 추월보다는 주색에 탐닉하느라 가산을 탕진한 이춘풍의 죄가 더욱 무겁다. 그리고 김씨는 추월에게 호조돈을 내어 놓으라고 할만한 논리적인 근거도 갖고 있지 못하다. 그럼에도 불구하고 김씨는 추월을 묶어 놓고 "불 갓튼 호조 돈을 영문의 무러 쥬며, 본관의셔 무러 쥬며, 빅셩의게 슈렴하랴?"172)라고 하면서 추월에게 죄를 인정하라고 호령한다. 김씨가 추월을 징치하는 방식은 논리적인 근거를 대는 방식이 아니라 윤리·도덕을 문제삼는 심정적 방식이다. 상업주의적 화폐경제의 발달 등과 같은 현실적인 변화야 어찌되었건 이익추구에만 눈이 어두워 인정을 외면하는 기녀는 징치의 대상이 되어 마땅한 것이다. 이러한 윤리·도덕적 판단과 문제 해결방식은 이춘풍에게서는 기대할 수 없는 것으로서, 김씨의 능력과 가치가 드러나는 부분이다.

두 번째에서는 김씨의 가장으로서의 능력이 긍정된다. 이춘풍은 19세기 후반이라는 사회 변화에 적응하지 못하고 치산에 실패한 가장이다. 부모가 물려준 가산을 한량들과 어울려 다니면서 탕진하고 가장의 권한을 김씨에게 넘겨준다는 수기를 쓰고도 호조돈을 빌려서 장사를 나서 주색잡기에 가산을 탕진해 버린다. 김씨가 탁월한

---

172) <이춘풍전>, 354쪽.

안목과 정치적 능력을 발휘하여 이춘풍을 가정으로 복귀시킨 이후
에도 이춘풍은 여전히 자신의 잘못을 깊이 반성하지 않고 허세를
부린다. 현실의 변화에 제대로 적응하지 못하고, 가정 내에서 가장
으로서의 역할도 제대로 하지 못하는 무능한 가장 이춘풍 대신에
김씨는 대리 가장의 역할을 담당한다.

그런데 여기서 중요한 것은 김씨는 가장에게 역할을 위임받아 대
리 가장 노릇을 하되, 가장의 자리는 이춘풍의 자리라는 명확한 인
식을 바탕으로 하고 있다는 점이다. 이 점은 이춘풍도 마찬가지이
다. 이춘풍이 주색으로 탕진한 가산을 김씨가 다시 이루어 놓았을
때 이춘풍은 호조돈을 빌려 장사를 떠나고자 한다. 김씨가 이를 말
리자 이춘풍은 "착한 안희 머리틱을 이러져리 갈나 잡고 두다리며"
"쳘이 원정 큰 장수로 경경ᄒ고 가는 길을 요망흔 연 잔말을 이리
할가"[173]라고 하면서 폭력을 행사한다. 이춘풍은 이미 가장의 권한
을 김씨에게 넘겨주고 수기까지 써 주었다. 그럼에도 불구하고 이
춘풍은 가장으로서의 권위를 빌어 아내 김씨에게 폭력을 행사하고
있다. 이춘풍이 가장이라는 사실은 어떠한 경우에라도 흔들릴 수
없는 진리이며 이 사실은 이춘풍 자신이나 김씨 모두 당연하게 받
아들이고 있다.

김씨는 이춘풍을 찾고자 변복을 하고 평양까지 가고, 추월에게
버림받아 구차한 행색으로 살고 있는 이춘풍을 구해 낸다. 그리고
집에 돌아 온 후에는 자신이 변복했던 사실을 숨긴 채 평양에서의

---

173) <이춘풍전>, 334쪽.

일을 모르는 체한다. 김씨의 이런 배려에 의하여 이춘풍은 권위를 손상시키지 않고 가장으로 다시 복귀하게 되는데, 아내에 대한 허세와 폭력은 여전히 변함이 없다. 참다 못한 김씨가 다시 호계 비장으로 변복하고 이춘풍에게 지난 날을 일깨운 다음, 자신의 신분을 밝히자 이춘풍은 "이왕의 즈네 쥴 아라스ᄂ, 의ᄉ을 보ᄌ ᄒ고 그리 ᄒ엿노라."174)라는 변명을 하고 그날로 '부부 두리 원낭금침 펴쳐 덥고' 누움으로써 모든 문제는 해결된다. 이춘풍이 김씨의 남편으로, 가장으로 돌아오면서 김씨의 부덕이 강조되고 가장을 바른 길로 인도하는 지혜롭고 어진 아내로서 김씨는 효측의 대상이 된다.

세 번째에서는 김씨의 경제적 능력이 강조되는데 호조돈을 갚게 되기 이전에도 김씨의 치산 능력은 강조된 바 있다.

> 침ᄌ 길삼 다 ᄒ기다. 오 푼 밧고 ᄉ버션 짓기, 흔 돈 밧고 ᄊ기 버션, 두 돈 밧고 흔삼 ᄒ기, ᄉ 돈 밧고 흔옷 깃기, 네 돈 밧고 창옷 지여, 닷 돈 밧고 도포 ᄒ기, 엿돈 밧고 철늄ᄒ기, 일곱돈 밧고 금침 ᄒ기, 흔 양 밧고 볼긔 누비기, 양반 밧고 철늄 ᄒ기, 두 양 밧고 겹 옷 누비기, 승 양 밧고 관대 ᄒ기, 봄이면 삼베 ᄂ코, 하졀이면 모시 누비, 츄졀이면 염ᄉ기ᄒ기, 동졀이면 무명 노코, 일령졀령 사시졀 밤 낫 읍시 힘쎠 ᄒ니175)

화폐로 전환되어 있는 김씨의 노동은 경제적인 가치를 보여주고 있으며 이는 김씨의 경제적인 능력을 드러내는 것이기도 하다. 이

---

174) <이춘풍전>, 358쪽.
175) <이춘풍전>, 332-333쪽.

러한 여성의 활약은 조선후기 여성의 경제 참여 상황과 사회적 성
장을 보여주고 있기도 하다. 조선후기 사회 경제적인 변동과 함께
양인 이하의 여성들은 시전에서 점포를 운영하기도 했는데 여성이
운영한 점포를 '여인전(女人廛)'이라고 했다. 18세기 말 정조의 문집
인 『홍재전서』에 의하면, 120개의 시전 가운데 여인전은 18개가 있
었다고 한다. 양반 여성도 생활고를 해결하기 위해 경제 활동에 직
접 참여하기도 했던 것 같다.176)

이덕무의 『사소절(士小節)』에는 '선비의 아내는 집안의 생계가
가난하고 궁핍하면 조금이나마 살아갈 방편을 마련해도 괜찮다. 길
쌈이나 누에를 치는 일은 기본이다. 나아가 닭과 오리를 치고, 장과
초와 술과 기름을 사고 팔고, 대추·밤·석류 같은 것을 잘 보관해
두었다가 때맞추어 내다 판다.'177)고 기록된 것도 보아 이는 서민이
나 양반을 막론하고 경제가 어려운 가정의 여성은 가사 노동뿐만
아니라 경제적 궁핍 해결을 위한 노동까지 강요당했던 것을 알 수
있다. '대체로 사나운 부인들은 재주와 지혜가 많아서 이익을 내는
일을 잘 경영하며 그 남편들은 여기에 의지하여 생활한다. 이 때문
에 아내는 남편을 꼼짝 못하게 지배하고 남편은 그 아내를 두려워
하여 굴복하니 어찌 슬프지 않겠는가?'178)라고 한 것으로 보아 사
회적인 변화 속에서 여성은 자율적인 경제활동이 가능하게 되었고

---

176) 정해은, 「봉건체제의 동요와 여성의 등장」, 『우리 여성의 역사』, 청년사,
  1999, 238-240쪽 참조.
177) 이덕무 지음, 김성동 엮음, 『사람답게 사는 즐거움』, 솔출판사, 1996, 104쪽.
178) 이덕무 지음, 김성동 엮음, 위의 책, 91-92쪽.

여성의 사회적 지위나 자아인식도 어느 정도 변화를 겪었으리라 추정된다. 경제력을 바탕으로 여성의 지위가 변화하고 있었으며 경제력은 곧 가정 내에서의 권력과도 맞물려 남성 중심 질서에 변화가 일어나고 있었음을 추정할 수 있는데, 반면 이는 여성을 억압하는 또 다른 굴레로 작용하기도 했을 것이다. 가정에만 갇혀 있던 여성은 이제 집밖으로 나갈 수 있게 된 대신에 가정뿐만 아니라 집밖에서도 노동을 하면서 가정 경제를 책임져야 했다. 김씨의 경우 또한 이러한 조선 후기 여성의 지위와 역할 변화를 말해 주고 있다고 하겠다.

김씨는 정치적인 변화에도 민감한 여성이다. 김승지 댁 맏자제가 평양 감사를 하게 될 것이며 또한 그 모부인이 가난하게 살고 있다는 정보를 듣고, 모부인을 찾아간다. 자주 모부인을 찾아가 극진하게 대접하여 환심을 산 다음, 김승지 댁 맏자제의 평양감사 도임시에 호계 비장으로 동행을 하고 그 지위로 인하여 이춘풍을 찾고 추월에게 호조돈도 되돌려 받게 된다.

김씨의 능력이 이처럼 강조되면서 긍정적인 인물로 부각되는 데 비해서 기녀 추월은 매우 부정적인 인물로 나타난다. 경제적인 능력을 지니고 있으면서 실리를 추구한다는 점에서 김씨와 추월은 동일한 능력을 지니고 있으며 변화하는 시대에 적절히 적응하고 있는 인물들이다. 그럼에도 불구하고 추월은 이익 추구에만 눈이 어두운 몰인정하고 간사한 인물로 나타난다.

기녀는 평생 국가나 해당 관청에 자신의 기역(妓役)을 감당해야 해야만 했지 그에 대한 충분한 대가를 받을 수는 없었다. 일생동안 기녀 신분으로 살아가면서 생계는 스스로 책임져야 했기 때문에 기녀가 실리를 추구하는 행위는 자연스러운 것이며 그러한 기녀의 모습은 기녀담에서 적지 않게 구현되고 있다. 그런데 이러한 기녀에 대한 시각은 대개 부정적이다.179) 자신의 실리를 추구하는 기녀들의 태도는 명확한 현실인식을 바탕으로 이루어진 것이라고 할 수 있으나 이러한 실리추구적인 모습을 보이는 기녀들은 긍정적으로 받아들여지지 않았다.

기녀들에 대한 편견은 『어우야담』에서도 잘 나타나는데, 유몽인은 속물이며 타산적 속성을 보이는 기녀의 일화에서는 남성들의 순진성과 대비시키면서 특정 기녀의 이야기가 아니라 기녀 일반으로 보편화시켜 그들을 비난했고 아울러 남상들의 경계 대상과 항목으로 삼았다.180) 실리를 추구하는 기녀의 모습은 세태소설인 <삼선기>에서도 나타난다. <삼선기>는 조선후기에 교방이 관청의 통제력을 벗어나 상업화·사창화되는 과정을 보여주고 있다. 여기서 기녀들이 이익을 추구하게 되는 것도 근대로의 이행 과정에 나타나는 상업정신의 소산으로서 자연스러운 모습이라고 할 수 있다.181) <삼선기>에는 이러한 기녀들이 긍정적으로 나타나기도 하고, 부정적으로 나타나기도 한다. 그러나 이러한 당대의 현실적 상황과는 달리 실리를 추구하는 기녀에 대한 평가는 야담이나 소설 모두 비

---

179) 조광국, 『기녀담 기녀등장 소설 연구』, 월인, 1999, 136-142쪽 참조.
180) 신선희, 앞의 논문, 245-246쪽 참조.
181) 조광국, 「삼선기에 구현된 조선후기 신흥교방의 한 양상」, 『한국문학논총』
    제26집, 한국문학회, 2000.6. 참조.

판적인 것이 보통이었다.

김씨가 추월을 징치하는 것도 이러한 기녀에 대한 남성의 부정적 의식과 동궤에 있다. 김씨가 긍정적으로 평가되는 것에 비례하는 비중으로 추월은 부정적으로 평가되는데, 이 때 이춘풍은 순진하기 그지없는 인물로 그려진다. 즉 이춘풍이 장사 밑천을 탕진하게 되는 것은 이춘풍이 본래 경제적인 이해타산이라고는 전혀 없는 무능력한 한량이기 때문이지만, 추월과의 관계에서는 이춘풍의 무능력보다는 순진함이 더욱 강조된다.

추월에게 돈을 다 털린 이춘풍은 추월에게 내쳐진다. 이 때 서술자는 '츄월의 간스흔 슈을 추호도 몰누구누. 괘심흔 츄월이요, 춘풍의 지물 다 호려니고 괄셰ᄒ여 니치랄 졔, 서방님이라는 말도 아니ᄒ고'[182]라고 하여 추월에 대한 적대감을 노골적으로 표현한다. 추월에게 상하 관념의 기준은 경제적 가치가 된다. 따라서 경제적 가치를 상실한 이춘풍에게 '서방님'이라는 호칭을 쓸 필요가 없는 것이다. 추월은 "가ᄂ 노비 부족하면 돈이ᄂ 한 돈 봇티리다."[183]라고 하면서 비아냥거리는데 이춘풍은 아직 사태를 제대로 파악하지 못한다.

> 당초의 널과 날랑 원앙금침의 두리 누어 원불싱니 ᄒ자 ᄒ고 틱산 갓치 미질 적의 듸동강 깁푼 물이 마르도록 써ᄂ지 마주더니 사랑의 흥을 계워 그려한냐? 농담으로 그려ᄒ냐? 참말이야? 가란 마리 어이 말인냐?[184]

---

182) <이춘풍전>, 342쪽.
183) <이춘풍전>, 342쪽.

　이에 추월은 '싱긴 거시 멍청이라, 창염을 중 모르는가?'라고 냉정하게 말하면서 이춘풍의 등을 밀어 마루 아래로 내치고 만다.

　경제적 이익을 추구한다는 점에서는 김씨와 추월이 동일함에도 불구하고 추월의 속물적이고 이해타산적 성격만 비판적으로 묘사되는 이유는 무엇인가. 이는 김씨와 추월이 가장이라는 남성적 권위와 맺는 관계 때문이다. 김씨는 능력이 부족한 가장을 남편으로 받들면서 가장으로 세우고자 노력하는 인물이고, 추월은 가치 기준을 경제적 능력에 두고 있는 인물이다. 추월은 경제적 능력이 있는 남성에게는 거짓 애정으로 재물을 긁어내고, 경제적 능력이 없어진 남성에게는 더 없이 매몰찬 인물이다. 요컨대, 김씨와 추월은 각각 남성적 시각에서 형상화된 인물이라고 할 수 있다.

　왜곡된 것은 나쁜 여성의 형상만은 아니다. 남성의 시각에서 재단된 여성 이미지는 아무리 긍적적으로 형상화된 여성이라 하더라도 온전한 여성의 모습일 수는 없다.

　신화화된 여성은 남성들의 꿈과 이상, 공포들이 발생하는 상상의 장소이다. 이처럼 남성들에 의해 재현되는 '여성'은 '이중적이고 기만적인 이미지'를 갖게 된다.[185] 신화화된 여성이란 개인적인 감정은 없고 오직 이데올로기에 복무하는 초월적인 여성들, 즉 김씨 같은 인물들이다. 이도령에 대한 애정을 바탕으로 남편을 찾는 춘향이와는 다르다. 김씨는 남편 이춘풍에 대한 애정을 바탕으로 이춘풍을 찾아 나선 것이 아니다. 봉건적 질서의 바탕이 되는 가부장제

---

184)　<이춘풍전>, 342쪽.
185)　팸 모리스 지음, 강희원 옮김, 앞의 책, 34쪽.

수호를 위해서 남편을 찾아 나선다. 비록 부족한 가장이기는 하나 가장으로 하여금 제자리를 찾도록 만들기 위해 김씨는 이춘풍을 찾아 나선다.

탁월한 능력들을 지니고 있으면서도 오로지 이춘풍을 교화시켜 가장의 자리에 서도록 만드는 것을 목표로 하고 있는 김씨는 남성적 이데올로기가 내면화된 여성이다. 따라서 김씨는 독립적인 인간이 아니라 가문에 종속된, 가부장제 이데올로기를 체화한 여성이다.[186] 즉 김씨는 남성이 만들어낸 여걸이며 남성들이 여성들에게 본받으라고 강요하는 여성형상이다.

이러한 김씨의 모습은 장편 가문소설들에서 보이는 이상적인 여성상과 연결되는 면이 있다.[187] 가문소설에서 여성은 여성 개인의 인간으로서의 애정이나 성취보다는 가문의 일원으로서 기능을 다할 뿐이다. 이춘풍전의 김씨 또한 마찬가지이다. 김씨는 남편을 찾지만 김씨의 남편 찾기는 남편에 대한 애정을 바탕으로 하고 있는 것이 아니라 가정을 온전히 유지해 나가기 위한 방편일 뿐이다. 김씨가 노동을 하는 이유도, 남장을 하고 남편을 찾아가는 이유도, 기녀 추월을 징치하여 호조돈을 받아내는 이유도 가장을 제자리에 세움으로써 안정된 가정을 이루기 위한 행동들이다. 따라서 김씨는

---

186) 신선희는『어우야담』에서 유몽인 자신 가문의 인물에 대해 남녀를 불문하고 상당한 우월의식을 지니고 있으면서도 여성들에 관한 이야기는, 한 여인을 이야기의 주체로 독립시켜 완성된 인물담으로 성립되지 않고 있으며 남편과 가문에 종속된 하위 인물로서 발화되고 있음을 밝힌 바 있다. 신선희, 앞의 논문, 244-225쪽 참조.

187) 장편 가문소설에서 나타나는 여가장과 이상적인 여인상에 대해서는 다음 항에서 후술하겠다.

가문의 일원, 여가장으로서의 역할을 잘 해내고, 가장을 올바로 세우는 부덕을 실현하는 인물로서는 의미가 있지만, 자기 자신의 권리나 개인적 욕망은 펼칠 기회가 없었으며 오히려 욕망에 충실한 기녀 추월과 대립 관계에 있을 수 밖에 없는 것이다.

기존 연구들에서는 <이춘풍전>을 이춘풍을 주인공으로 한 훼절소설이나 세태소설로 보아 왔으나 여기서는 아내인 김씨를 중심으로 서사를 파악하여 남편 찾기 여성탐색담으로 보고자 한다. 김씨는 남편을 찾기 위한 여행을 떠나며 지혜를 써서 남편을 교활한 기생으로부터 구해내고 남편을 교화시키는 데 이른다. 김씨는 사회·경제적 측면에서 이춘풍보다 뛰어난 안목과 재능을 발휘한다. 그러나 여기에는 남성적 시각이 강하게 남아 있음을 알 수 있다.

그러나 <이춘풍전>이 이처럼 남성적 이데올로기만을 그려내고 있는 것은 아니다. 이 속에서도 여성의 주체적이고 능동적인 행위는 여성의 자의식에 바탕한 것이며 변화하고 있는 여성의 지위를 반영하고 있다. 남성에 의한 여성의 재현은 남성의 권력을 강화시킨다기보다는 이데올로기적 환상 속에 내재하는 불일치나 모순을 그려내는 것으로 이해되어야 한다[188]는 지적은 가부장제 하에서 재현된 여성을 설명하기에 매우 적절하다. 가부장제 하에서 남성들에 의해 재현된 여성이라 하더라도 작가가 의도하지 못한 사회적 의식적 변화가 포함되어 있을 것이다. 김씨가 드러내고 있는 여가장으로서의 능력들은 가부장제 하에서 여성들이 체화한 대응 능력

---

188) 팸 모리스 지음, 강희원 옮김, 앞의 책, 34쪽.

이었을 것이며 남성들에 의한 여성의 왜곡된 형상화 속에서도 여성은 자아 정체성 획득 의지를 드러내고 있다. 이러한 김씨와는 대조적으로 이춘풍은 안정적 권력획득에 실패한 남성들의 모습으로 드러난다. 이춘풍전이 세태 풍자적인 성격을 띨 수 있는 것은 바로 이러한 이유 때문이다. 이춘풍전은 김씨에 의해, 그리고 기녀에 의해 희화화되고 그러면서도 아직 남성적 허상에 빠진 이춘풍은 이중적으로 희화화되면서 반성을 촉구하게 된다. 이러한 이춘풍을 위기에서 구해내고 올바른 사람으로 이끌어 가려는 김씨의 활약은 가히 여장부라 할만하다. 남장을 하고 남편을 찾고 가정의 위기를 극복해 나가는 김씨의 뛰어난 능력에도 불구하고 김씨가 자아 정체성을 회복하는 데 이르기가 어려운 이유는 김씨의 형상이 남성에 의해 재단된 것이기 때문이다.

　김씨의 남편찾기는 남성적 질서 내에서 가장으로서의 남성의 위치를 찾기 위한 것이다. 이를 위하여 남장을 하고, 가장의 자리를 잠깐 빌게 된다. 그러나 이춘풍을 찾은 다음에는 가장의 자리를 남편에게 되돌려 줌으로써 남성적 질서 내에서 자신의 자리를 찾고자 한다. 즉 김씨에게 있어 남편찾기는 자아 정체성 회복이 우선적인 목적이 아니고, 남편을 찾아 남편을 올바른 자리에 세워주는 것이다. 즉 가장의 자격을 상실한 남편을 가장의 위치에 자리잡도록 만든 후에 가부장제라는 틀 속에서 자신의 정체성을 회복한다는 것이다. 남녀의 위계가 뚜렷한 남성 중심의 권력구조가 안정된 상태에서 자신을 종속시키는 것이라고 볼 수도 있다. 그러나 앞서 언급했듯이 이춘풍으로 대표되는 남성 중심질서는 위기의 상황이다. 그 김씨는 그러한 무너진 질서를 바로잡는 역할을 맡게 되는데 그 역할을 수행하기 위해 스스로 남장을 하고 가장의 역할을 맡음으로써 가부장에 도전하게 된다. 김씨의 아내 역할은 가부장제가 김씨에게 강요한 것이면서도 가부장제를 넘어서고 있다는 데서 김씨의 남편 찾기는 여성의 자아 정체성 획득 과정으로서 의의를 지닌다.

다. 석태룡전 : 가문의 일원으로서의 가문회복 임무

영웅소설에서 가문회복이 중요한 주제로 등장하고 있다는 것은 이미 알려진 바와 같다. 여성이 전쟁에 참가하여 공을 세우는 등의 활약을 전개하는 군담 위주의 여성영웅소설[189]의 경우에도 이러한 가문회복 의지는 동일하게 나타난다.[190] <석태룡전> 또한 간신의

---

189) '영웅소설'이라는 명칭을 쓸 것인가, '군담소설'이라는 명칭을 쓸 것인가에 대한 논란은 이제 '영웅소설'이라는 용어 쪽으로 기울어진 느낌이며, '여성영웅소설'이라는 명칭도 이미 일반화되어 쓰이고 있다. 그러나 현재 '여성영웅소설'로 언급되고 있는 소설의 대부분은 실은 서대석이 개념규정 한 바 '군담소설' 중 여성 주인공이 등장하는 소설을 가리킨다. 따라서 엄격하게 말한다면 '여성군담소설'이라고 해야 옳을 것이다. 이는 물론 내용을 중시하느냐 구조를 중시하느냐에 따라 달라지는 문제이기는 하다. 그러나 남성의 경우, 영웅이란 대체로 전쟁 영웅을 일컫기 때문에 영웅소설과 군담소설이 동궤에 놓이는 경우가 많이 있으므로 이러한 구분이 큰 문제가 되지는 않는다. 이에 비하여 본 고에서 논의의 대상으로 삼는 여성탐색담의 주체인 여성영웅은 전쟁 영웅뿐 아니라 문화영웅까지 포괄하는 개념이다. 따라서 '여성영웅소설'이라고 했을 때 그 성격이 구분될 필요가 있다. 이미 '여성영웅소설'이라는 용어가 일반적으로 쓰이고 있으므로 이 용어를 그대로 사용하되, 여성이 영웅적 행적을 드러내는 양상에 따라 세분화되어야 할 필요는 있을 것이다. 따라서 '여성영웅소설'이라는 명칭 앞에 '군담 위주의'라는 수식어를 붙여 내용적인 변별성을 드러내고자 한다.

190) 논자에 따라서는 영웅소설의 형태는 그대로 유지하면서 주인공만 남성에서 여성으로 바꾼 것이라고 보기도 했다.

참소로 유배당한 아버지를 구하고 가문을 회복하기 위해 석여룡이 남장을 하고 활약을 펼치는 전형적인 군담 위주의 여성영웅소설이다.

여성이 가문회복을 위하여 남장을 하고 활약을 펼치는 경우는 많다. 그럼에도 불구하고 굳이 <석태룡전>을 텍스트로 선택한 이유는 <석태룡전>에는 애정담이 제거되어 있다는 점 때문이다. 서대석은 군담소설을 남주인공 중심의 군담소설과 여주인공 중심의 군담소설로 나누었는데 남주인공 군담소설은 단선적인 구조를 가지는 반면, 여주인공 군담소설은 복선적으로 전개되는 병렬구조를 지닌다고 하면서 이러한 예로 <이대봉전>, <황운전>, <홍계월전>, <유문성전> 등을 들었다.191) 이는 군담 자체가 남성을 주인공으로 인식하고 남성 영웅을 중심으로 형성, 유포된 작품이기 때문에 여성이 개입하는 경우는 남성 영웅에게 승리의 댓가로 주어지는 전리품인 배우자로서의 역할을 할 수밖에 없기 때문이다. 이러한 여성의 지위가 가장 부각되는 경우가 바로 남성의 군담과 병렬을 이루는 여성군담이 펼쳐지는 여성영웅소설 구조이다.192) 민찬은 병렬적

---

191) 서대석, 『군담소설의 구조와 배경』, 이화여자대학교 출판부, 1985.
192) 남녀 관계의 정도에 따라 대등한 관계냐, 여성이 우위에 있느냐, 남성이 우위에 있느냐 등의 세분이 있을 수 있겠으나 여기서는 '병렬'이라는 관계가 중요할 뿐 누가 우위를 차지하느냐와 같은 종속적인 세부 논의를 하려는 것이 아니기 때문에 자세한 논의를 정리하지는 않는다. 다음과 같은 논의들은 남녀의 우위를 중심으로 유형을 분류해서 논의한 연구들이므로 참고할 수 있다.
   박일민, 「고대소설에 나타난 여인상고」, 『고대어문논집』 제13집, 1971. ; 성현경, 「여걸소설과 설인귀전」, 『국어국문학』 62호, 국어국문학회, 1973. ; 전용문, 「여성계 영웅소설의 연구」, 『어문연구』 10, 충남대 어문연구소, 1979. ; 양인실, 「한국고대 여성영웅소설의 연구」, 『건국대 논문집』 제11집, 1980. ; 여세주, 「여장군 등장의 고소설 연구」, 영남대학교 석사학위 논문, 1981. ; 손연자, 「조선조

으로 전개되는 남성과 여성의 군담에 개입되는 남녀결연담에 비중
을 두어 남성영웅소설에서 보여주는 군담이 남녀이합구조와 결합
하면서 여성영웅소설에 새로운 흥미를 더한다고 보기도 했다.[193]

　이처럼 대부분의 여성군담소설은 결연담과 군담이 복합되어 있
기 때문에 여성의 군담만을 중심으로 여성의 모습을 살피기가 어렵
다. 이 항은 여성이 아비찾기 과정을 통해서 자의식을 확립해 나가
는 과정과 그 형성 정도를 살피고자 하므로 배우자인 남성과의 사
랑이 개입될 경우, 여성의 자의식 형성은 '남편찾기'와 명확히 구분
되기가 어렵다. 또한 여성과 아버지와의 관계 또한 명확하게 드러
나지 않는다는 문제점이 있다. 그런데 <석태룡전>은 남녀간의 사
랑이 배제된 채 남매의 서사가 전개되기 때문에 애정·결연담을 떠
나서 여성의 모습, 여성과 아버지와의 관계를 살피기가 용이하다.

　<석태룡전>의 대강의 줄거리를 제시하면 다음과 같다.

1. 설학동에 석공이란 재상이 살고 있었는데 부인 증씨가 늦도록
   자녀를 낳지 못하다가 태룡산에 올라 불전에 발원하고 돌아와
   딸 여룡을 낳고 1년 뒤 다시 잉태하여 아들 태룡을 낳는다.
2. 태룡이 3세 되던 해, 증부인은 득병하여 죽고 석승상은 여씨를
   후처로 맞는다.
3. 여씨는 현숙한 여인이었으나 친자를 낳고부터는 태룡 남매를

　여장군형 소설 연구」, 이화여자대학교 석사학위 논문, 1981.
193) 민찬, 「여성영웅소설의 출현과 후대적 변모」, 『국문학연구』 제78집, 서울대학
　　교 대학원 국어국문학연구회, 1986.

박대하기 시작한다.

4. 각 지방에서 군적이 일어나 석승상은 황제의 명을 받고 상경한다.

5. 태룡의 생일날(7세) 여씨는 태룡 남매를 죽이려고 생일 음식에
   다가 독약을 넣는다.

6. 죽은 증부인이 태룡 남매의 꿈에 나타나 독약을 넣은 음식을
   먹지 말라고 일러 준다.

7. 여씨는 강제로 그 음식을 먹여 태룡 남매가 그 음식을 먹고 실
   신하였는데, 유모가 해독약을 몰래 먹여 살려낸다.

8. 한편 조정에서 간신을 물리치던 석승상은 간신들의 모함에 빠
   져 남해 수룡섬으로 정배 당한다.

9. 아버지의 소식을 들은 남매는 집을 나와 부친을 찾으러 가다
   가, 도적을 만나 헤어지게 된다.

10. 겨우 칠세밖에 안 된 태룡은 죽은 어머니의 현몽에 의하여 태
    룡산 도인을 따라가 무예를 배운다.

11. 여룡도 죽은 어머니의 몽중 교시를 받고 증승상의 부인 유씨
    를 만나 모녀지의를 맺고 지내며 무술을 익힌다.

12. 이 때 교지국과 오래국 등이 중원을 침공하여 황제가 친정하
    였다가 위기에 빠진다.

11. 노인의 계시를 듣고 여룡이 출전하여 황제를 구하고, 여룡은
    대원수가 되어 싸움을 계속한다.

12. 다시 황제와 여룡이 위기에 빠졌는데 태룡이 출전하여 황제
    를 구하고 태룡과 여룡이 상봉한다.

13. 황제는 환도하고 태룡 여룡 남매는 잔당을 좇아 남해로 가 적

을 섬멸한다.

14. 그리고 돌아오는 길에 풍랑을 만나 한 섬에 도착하는데 거기서 부친과 상봉한다.

15. 황제는 회군한 여룡으로 위국공을 봉하고, 부원사로 병부상서를 삼고 유부인에게도 예물과 직첩을 내린다.

16. 여룡이 기군한 죄를 사하자 황제는 고금에 없는 기사라 하며 여룡으로 태자비를 삼는다.

17. 여씨의 죄를 용서하고 유모와 여씨로 하여금 상경하게 하여 모친의 예로 대한다.

18. 태룡은 부마가 되어 누대 복록을 누린다.

여룡의 아버지 석공은 벼슬이 이부상서에 올랐던 사람으로서 조정에 간신이 많아 벼슬을 버리고 고향에 돌아와 농사를 지으면서 사는 사람이다. 이러한 설정은 '고귀한 출생'이라는 영웅소설의 전형적인 서두로서 고전소설에서 흔히 나타나는, 주인공 아버지 대(代)에 대한 전형적인 설정이다. 그런데 아비찾기 여성탐색담에서는 특별한 의미를 지닐 수 있다.

아비찾기는 간신의 모략으로 귀양을 간 아버지를 주인공이 찾아가는 경우와 역적으로 몰려 풍비박산난 가문을 주인공이 다시 회복하는 경우로 나눌 수 있다. 전자는 아버지가 살아 있는 경우이고, 후자는 아버지가 죽은 경우로 크게 나눌 수 있는데 전자의 경우는 주인공이 영웅적 활약을 통해서 가문을 빛냄과 동시에 아버지를 찾음으로써 아버지를 찾는 과정과 몰락한 가문을 회복하는 과정이 동궤에 있다. 즉 고전소설에서 아비찾기는 '가문회복의식'과 맞물려 있다고 볼 수 있다.

이처럼 몰락한 가문을 회복하려는 의식은 영웅소설에서 두드러진다. 서대석은 군담소설 대부분이 몰락한 가문을 회복하는 과정에 중점이 두어져 있음에 주목하여 군담소설의 작가로 몰락양반을 꼽고, 형성 동인으로는 이들 작가들이 당쟁에 의하여 실세한 권력을 회복하려는 의식으로 설명한 바 있다.194) 이에 따르면 <석태룡전>은 전형적인 영웅소설의 구조와 의식을 드러내고 있다고 보아야 할 것이다.

그런데 이러한 가문의식은 영웅소설 이전으로 거슬러 올라갈 수 있다. 가문의식의 대두는 이미 <구운몽>과 <사씨남정기>에서부터 문제시되었던 것이며195) 17세기 이래 확대되는 가문의식은 장편 가문소설의 출현을 가져오기도 했던 것이다.196) 장효현은 18세기 사대부 계급 내에서 대두된 가문의식의 확대에 기반하면서, 당시 성행되었던 장편의 연의소설로부터 창작방식을 받아들여 장편 가문소설이 출현하게 된 것으로 보고 영웅소설은 이 이후에 등장한 것으로 보았다. 즉 17세기에 <홍길동전>, <최문헌전> 같은 자국의 역사 소재의 영웅소설이 지어진 전통, <임진록>, <임경업전>, <박씨전> 등의 역사군담소설이 지어진 전통 위에, 연의소설 <구운

---

194) 서대석, 『군담소설의 구조와 배경』, 이화여대출판부, 1985.
195) 이에 대한 논의로는 김석희, 「서포 소설의 주제 시론」(『선청어문』 18, 서울대 국어교육과, 1989) 참조.
196) 장효현, 「장편 가문소설의 성립과 존재 양태」, 『정신문화연구』 44호, 한국정신문화연구원, 1991.9.

몽>, <창선감의록>과 장편 가문소설에서 보여진 제반 요소들이 독
자층의 확대와 함께 통속성에 초점을 맞추어 일련의 영웅소설로 나타
나게 된 것이라고 보았다. 요컨대 영웅소설에서 보이는 가문회복의식
은 장편 가문소설197)의 가문의식에서 비롯된 것임을 알 수 있다.198)

아비찾기를 통한 부계 중심 혈통 강조는 주몽신화를 비롯한 건국
신화에서 가장 부각되는 부분일 뿐 아니라 설화시대 여성탐색담의
경우, 남성중심 이데올로기의 개입이 심화된 결과로 앞서 살펴 본
바 있다. 이처럼 아비찾기는 아버지로 대표되는 남성의 질서를 강
조하는 서사구조이다. 그러나 남성이 탐색담의 주인공인 경우에 이

---

197) 여기서 용어를 제한할 필요가 있다. 장편 가문소설이라는 용어는 장효현이
장편이라는 외형적 특성과 '가문을 문제 삼은 작품'이라는 내용상의 특징을 아
우르는 개념으로 설정한 것인데 임치균은 대장편소설 가운데 아직 연구되지 않
은 작품이 적지 않으며 연구된 작품 중에서도 대장편이면서 <옥원재합기연>은
'만남을 문제 삼은 작품'이라는 점을 들어 내용보다는 외형적 특징을 중시하여
'대장편소설'이라는 용어를 쓰는 것이 좋겠다는 견해를 밝힌 바 있다. 그러나 여
기서는 분량을 문제 삼자는 것이 아니라 '내용'을 문제 삼자는 것이며, 가문을
문제 삼은 작품들 대부분이 장편임을 감안할 때, '가문소설'이라는 명칭을 쓰는
것이 효과적이라고 판단된다. 이수봉은 '가문소설'이라는 용어를 쓰고 있어 이
용어를 써도 무난할 것이나 '장편'에서 '단편'이 영향을 받았다는 사적인 흐름을
강조할 필요가 있고, 또한 본 논문의 논지가 장효현의 논의에서 비롯된 것이므
로 이를 존중하는 의미에서 '장편 가문소설'이라는 용어를 사용하기로 한다.
　이수봉, 『가문소설 연구』, 형설출판사, 1978 ; 임치균, 『조선조 대장편소설 연
구』, 태학사, 1996, 참조.

198) 물론 영웅소설의 가문회복의식과 장편 가문소설의 가문의식이 동질적이라고
볼 수는 없을 것이다. 영웅소설의 통속화 과정에서 가문의식이라는 것도 유형성
을 띠고 고착화되었을 가능성이 있다. 따라서 영웅소설의 가문회복의식은 실세
한 작가나 독자층의 성취욕구를 충족시켜 주었을 가능성이 있는가 하면, 그러한
기능을 떠나서 가문소설의 구조와 의식을 답습하고 있을 가능성도 있는 것이다.
그러나 영웅소설에서 유형적 특성을 드러내고 있는 '가문회복의식'은 장편 가문
소설에서부터 비롯된 것임에는 틀림없는 것으로 보인다.

는 아버지의 질서는 곧 주인공에게 승계되는 질서이기 때문에 아비 찾기는 아버지의 질서를 공고히 하는 것은 물론이고, 권력 세습자로서의 남성 주인공의 능력을 드러내는 과정이다. 설화시대 여성탐색담의 경우도 여성의 아비찾기는 남성중심 이데올로기의 침투라는 한계에도 불구하고, 여성은 아버지 권력의 세습자이므로 여성 주인공의 능력을 드러내는 과정으로 이해되었다.

그러나 소설시대에 오면 사정이 달라진다. 모든 사물을 음양으로 분류하고 그 특징을 부여하면서 '양은 천도(天道), 부도(夫道), 군도(君道), 존자(尊者), 귀자(貴子), 상위(上位)로 지배작용을 한다. 음은 지도(地道), 처도(妻道), 신도(臣道), 비자(卑者), 천자(賤者), 하위(下位), 복종으로 낮은 데에 처한다. 건양(乾陽)은 곤음(坤陰)을 주재하고 곤음은 건양을 따라야만 만사가 형통하고 순조롭게 된다.'는 생각, 더 나아가 '여자는 안에 위치하고 남자는 밖에 위치한다. 남녀의 위치가 정해진 것은 자연의 원리'라는 관념은 유교의 조화주의와 맞물려 여성 차별적 요소를 더하였다. 즉 유교사회를 조화와 화합으로 이끌어 나가기 위해서는 낮은 위치에 있는 여성이 양보하고 순종하는 것은 이상으로 했기 때문에 이러한 논리는 시대가 내려오면서 그 강도를 더하여 성리학에 이르면 고도의 도덕관념을 이상으로 함으로써 여성 차별적인 성격을 더 심화시켰다.[199] 이러한 남존여비의 사고는 남성중심 질서에서 여성을 철저히 소외시키고 도구화하였다.

---

199) 이순구, 「조선시대의 성리학과 여성」, 한국여성연구소 여성사연구실 지음, 『우리 여성의 역사』, 청년사, 1999, 164-165쪽 참조.

　남성중심의 질서, 남성을 중심으로 한 가문에서 여성은 남성과 조화를 이루며 가문을 유지해 나가야 하는 의무가 주어졌으며, 따라서 여성은 가문을 형성하는 주체가 아니었음에도 불구하고 많은 것들이 요구되었다. <완월회맹연>과 <소현성록>을 중심으로 전개된 장편 가문소설의 여가장 전통은 이러한 맥락에서 이해될 수 있다. 기존의 연구는 <완월회맹연>과 <소현성록>의 여가장 전통과 이상적인 여성상 등이 작품의 여성주의적 성격을 드러내는 부분으로 평가되었다.[200] 장편 가문소설의 창작 주체를 염두에 둔 이러한 논의들은 여성 주체에 의한 서사가 여성성을 드러내는 한 방식으로 이해될 수도 있겠으나 여성 주체에 의하여 쓰여진 소설이 모두 여성성을 드러내는 것은 아니라는 점을 간과하고 있는 듯하다.

---

200) 장편가문소설의 여가장의 모습을 평가한 논문으로는 다음을 들 수 있다.
　정창권, 「<완월회맹연>의 여성주의적 상상력」, 『고소설연구』, 한국고소설학회, 1998. ; 최기숙, 『17세기 장편소설 연구』, 월인, 1999. ; 백순철, 「<소현성록>의 여성들」, 『여성문학연구』 창간호, 한국여성문학학회, 태학사, 1999.
　정창권은 <완월회맹연>의 서태부인이 권위적인 남성 가장을 모방하지 않고, 인자함을 잃지 않는 점을 들어 가장으로서의 능력을 평가하면서 '<완월회맹연>은 여가장을 정점으로 한 정부의 4대 가족 이야기를 소설화하여 가문의 관리자로서의 여성들의 힘을 보여주고 있다'고 하였다.
　최기숙은 <소현성록>에서 양태부인이 과거(寡居)하면서 정절을 지키는 부부의 도리를 다함은 물론 소문(蘇門)을 당당히 지켜냄으로써 가장의 역할까지 완수해 내고 있는 점, 그 아들 소현성이 모든 행동에 있어 모친을 의식하고 있으며, 가내 대소사의 의사 결정을 모부인께 의존하고 있는 점 등을 들어, <소현성록>은 양태부인의 도도한 인생역정을 통해 사대부가의 번성을 도모한 여성의 자존적 위력이 부각되어 있으며 이는 규방을 중심으로 향유되어 온 가문소설의 모권 존중의식을 반영하고 있다고 보았다.
　백순철 또한 '어머니의 역할과 함께 부재하는 부(父)의 역할을 대행하면서, 강력한 가권으로 내외를 다스리는 여가장이라고 할 수 있다'고 하여 양태부인의 여가장으로서의 능력을 평가한 바 있다.

여가장의 전통은 여성에게 슈퍼우먼이 될 것을 강요하는 남성중심
이데올로기의 작용으로 볼 수 있다. 이는 정창권이 작품의 내용을
꼼꼼히 검토하여 밝힌 바, <소현성록>이 일상생활을 소설화하고
있다는 점, 대화체를 주로 사용하여 사건을 전개하고 있다는 점, 다
양한 부부 갈등을 통하여 가부장제를 비판하고 여성세계를 확립하
고 있다는 점 등의 성과까지를 부인하는 것은 아니다.201) 단, 작품
세계에 대한 면밀한 검토 없이 여가장으로서 여성의 이상적인 모습
이 드러난다는 점만을 가지고 여성의식을 운위하는 데 대한 위험을
지적하고자 하는 것이다. 이러한 식의 논의는 남장 여성의 영웅적
활약에 대해 여성적 가치를 부여하는 것과 동일한 방식의 오류를
범하고 있는 것이다. 즉 장편 가문소설의 여가장 전통은 여성이 남
성의 보조자로서 가져야 하는 여성 본래의 임무와 가문의 일원으로
서, 혹은 가문을 이끌어 나가는 가장으로서 여성에게 다양한 임무
와 역할을 요구했던 것이며 여성의 질곡이라는 차원에서 논의되어
야 할 것이다.

　가문의 일원으로서 가장을 보필해야 했고 가장의 부재시에는 미
래의 가장, 즉 아들이 가장으로서 확고한 위치를 굳힐 때까지 양육
자이자 가장으로서의 임무를 다해야 했던 여성의 이중적 임무는 여
성영웅소설에서는 남장 영웅으로 형상화된다. 이와 관련하여 류준
경의 논의도 주목할 만하다. 류준경은 <옥루몽>, <부장양문록> 등
장편소설을 예로 들어, 복수 주인공의 등장을 주요한 특징으로 하

---

201) 정창권, 「<소현성록>의 여성주의적 성격과 의의-장편 규방소설의 형성과 관
　　련하여」, 『고소설연구』, 한국고소설학회, 1999.

는 장편소설에서는 여성영웅의 면모를 보이는 여주인공과 '열녀형'
인 여주인공이 함께 등장하며 대극적 면모를 보이는 두 주인공은
작품에서 모두 긍정적인 인물로 형상화되어 있다고 하였다.[202] 누
대에 걸친 이야기가 전개되는 대장편 소설들에서 여성이 여가장으
로 형상화되는 것과는 달리 <옥루몽>이나 <부장양문록> 등에서
여성은 대장편 소설에서 여성에게 요구되던 여가장으로서의 면모가
분화된 형태로 형상화된 것으로 볼 수 있다. 이러한 분화는 남성 중
심의 영웅소설에서 이어 받은 영향이라고 할 수도 있을 것이고, 여
성의식의 적극적인 발현이라고 볼 수도 있을 것이다. 여기에 대해서
는 좀 더 치밀한 논의가 필요하겠지만 장편 가문소설의 여가장의 형
상과 <옥루몽>이나 <부장양문록>에 두 여성 형상은 공히 가문주
의가 여성에게 요구하던 의무이다.

　이러한 분화는 장편소설이 단편 여성영웅소설로 단편화되면서
다시 한 사람의 여성으로 통합되었으리라고 추측해 볼 수 있다. 즉
단편 여성영웅소설에서 여성 영웅은 간신의 모략으로 인해 위기에
빠진 아버지를 구출하고 몰락한 가문을 회복하는 동시에 남편이 전
장에서 위기에 처했을 때에도 남편을 구해낸다. 이러한 가문의 위
기와 국가의 위기가 동일시되면서 가문을 지키는 활약은 곧 국가를
지키는 활약과도 연결되면서 남장 여성의 군담은 남성중심 질서에
서 가치를 인정받게 된다.

　<석태룡전> 또한 여성에게 가문회복의 임무를 부여한다. <석태

---

202) 류준경, 「영웅소설의 장르관습과 여성영웅소설」, 『고소설 연구』 제12집, 한국
　　 고소설학회, 2002.2, 7쪽 참조.

룡전>에서는 여룡과 태룡 남매가 등장하는데 아비찾기는 주로 여룡에 의해 이루어진다. 서사적 비중 또한 여룡에 중점이 두어져 있고, 군담의 비중 또한 마찬가지이다. 따라서 작품은 여룡의 활약이 중심이 되어 있어서 여룡의 아비찾기로 볼 수 있다.

가문소설에서 가문을 위해 여성에게 요구되었던 이상적 성격은 여룡에게도 그대로 요구된다. 여룡은 가문의 일원으로서 아버지를 찾고, 가문회복을 회복하기 위해 남장을 하고 영웅적 활약을 펼친다. 남동생 태룡이 있음에도 불구하고 여룡의 활약이 두드러진다. 아버지를 찾고, 나라의 위기도 구한 후, 여룡은 황제가 내려준 작위를 사양한다. 대부분의 여성영웅소설에서는 부마로 간택된다든가, 어의에 의하여 여성임이 발각된다 든가 하는 등, 여성임을 밝히지 않을 수 없는 상황에 처하여 자신의 신분을 밝히는 반면, <석태룡전>의 여룡은 그러한 계기 없이 스스로 자신의 신분을 밝힌다. 여성이 갖추어야 할 겸손의 미덕을 스스로 드러내고 있는 것이다. 황제는 여룡을 칭찬하고 태자비로 삼는데, 태자비가 되어 여성의 옷을 입고 인사를 하는 여룡의 모습을 보고 황제는 '전일은 충신이요 금일은 효부라'고 하면서 칭찬을 한다. 이후 효부로서의 여룡의 행적이 드러나는 것은 아니지만, 황제의 이러한 발언은 여룡이 가문, 혹은 나라의 위기를 구하는 여성과 겸손하고 아름다운 여성으로서 남성을 보조하는 여성의 모습을 고루 갖춘 매우 바람직한 여성 형상임을 말하고 있는 것이다. 이러한 여룡의 완벽한 여성으로서의 형상은 남성 중심 이데올로기에 의해 강요된 면이 없지 않다. 이는 여룡과 태룡과의 비교를 통해서 확인해 볼 수 있다. 먼저, 두 인물은

'태룡산'에 발원하여 낳은 자식들이다. '태룡산'에 발원하여 처음 태어난 자식은 여성이다. 따라서 '태룡'이라는 이름 대신 '여룡'이라는 이름을 받는다. 태룡이 아닌 여룡이라는 이름을 받았다는 것은, 여룡이 여성이기 때문에 가문의 후계자로서의 자격이 없음을 나타내는 것이며 이는 여룡의 탄생시에 아버지가 실망한 데서도 알 수 있다.203) 대부분의 여성영웅소설에서는 무남독녀가 등장하는 것과는 차이가 있다. 아들 중심의 후사를 잇고자 하는 아버지의 욕망은 여룡의 남동생 출생으로 이어지며, 여룡보다 2살 아래인 남동생은 '태룡'이라는 적장자의 이름을 부여받게 된다. '태룡산'에 발원하였던 조선향화(祖先香火)를 책임질 가문의 후계자는 먼저 태어난 여룡이 아니라 나중에 태어난 태룡이었던 것이다.

  계모의 학대를 못 이겨 아버지를 찾아 떠나서 만나게 되는 조력자 또한 차이가 있다. 태룡이 만나는 인물은 '태룡산 도인'이며, 여룡이 만나게 되는 인물은 정승상의 부인 유씨이다. 이들이 무예를 익힌 후, 받게 되는 갑옷이나 말에서도 태룡은 우위를 점하고 있다. 여룡의 갑옷과 말은 조자룡의 갑옷에 정승상이 남긴 태향산에서 얻은 말이다. 이에 비하여 태룡의 갑옷은 공명의 갑옷이며 말은 상제의 명으로 태향산 선군이 전해 준 말이다. 여룡과 태룡의 갑옷과 말이 모두 귀한 것임을 나타내고 있기는 하지만 소소한 부분에서 여룡보다는 태룡 쪽이 더 부각되고 있음을 볼 수 있다.

  이러한 차이는 가문회복을 위한 결정적인 역할을 누가 하느냐에 이르면 더욱 명확하게 드러난다. 서사전개상에서 분량상 비중은 여

203) '살펴본니 일기 여아라 심중의 셔위ᄒᄂ나' <석태룡전>, 482쪽.

룡이 압도적이다. 그럼에도 불구하고 마지막에 황제와 여룡이 함께 위기에 처했을 때 구원자로 등장하는 이는 바로 태룡이다. 태룡의 역할은 짧게 언급되어 있지만 비중은 가장 크다고 할 수 있다. 최종적으로 가문과 나라를 구하는 이는 태룡으로 정리되고 있다.

이처럼 전체 서사 전개는 여룡 중심으로 전개되고 있음에도 불구하고 결정적인 부분에서는 태룡에 경도된 측면들이 드러난다. 따라서 여룡의 아비찾기는 여룡에게 가문의 계승자, 혹은 가문영달의 주체로서의 자격을 주기 위한 것이 아니라 여룡에게 가문회복의 임무로써 주어진 것임을 알 수 있다.

이데올로기는 항상 지배적인 계층에 속해 있으면서 그들의 이익을 대변하는 반면 종속된 계층에게는 현실에 대한 왜곡된 이해를 심어 준다. 가부장제 이데올로기는 여성에 대한 남성의 지배를 합법화하며, 여성들에게는 남성 중심의 질서가 매우 안정적이고 자연스러운 것이라는 왜곡된 이해를 주입시킨다. 여룡과 같이 가부장제 수호를 위하여 남성들이 부여한 임무를 수행해 내는 여성들은 가부장제 이데올로기를 체화한 여성들이다. 이들은 가부장제라는 질서가 요구하는 범위 내에서만 그 가치를 인정받을 수 있다. 여룡은 황제와 아버지를 구해야 하는 임무를 띠고 있을 때만 남장을 하고, 이러한 임무가 끝남으로써 남성 중심 질서가 안정적 궤도에 들어서자 곧 스스로 여성으로 돌아간다. 여성으로서 남성과 동등하게 가문영달의 꿈을 이루고자 하는 자주 형제나 가부장제를 수호하기 위해 가부장의 권위에 도전하는 춘풍 처 김씨와는 매우 다른 태도로서 가부장제 이데올로기가 원하는 여성상이라고 할 수 있다.

제4장 여성탐색담의 전통과 의의

1. 신화적 상상력의 촉발체로서의 여성탐색담

팸 모리스는 '그들은 여성을 그대로 이해하지 못한다. 선의에서든 악의에서든 그들은 여성을 잘못 이해하고 있다. 그들이 보기에 좋은 여성은 반은 인형이고 반은 천사인 아주 괴상한 것에 불과하다. 그리고 그들에게 있어 나쁜 여성은 거의 항상 악마이다.'라는 샬럿 브론테의 말을 인용하면서[1], 오랫동안 이어져 온, 남성들의 여성에 대한 잘못된 이미지를 문제 삼았다. 그녀는 '왜 여성들은 끊임없이 남성들에 의해 잘못 읽혀지고 있는 것일까?'라고 반문하면서 그에 대한 대답을 보부아르가 말한 여성의 '타자성'에서 찾는다. 인종집단이나 사회 집단들은 스스로를 이질적인 '타자'와 반대되는 것으로 규정함으로써 집단 정체성을 획득하는 데 반해 그 자체로는 아무런 정체성도 갖지 못하는 타자는 지배 집단이 원하는 것이라면 무엇이든 부여될 수 있는 빈 공간으로 작용한다. 따라서 '타자'인 여성은 그 자체로는 긍정적인 의미를 소유할 수 없고, 규범이나 인간

---

1) 샬럿 브론테,『셜리』, 팸 모리스 지음, 강희원 옮김,『문학과 페미니즘』, 문예출판사, 1997, 31쪽 재인용.

성 일반을 대표하는 '남성'과의 관계 속에서 이해될 수밖에 없다는 것이다. 이처럼 남성의 시각에서 형상화되는 여성은 그 정체성을 온전히 드러낸다는 것이 불가능하다.[2]

남성에 의한 여성의 왜곡된 이해는 매우 보편적인 현상으로서 고전소설에서도 예외는 아니다. 고전소설에 등장하는 여성들 또한 남성적 시각에서 긍정적 여성과 부정적 여성으로 재단된다. 여성 교화의 수단으로 창작되었다고 보는 <사씨남정기>나 <창선감의록>에 등장하는 여성들에서는 이러한 이분법적 양상이 매우 뚜렷이 나타난다.

김연숙은 이들 여성들을 곰형과 호랑이 형으로 나누고 있는데[3] 전자는 <사씨남정기>의 사씨, <창선감의록>의 임씨, 윤씨, 진씨, 엄씨 등의 현모양처로서 출산, 양육을 묵묵히 담당하고 남편이 첩을 들이더라도 그 첩과 화합해야 하며, 첩이 모해를 해도 아무런 저항없이 죄를 뒤집어쓰고 남편이나 아들에 의해 죄가 풀릴 때까지 기다린다. <사씨남정기>와 <창선감의록>에는 등장하지 않지만『열녀전』에 등장하는 열녀들 또한 남성적 시각에서 재단된 착한 여성들이다. 열녀는 남편이 살았을 때는 부덕을 다하여 남편을 보좌하며

---

2) 팸 모리스 지음, 강희원 옮김, 앞의 책, 31-35쪽 참조.
3) 이러한 여성에 대한 구분은 김승희에게 비롯된 것이다. 김승희는 <단군신화> 대신 '웅녀신화'라는 용어를 사용하고 있는데 여기서 신화라는 용어는 '한 사회 구성원들이 맹목적으로 믿고 있는 사회적 신화'라는 의미의 롤랑 바르뜨의 용어로 사용된다. 김승희는 호랑이와 곰이 같은 굴 속에 있었다는 것은 미분리 상태의 한 사람의 피시스, 즉 자연 그 자체 속에 이질적인 곰성과 호랑이성이 공존해 있다는 것으로 해석하며, 인간이 된 웅녀는 분열된 주체라고 본다. 김승희, 「웅녀신화 다시 읽기」, 김경수 편, 『페미니즘과 문학 비평』, 프레스21, 2000.

남편이 죽었을 때는 수절을 하거나 남편을 따라 죽기도 해야 하며, 정절을 훼손당했을 경우에도 죽음을 선택한다. 남성으로부터 강요된 이념적 질서를 위해 추호의 흔들림도 없이 목숨을 버리기까지 하는 여성들은 본받을 만한 인물로 추앙된다. 이들 여성들은 남성 중심 질서를 합리화시키고 미화시키며, 남성보다 더욱더 봉건 이데올로기에 투철한 것으로 형상화된다.

호랑이형에는 사악한 첩이나 계모 등 부정적 여성 형상이 나타난다. <사씨남정기>의 교씨나 <창선감의록>의 조씨가 그러한 인물들인데 이들은 남편의 사랑을 독차지하기 위해서 혹은 가계 계승권을 차지하기 위해서 본처와 본처 자식을 모해한다. 이들 부정적 여성들의 공통점은 안정적 남성 중심 질서를 위협한다는 점이다. 처첩의 질서를 뒤집고자 하고, 장자 중심의 가계 계승 원칙을 무시하고, 아버지의 질서에 도전함으로써 가정을 혼란에 빠뜨리기도 하는 위험한 인물들이다.

이처럼 남성에 의해 재단되는 두 여성 형상은 남성적 질서 유지에 긍정적 역할을 하느냐 부정적 역할을 하느냐에 따라 형상화된 것이라고 볼 수 있다. 남성중심의 기존 질서를 안정적이고 확고하게 유지시켜 나가는, 혹은 더 나아가 남성이 무능한 경우에라도 남성으로서의 권위를 보좌하고 유지시켜 줄 수 있는 여성은 어떠한 경우에라도 순종적이고 긍정적인 여성이다. 그러나 남성적 질서 속에서 자신의 목소리를 내려고 하고, 남성의 무능과 허세를 비꼬면서 남성적 권위에 도전하고, 남성적 질서를 위협하는 여성들은 부정적인 여성으로 평가된다. 여성이 긍정적인 형상으로 나타나건 부정적인 형상으로 나타나건, 어느 쪽이든 여성을 왜곡시키고 있다는 점에서는 동일하며, 이처럼 여성에 대한 잘못된 이미지는 수세기 동안 남성에 대한 여성의 종속을 유지시키고 이를 정당화하는 주요 수단이 되어왔다.

이질적인 여성의 두 형상은 신화에서도 발견된다. 가장 좋은 예로는 제주도 무가인 <문전 본풀이>를 들 수 있을 것이다. <문전 본풀이>는 올레 정쌀과 동서남북 중앙 및 뒷문과 앞문, 그리고 부엌과 측간을 지키는 신의 내력을 풀어내고 있는데, 문전 본풀이의 줄거리는 다음과 같다.4)

일곱 아들과 아내를 두고 쌀장사를 떠난 남선비가 3년이 지나도 돌아오지 않자 부인이 배를 타고 가 남편을 찾는다. 남편은 봉사가 되어 초막에서 노일저대라는 첩과 살고 있었는데 자초지종을 물으니 노일저대가 장사 밑천을 다 빼앗아 그리 되었다 한다. 잠시후 노일저대 들어 와 부인을 보고 반기며 부인이 살던 곳에 가 함께 살자고 한다. 길 떠나기 전날 노일저대는 부인에게 같이 목욕을 하러 가자고 속여 부인을 샘에 빠뜨리고 부인의 옷을 바꾸어 입고는 남편에게 노일저대는 나쁜 여자라 죽였다고 한다. 부인이 바뀐 줄 모르는 남선비는 노일저대와 함께 집으로 돌아오는데 일곱 아들들은 어머니가 아니라는 것을 안다. 노일저대는 거짓으로 병든 체 하고 간계를 꾸며 남편에게 점을 치고 오라 한다. 점장이로 변장한 노일저대는 사람 간 일곱 개를 내어 먹으면 병이 낫는다고 거짓말을 하니 이 점괘를 들은 남선비는 그대로 따르려 한다. 이를 눈치 챈 막내 아들이 자기

---

4) 赤松智松・秋葉 隆의『조선무속의 연구』상권(대판옥호서점, 1937)에 수록되어 있으나 여기서는『한국의 무속신화』(김태곤, 집문당, 1985)를 참조 요약하였음.

가 형님들 간을 내어 오겠다고 하고선 산토끼 간을 내어 노일저대에
게 바치는데 노일저대는 먹는 체하고 숨기다가 들켜 변소로 도망가
다가 겁에 질려 죽는다. 아들들은 서천 꽃밭에서 환생꽃을 가지고
와 빠져 죽은 어머니를 살려낸다. 이렇게 하여 각 신들은 家神으로
좌정하게 된다. 아버지는 거리로부터 집안으로 들어오기까지의 길인
올레 및 외부와 내부의 경계 지역인 정쌀신으로 좌정하고, 일곱 아들
은 오방(五方)과 앞뒷문을 맡는다. 그리고 어머니와 첩은 각각 부엌
의 조왕신과 변소의 측간신으로 좌정된다.

이 신화에서는 처첩 갈등과 함께 본처를 죽인 첩이 계모로 등장
하고 있어 고전소설에서 보이고 있는 처첩 갈등과 계모와 전처 자
식간의 갈등이 한꺼번에 등장하고 있다는 점에서 매우 흥미롭다.
사악한 첩 노일저대는 부정적인 여성의 조건을 고루 갖추고 있는
악녀의 원형이다.

또한 첩 노일저대와 대립 관계에 있는 본처와 이 두 사람 사이의
관계 또한 주목할만하다. 첩은 본처를 죽이고 일곱 아들들마저 해
치려고 한 사악한 여성인데 반해 본처는 남편에게는 순종적이고 첩
의 모해로 죽임을 당하는 순종적 여성이다. 이러한 대조적인 성격
을 지닌 두 여성은 각각 측간신과 조왕신으로 좌정된다. '어머니-조
왕신', '첩-측간'의 연결은 매우 재미있는 상상력이 아닐 수 없다.
조왕신은 부엌에 살면서 불을 다스리는 신이다. 부엌은 남성과 여
성의 노동 분화가 이루어진 후 여성의 공간으로 확립된 곳으로써
여성과 친숙한 공간일 뿐 아니라 풍요의 근원이 되는, 풍요를 상징
하는 곳이라는 점에서 여성과 매우 긴밀한 공간이다.

그런데 긍정적인 여성인 어머니가 부엌신이 된 것은 자연스럽게 이해되지만 첩이 왜 하필 측간신이 되었는지, 부엌과 더불어 측간은 왜 여성의 공간으로 설정되었는지는 쉽게 이해가 가지는 않는다.[5] 이는 농경문화적인 전통에서 설명이 가능하다. 측간은 가장 근원적인 생명력, 생산력의 모태가 되는 곳이다. 측간의 배설물은 밭의 거름이 됨으로써 땅을 비옥하게 하고 그 땅에서 경작되는 곡식은 부엌에서 불로 요리되어 사람의 상에 오르고 인간은 그 음식을 먹고 삶을 영위하게 된다. 이러한 유기적인 순환 과정에서 보면 부엌과 측간은 공통적으로 풍요와 생명의 공간, 여성적인 공간이 되는 것이다.

처·첩의 행위가 윤리적인 기준으로 볼 때 긍정적이냐 부정적이냐를 떠나서, 이처럼 이질적인 두 여성이 공통적으로 풍요와 생명의 신으로 좌정되는 것을 보면, 신화에서의 처·첩의 구분은 가부장적 질서가 부여해 놓은 의미 이전의 구분임을 알 수 있다. 즉 착한 본처와 사악한 첩이라는 구분은 남성 중심적 시각이 확립된 이후, 남성에 의해 재현된 여성 형상이며, 남성적 시각이 개입되기 이전의 신화적인 여성의 원형은 풍요와 생명을 상징하는 단일한 형상이었던 것이었음을 추측할 수 있다. 요컨대 풍요의 상징이던 신화

---

5) 이수자는 부엌과 측간은 기능상 정반대의 기능을 가진 공간으로서 [부엌:측간]=[음식을 만드는 곳:음식을 배설하는 곳]=[깨끗한 곳:더러운 곳]=[집안의 안쪽:집안의 외부쪽]=[집안의 중심지:집안의 바깥쪽]으로 대립되고 있으며 냄새 때문에라도 서로 붙어 있거나 가까워질 수 없는 공간이면서, 먹을 것을 만들고 또 그것을 배설하는 공간이라는 점에서는 근본적인 연결고리가 있다고 보기도 했다. 이수자, 「한국무속신화에 나타난 모신상(母神像)과 신화적 의미」, 이화어문학회, 『우리 문학의 여성성·남성성(고전문학편)』, 월인, 2001, 36-37쪽 참조.

적 여성이 신화 전승과정에서 남성 중심적 이데올로기의 지속적 침
투를 겪게 되고 그 결과, 왜곡된 모습으로 나타난 것이 나쁜 여자,
착한 여자의 구분이라고 할 수 있다. 남성에 의해 재현된 왜곡된
여성 형상은 이후 서사 문학에서 매우 지속적으로 등장하면서 뿌리
깊은 전통으로 자리잡게 된다.

　그러나 실제 여성 실체가 단순하게 착한 여자 나쁜 여자의 범주
로만 나누어지지 않는 것과 마찬가지로 조선후기 고전소설의 여성
형상 또한 착한 여자와 나쁜 여자의 경계에 자리하고 있는 여성들
이 있다. 남장 여성들이 그들인데, 이들 여성들은 갑옷을 입고 전장
에 나아가 남성보다 뛰어나 활약을 펼친다. 남편의 동침 요구를 거
절하기도 하고, 남편을 군법으로 다스리기도 하며, 시부모에 대항하
기도 하는 이들 여성들의 행동은 유교적 규범에 어긋나는 요소들임
에도 불구하고 긍정적인 형상으로 나타난다. 남성 중심의 재단이
만들어 낸 두 이질적인 여성 형상 어디에도 포함되기를 거부하는
새로운 여성 형상이다. 남장 여성의 형상이 여성의 꿈을 형상화한
것인가, 아니면 오히려 남성 우월주의에 동조하고 있는 것인가에
대한 논의는 차치하고라도 남성이 만들어 낸 이분법적인 재단에 포
함되지 않는 새로운 여성형상이 등장한다는 점은 우선 주목할만한
일이다. 왜냐하면 착한 여자, 나쁜 여자 외에 또 다른 유형의 여성이
있을 수 있다는 사실을 인정해야만 하는 일이기 때문이다. 여성들
은 남성의 관념에서 만들어지기만 하는 존재가 아니라 스스로 다양
한 욕구와 지향을 지니고 있는 개성 있는 인간이라는 것, 그리고 그
것이 문학 작품에서 다양한 인물로 형상화되기 시작했다는 것은 여

성을 둘러싼 매우 큰 변화이다. <춘향전>에서 여성은 계급인식을 바탕으로 변사또에 저항하기도 하고, <옥주호연>의 여성들은 여성으로 살 것을 강요하는 아버지에 대하여 자신들의 삶을 살기 위하여 집을 뛰쳐 나가기도 하는 등 여성 중심의 서사는 다양한 여성 형상을 가능하도록 만들었다.

여성이 서사의 주체로 등장하게 된 것은 단순히 조선후기 여성의식의 성장이나 영웅소설이 지닌 매너리즘을 극복하기 위한 대안이 아니라 그러한 상상력을 가능하도록 만든 서사적 전통이 이미 마련되어 있으면서 전통으로 이어져 내려오고 있었기 때문일 것이다. 그러한 서사적 전통이 바로 여성탐색담이다. 강진옥은 무속신화 고찰을 통하여 무속 여성신을 한국 여성상의 원형적 형태로 간주할 수 있다고 보았다. 그 이유로는 두 가지를 들고 있는데 첫째, 무속 여성신의 신화적 성격이 근원적인 생산성과 연결되고 있다는 점이다. 여성신들의 행적에서 발견되는 후대적 요소에도 불구하고 그 근원적 속성으로 볼 때 풍요의례에서 숭앙되던 생산신 관념에서 보여지는 바 원형적 성격을 계승하고 있다는 것이다. 또한 무속 신화는 무속의 주재자인 사제와 그 신봉자인 신도 등 무속 향유자들의 관념의 소산이며 따라서 무속신화의 여성신들은 한정된 상황이라는 제약 속에서 생활하는 여성들의 모습과 그들에게 부과되어 있는 제약들을 극복해 가는 방안들을 통해서 당시 사회적 여건 속에서 그들에게 가치 있는 것으로 인식되었던 여성적 삶의 형상을 집약적으로 그려내고 있기 때문이라고 하였다.[6]

원형적 성격과 후대적 요소를 어떻게 구분해 내느냐가 관건이 되기는 하겠지만 무속신화의 여성상이 한국 신화의 원형적 형태라는 데에는 이견이 있을 수 없다. 설화 시대 여성 탐색담에 등장하는 여성들의 원형적 성격은 이후 실재 여성들의 삶에서도 원형으로 자리 잡았을 것이며, 서사 문학이 이러한 신화적 원형을 바탕으로 하고 있음은 말할 필요도 없을 것이다.

2. 자아발견의 가능성과 욕구발산으로서의 여성탐색담

신화적 여성 원형을 지니고 있는 여성탐색담은 남성 이데올로기의 영향으로 지속적인 변화를 겪어오고 그 과정에서 여성 형상은 타자화 되어 나타난다. "인간의 자기 이해와 세계 이해를 오도시키는 왜곡된 해석체계"[7]로서의 이데올로기는 객관적인 이념, 보편적인 진리라는 이름으로 사회 구성원을 사회화시킨다. 조선후기 사회는 그러한 남성 중심 이데올로기가 매우 강력하게 자리잡고 있던 시기이다. 조선후기 소설은 개별 작품이 드러내고 있는 의식이 어떻든간에 남성 중심 이데올로기의 산물일 수밖에 없다. 또한 그 소설들을 생산하고 소비했던 주체가 남성이건 여성이건 남성 중심의 시각을 노출시키고 있을 수밖에 없다. 따라서 신화에서 신성한 주

---

6) 강진옥, 「한국 민속에 나타난 여성상의 변모 양상-바람직한 여성상 모색을 위한 시론」, 『한국민속학』 27집, 한국민속학회, 1996.
   신화에 나타난 여성상에 대한 것은 '무속신화와 일상의례를 통해 본 여성의 종교성(『여성신학논집』 1, 이화여자대학교 여성신학연구소, 1995)'도 참조할 수 있다.
7) 한상진, 「생활세계의 문제의식과 사회과학」, 『현상과 인식』, 1983 봄호, 109쪽.

체였던 여성은 남성 중심 지배 질서에서 완전히 타자화된 것처럼
보인다. 이러한 점에서 여성으로 독해하기의 일정한 한계를 지적한
조나단 컬러의 견해는 설득력을 갖고 있다. 여성이 이미 가부장제
의 산물인데 어떻게 여성의 시각이 존재할 수 있느냐, 그것은 방향
만 다를 뿐 남성과 같은 시각이라는 것이다.

그러나 임치균은 조선조 소설의 장편화 경향과 시조나 가사의 평
민적 성향을 중세 회귀 의지와 근대 지향 의지로 설명한 바 있다.
원래 평민적 성격을 갖고 있는 소설은 장편화하면서 그 내용이 상
층 집단들에 의해 중세적 가치관을 강화하는 면으로 변모하였고,
반대로 원래 사대부적 성격을 갖고 있는 시조나 가사는 그 내용이
평민적 성향으로 변모하였다는 것이다.8) 이처럼 가치관과 문학 양
식이 변화를 겪고 다양한 충돌을 겪는 과정에서 여성이 주체로 등
장하는 소설이 등장하게 된다.

임형택은 17세기 규방소설의 성립을 논하면서 '여성을 규방 속에
속박해 놓고서 살짝 늦추어 주어야 하는 모순의 타협점에서 출현한
것이 규방소설이다'9)라고 하였다. 이와 관련하여 소설은 일종의 '정
신 안정제'10)라고 보기도 하였다. 여성의 주체적 독서 행위에 대한
인식이 없다는 점, 여성 독자를 수동적인 교화대상으로 본다는 점
등에서는 문제를 제기할 수 있겠으나 소설이 당시 규방에 갇혀 있던

---

8) 임치균, 『조선조 대장편 소설 연구』, 태학사, 1996, 38쪽 참조.
9) 임형택, 「17세기 규방소설의 성립과 <창선감의록>」, 『동방학지』 57, 연세대학
   교 국학연구소, 1988, 117쪽.
10) 임형택, 위의 논문, 124쪽.

여성들에게 어떤 역할을 했는지에 대해서 매우 명쾌한 답을 내리고 있다.

고전소설에서 여성들은 영웅적 형상을 띠고 나타나지만 그 속에 숨은 이데올로기는 명백하다. 가부장제 질서 속에서 여성에게 짐 지워지는 것들은 아비찾기, 남편찾기 등으로 형상화되고 여성은 남성중심 이데올로기에 끊임없이 소외당하고 회유 당한다. 그러나 이러한 시대적 한계에도 불구하고 아비찾기, 남편찾기, 자아찾기를 통해서 자기 목소리를 내고 있는 작품 속 주인공들은 남존여비와 내외관념이 엄격한 유교사회에서 사회적 자아 성취의 가능성을 박탈당했던 여성 독자들에게 대리만족의 경험을 제공해 주었을 것이다.

여성이 주체로 등장하여 공적 영역에서 사회적인 활약을 보여주는 소설시대 여성탐색담은 여성으로 하여금 자아발견의 가능성을 제공하며 욕구발산의 통로 역할을 한다. 이는 조선후기 여성의 달라진 위상을 반영하고 있는 것으로서, 고정관념을 깨고 새로운 시도를 하고 있다는 점에서 주목할 만하다. '현재 통용되고 있는 성차에 대한 지나치게 경직된 정의를 초월하거나 변형시키는 것이 여성운동의 목표'라고 할 때, 조선후기 여성탐색담은 급진적인 여성의식의 성장을 반영한 것은 아니라 할지라도 여성을 화두로 삼아서 그 가능성을 보여주고 있다는 점에서 중요한 의의를 갖는다.

제5장 결론

    본 서는 남성 중심의 문학 전통에서 여성이 정당하게 평가받지 못했다는 문제 의식 하에 여성중심적 시각으로 문학적 전통을 확인해 보고자 하였다. 이를 위하여 연구 대상으로는 '여성탐색담(女性探索譚)'을 택하였다. 탐색담은 영웅의 일생이라는 구조를 지니고 신화 체계에서 전승된 이야기로서 서사문학의 보편적인 구조로 인식되어 왔다. 여기서 여성은 남성 영웅의 탐색 대상으로 존재할 뿐이었으며, 여성이 탐색의 주체로 등장하는 경우에도 여성의 수난이라는 시각에서 논의가 전개되었다. 남성 중심의 탐색담이 남성의 영웅성을 드러내는 과정을 보여준다면 여성이 주체로 등장하는 여성탐색담의 경우에도 여성의 영웅성을 드러내는 과정이 중심이 되어야 할 것이다. 여성주의적 시각이 필요한 이유가 바로 이러한 이유 때문이다. 본 서에서는 여성중심적 시각을 가지고 여성탐색담의 서사적 전통을 확인해 보고자 하였다.

    2장에서는 설화시대 여성탐색담을 살펴 보았다. 설화시대는 남성과 여성의 위계질서가 확고한 제도로 자리잡기 이전의 시기이다. 따라서 아직 제도화되지 않은 남성 중심 질서는 두 가지 단계로 나뉜다. 첫째는 남성 중심 질서가 아직 체계화되지 않아 아버지로 대표되는 질서의 단계이며, 둘째는 남성적 질서가 아버지에 그치는 것이 아니라 아버지에서 아들로 승계되는 남성적 권력을 형성하고 있는 단계이다. 첫 번째 단계에서는 여성 주체가 자신이 창조와 풍요의 여성이라는 강한 자의식을 지니고 있어, 서사는 여성을 중심으로 전개된다. 따라서 여성 탐색담의 세 유형인 자아찾기, 남편찾기, 아비찾기가 서사전개에서 뚜렷하게 드러나며 여성은 이러한 탐색 과정을 통해서 자아정체성 획득에 이른다. 자아찾기 유형의 예로는 <삼공본풀이>, 남편찾기 유형의 예로는<세경본풀이>, 아비찾기 유형의 예로는<바리공주>를 들었다.

<삼공본풀이>의 경우, 가믄장아기의 자의식이 가장 강하게 드러난다. 따라서 여성은 아버지의 질서를 부정하고 탐색 여행을 거쳐 창조적 여성 주체로서의 자아정체성을 회복함으로써 여성의 질서를 회복한다. 가믄장아기는 서사 전개에서 창조와 풍요의 여신으로서의 표지를 드러내고 있으며 탐색과정에서는 창조와 풍요의 주체로서의 원형적 여신으로서의 성격이 잘 드러난다. 가믄장아기의 탐색 과정은 이러한 능력을 드러내기 위한 여행이며 이러한 탐색 과정을 통하여 자아 정체성을 획득한 가믄장아기는 여신으로 좌정한다.

<세경본풀이>에서는 자청비가 문도령과의 완전한 결합을 통하여 자아정체성을 회복한다. 여기서 자청비는 문도령보다 자유분방하고 개방적인 성의식을 지니고 있으며 뛰어난 능력의 소유자이다. 자청비는 자아 인식을 바탕으로 아버지의 질서를 거부하고 문도령을 찾아 나선다. 그리고 탐색과정에서 뛰어난 능력을 발휘하면서

남편과의 완전한 결합을 이루어 풍요와 창조의 여신으로서의 자아 정체성을 획득한 자청비는 세경신으로 좌정한다.

<바리공주>에서 아버지의 질서는 위기에 처한 상태이다. 바리공주는 위기에 처한 아버지의 질서를 회복함으로써 자아정체성을 회복한다. 바리공주가 병든 아버지를 위해 생명수를 찾아가는 과정은 아버지의 생명을 살리는 길이며 이는 바리공주가 삶과 죽음을 관장하는 능력을 획득함으로써 자아정체성을 실현해 나가는 과정이라고 할 수 있다. 성공적인 아비찾기를 통하여 삶과 죽음을 관장하는 창조적 여신으로서의 자아 정체성을 획득한 바리공주는 모든 인간의 삶과 죽음을 관장하는 무조신으로 좌정된다.

남성적 질서가 아버지의 질서로 대표되는 첫 번째 단계에서는 여성의 뛰어난 능력이 강조되며 아버지의 질서에 대응되는 여성의 서사가 주도적으로 전개되었다. 그러나 남성적 질서가 권력 구조를 드러내고 있는 두 번째 단계에서 여성 주체는 상대적인 자의식 약화를 드러내며 전체 서사는 남성의 서사와 여성의 서사가 교차되면서 이루어진다. 이 경우 탐색주체와 탐색 대상은 불명확하게 되어 자아찾기, 남편찾기, 아비찾기의 탐색과정은 서로 혼재하고 있는 양상을 보인다. 이러한 작품의 예로 자아찾기 유형으로 <평강공주>설화, 남편찾기 유형으로 <구렁덩덩신선비>, 아비찾기 유형으로<초공본풀이>를 들었다.

<평강공주>설화는 온달의 서사로 인식되어 왔다. 그런데 평강공주를 중심으로 서사를 파악했을 때, 온달의 서사는 평강공주의 서사 속에 교차되면서 드러나고 있으나 평강공주가 자아정체성 획

득에 성공하는 반면 온달의 서사는 미완으로 그치고 있는 것을 볼 수 있다. 평강공주는 아버지의 질서를 거부하고 집을 나와 온달의 영웅만들기를 통해 풍요와 창조의 여신으로서의 능력을 드러낸다. 그리고 잠시 서사는 온달의 서사로 옮아가지만 온달이 권력 계승에 성공하지 못하고 죽음으로써 평강공주의 서사는 회복된다. 평강공주는 온달의 장례 과정에서 죽은 온달을 위무하여 천도하는 능력을 드러냄으로써 삶과 죽음을 관장하는 여성신으로서의 자아찾기에 성공하고 있다.

<구렁덩덩신선비> 또한 신선비의 서사에서 막내딸은 금기를 깨고 고난을 겪는 여성으로 나타난다. 그러나 막내딸을 중심으로 서사를 파악했을 경우, 불완전한 인물은 반인반수의 구렁덩덩신선비이며, 막내딸은 풍요의 상징을 알아보고 인물을 알아보는 지인지감력과 지혜라는 뛰어난 능력을 지니고 있는 것을 볼 수 있다. 그럼에도 불구하고 막내딸은 신선비로부터 남편찾기 임무를 부여받는다. 막내딸이 남편찾기를 성공적으로 해결할 수 있었던 것은 막내딸에게 속한 근원적인 능력이며 탐색과정은 이러한 능력의 발현을 가능하도록 만든다. 여성의 서사에 개입하고 있는 남성의 서사는 전체 서사에서 여성을 배제하고 여성을 미숙한 존재로 왜곡시키려는 의도를 드러내고 있다. 여성탐색담의 여성 주체들은 아이러니한 남성 중심 이데올로기를 극복함으로써 자아 정체성 확립에 성공하고 있다.

<초공본풀이>는 남성의 서사에 의해 여성이 가장 많이 소외된 양상을 보인다. 여성 주인공인 아기씨는 아버지, 삼천선비, 주자선생, 아들 등 남성적 권력에 의해 소외되고 배제되며 도구로서의 모

성(母性)으로 전락한다. 아기씨는 남성들에 의한 지속적인 타자화 (他者化)를 겪는데 이러한 수난의 과정은 아직 자의식이 명확하게 정립되지 않았던 아기씨가 자의식을 확립해 나가는 과정이 되며, 삶과 죽음의 여행을 거쳐 서사의 마지막에 유정승 따님 아기로 형상화되는 아기씨는 무조신으로 좌정함으로써 자아 정체성을 획득하게 된다.

3장에서는 설화시대에서 살펴본 여성탐색담의 유형이 소설시대에 와서 다양한 변주를 겪으면서 소설 속에 잔존 또는 소설화하고 있는 양상을 살폈다. 소설시대는 이미 가부장제라는 남성중심의 질서가 확고한 제도로 자리잡음으로써 여성 억압이 제도적으로 자리잡고 있던 시대이다. 따라서 강한 자의식을 지닌 여성들은 이러한 제도와 대립할 수밖에 없으며 이러한 대립 과정을 통해서 자아정체성 회복에 이르게 된다. 이들은 여성과 남성의 구분이나 위계, 신분적 질곡 등의 제도적 틀을 거부하고 여성 중심의 대안적인 질서를 제시한다. 이러한 작품의 예로 자아찾기 유형으로는 <이현경전>, 남편찾기 유형으로는 <춘향전>, 아비찾기 유형으로는 <심청전> 등을 들었다.

<이현경전>의 이현경은 가부장제라는 제도화된 남성 중심 질서가 구분하는 남녀의 위계질서에 정면으로 맞서 이를 거부하고 자기 정체성을 찾는 적극적인 여성이다. 이현경은 남성이 요구하는 여성적 삶을 거부한다. 따라서 여성영웅소설로 분류되는 작품임에도 불구하고 이현경이 공적인 영역에서 활약을 하는 것 보다는, 결연을 맺은 뒤 시집살이 과정에서 여성에게 요구되는 여러 가지 억압구조

가 더욱 문제시된다. 이현경은 지나칠 정도의 강경한 태도로 남서 중심 질서와 맞서면서 자아찾기 과정을 거치고 있다.

<춘향전>은 춘향의 서사 못지 않게 암행어사 출두 부분인 이도령의 서사도 중요하게 취급되었다. 그러나 이도령이 자신의 신분적 임무를 각성하고 하층민의 대변자로서의 역할을 할 수 있게 된 것은 춘향의 사랑으로부터 힘입은 바가 크다. 따라서 <춘향전>은 춘향의 서사로 파악할 수 있겠는데 춘향은 사랑의 성취를 위하여 변사또로 대표되는 남성적 권력에 맞선다. 변사또에 대한 춘향의 저항은 춘향이 기녀로서, 여성으로서 명확한 자의식을 지니고 있음을 알 수 있다. 춘향은 이처럼 명확한 자의식을 바탕으로 이도령과 평등한 사랑을 이루려는 욕망을 지니고 있었기에 변사또에 대한 저항을 통해 이도령과의 완전한 사랑을 이룰 수 있었던 것이다.

<심청전>에서는 뺑덕 어멈을 제외한 여성들, 즉 심청, 곽씨 부인, 귀덕 어미, 장승상댁 부인 등이 모두 모성성(母性性)을 강하게 드러내고 있는 것을 확인할 수 있었다. 여기에 심봉사의 불모성(不毛性)이 대비되면서 여성의 모성성이 긍정되는데 심청은 이러한 모성성을 바탕으로 아버지를 구원하고 인간 구원에까지 이르게 된다.

가부장제가 좀 더 강하게 여성의 자의식 형성을 억압하는 경우, 여성 주체는 가부장제와의 첨예한 대립을 피하고 가부장제가 요구하는 여성의 임무를 완수함으로써 가부장적 질서 내에서 자신의 자리를 찾는다. 이 경우 가부장제라는 남성 중심 이데올로기는 여성을 지속적이고 조직적으로 억압한다. 따라서 여성 주체들의 자아정체성 회복을 위한 탐색과정은 일정한 한계를 드러낸다. 그러나 가

부장제의 확립과 강화라는 현실적인 상황 인정하는 범위에서 소극적이나마 자기정체성을 획득하려는 여성 주체의 활약을 확인할 수 있다. 이러한 작품의 예로 자아찾기 유형으로는 <옥주호연>, 남편찾기 유형으로는 <이춘풍전>, 아비찾기 유형으로는 <석태룡전>을 들었다.

<옥주호연>의 여성 주체들인 자주 형제는 여성으로 살기를 거부하고 스스로 성을 선택하고자 한다. 그러나 여기에 등장하는 남성들은 여성에게 남성적 삶을 포기하고 여성적 삶을 선택하기를 권하는데 여성과 갈등을 일으키지 않고 설득과 회유를 계속한다. 자주 형제는 결국 여성의 삶으로 돌아오기는 하지만 남성으로서가 아니라 여성으로서 자신의 공적인 인정받고자 하며 자신의 가문에 대한 자긍심을 드러낸다.

<이춘풍전>에서 춘풍 처 김씨는 여가장으로서의 능력을 드러내며 남편을 가장의 자리에 바로 세우기 위해 노력한다. 가장으로서의 남편의 자리를 찾아줌으로써 김씨 또한 가장이 중심이 된 안정적인 가정의 아내가 되고자 한다.

<석태룡전>은 석태룡과 석여룡이라는 남매의 영웅소설인데, 석태룡이 영웅적 능력을 지니고 있음에도 불구하고 석여룡에 의해서 가문회복이 이루어진다는 점이 특이하다. 석여룡은 남장을 하고 무예를 습득하여 전쟁에 나아가 아버지와 천자를 구하지만 논공행상 과정에서 스스로 여성임을 밝히고 여성의 옷을 입는다. 석여룡은 가문의 일원으로 가문회복의 임무를 수행하고 자신이 회복한 안정된 가부장제 질서 속에서 자신의 자리를 찾는다.

4장에서는 앞의 연구 결과를 총괄하는 장으로서 여성 탐색담의 전통과 의의를 개괄하였다. 여성탐색담은 신화적 상상력의 촉발체로 기능하면서 조선후기 소설들의 기저에 전통으로 자리잡고 있으며 여성의 자아발견 가능성과 욕구발산의 통로 역할을 해 주었다는 의의를 지니고 있음을 알 수 있었다.

본 연구의 성과로는 남성 중심적 시각에서 정당하게 평가받지 못했던 여성 주체의 서사를 여성주의적 시각에서 새롭게 해석해 냄으로서 여성중심의 서사적 전통을 확인해 보았다는 점을 들 수 있다. 그러나 사적 흐름을 짚어내는 데 중점을 둔 탓에 작품 하나하나에 드러난 여성성을 드러내는 데에는 소홀한 점이 있다. 개별 작품에 천착한 연구는 이후의 과제로 미룬다.

【참고문헌】

1. 자료

고려대 민족문화연구소, 『한국고전문학전집』, 1995.
김동욱 편, 『영인고소설판각본전집』, 연세대 인문과학연구소, 1973.
김기동 편, 『필사본 고전소설전집』, 아세아문화사, 1980.
김부식 저, 이병주 역주, 『삼국사기』, 을유문화사, 1985.
김진영 외 편, 『심청전 전집』 1-11, 박이정, 1997-2000.
_____, 『춘향전 전집』 1-10, 박이정, 1995-2001.
김진영·홍태한 편, 『바리공주 전집』 1·2, 민속원, 1997.
김태곤 편, 『한국무가집』 I-IV, 집문당, 1972-1980.
김태곤·최운식·김진영 편역, 『한국의 신화』, 시인사, 1988.
동국대학교 한국학연구소 편, 『활자본 고소설전집』, 아세아문화사, 1977.
서대석, 『한국의 신화』, 집문당, 1997.
일연 저, 박성봉·고경식 역, 『삼국유사』, 서문문화사, 1993.
홍태한·이경엽, 『서사무가 바리공주 전집』 3, 민속원, 2001.
현용준, 『제주도 무속자료사전』, 신구문화사, 1980.

2. 단행본

강명관, 『조선후기 여항문학의 연구』, 창작과 비평사, 1997.
김대숙, 『한국설화문학연구』, 집문당, 1994.
김열규, 『한국의 신화』, 일조각, 1976.
_____, 『한국민속과 문학연구』, 일조각, 1982.
김용숙, 『조선시대 여류문학의 연구』, 숙명여자대학교 출판부, 1979.
김일렬, 『고전소설신론』, 새문사, 1991.
김재용·이종주 공저, 『왜 우리 신화인가』, 동아시아, 1999.
김태곤, 『한국무속연구』, 집문당, 1981.
_____, 『한국민간신앙연구』, 집문당, 1987.
_____, 『한국무속신화』, 집문당, 1989.
김태준, 『조선소설사』, 대동출판사, 1939.
김현주, 『판소리 담화분석』, 좋은날, 1998.
박일용, 『조선시대 애정소설』, 집문당, 1993.
박 주, 『조선시대의 정표정책』, 일조각, 1995.

서강여성문학연구회 편, 『한국문학과 모성성』, 태학사, 1998.

서대석, 『군담소설의 구조와 배경』, 이화여자대학교 출판부, 1985.

성현경, 『한국소설의 구조와 실상』, 영남대학교 출판부, 1981.

송효섭, 『설화의 기호학, 민음사』, 1999.

양희철, 『심청전의 변신 모티프』, 문학과비평, 1988.

여성학 교재편찬위원회, 『여성학의 이론과 실제』, 동국대학교출판부, 1991.

유영대, 『<심청전> 연구』, 문학아카데미, 1989.

이상택, 『한국고전소설의 탐구』, 중앙출판, 1981.

이수봉, 『가문소설연구』, 형설출판사, 1978.

이수봉 외 공저, 『한국가문소설연구논총』, 경인문화사, 1992.

이재선, 『한국문학주제론』, 서강대학교 출판부, 1992.

_____, 『문학주제학이란 무엇인가』, 민음사, 1996.

이정재, 『동북아의 곰문화와 곰신화』, 민속원, 1997.

이혜순 공저, 『한국고전여성작가연구』, 태학사, 1999.

이화어문학회, 『우리 문학의 여성성·남성성(고전문학편)』, 월인, 2001.

임성래, 『영웅소설의 유형연구』, 태학사, 1990.

임치균, 『조선조 대장편 소설 연구』, 태학사, 1996.

임형택, 『한국문학사의 시각』, 창작과비평사, 1993.

장주근, 『제주도 무속과 서사무가』, 역락, 2001.

赤松智城·秋葉隆, 『조선무속의 연구(상)』, 대판옥호서점, 1937.

전용문, 『한국 여성영웅소설의 연구』, 목원대 출판부, 1996.

정병욱, 『한국 고전의 재인식』, 기린원, 1988.

정병헌, 『판소리문학론』, 새문사, 1993.

정세화·최숙경·장필화·이배용 외, 『한국여성사정립을 위한 인물유형 연구』, 이화여자대학교 한국여성연구소, 1998.

정순진, 『한국문학과 여성주의 비평』, 국학자료원, 1992.

정옥자, 『조선후기문화운동사』, 일조각, 1988.

조광국, 『기녀담 기녀등장소설』, 월인, 2000.

조동일, 『한국소설의 이론』, 지식산업사, 1977.

조희웅, 『설화학강요』, 새문사, 1989.

진성기, 『남국의 무가』, 1968.

_____, 『제주도 무가본풀이사전』, 민속원, 1991.

차충환, 『숙향전 연구』, 월인, 1999.

최길성, 『한국무속의 연구』, 일조각, 1981.

최시한, 『가정소설연구』, 민음사, 1993.

최운식, 『심청전연구』, 집문당, 1982.
_____, 『한국고소설연구』, 보고사, 1997.
춘향문화선양회 간, 『춘향전 어떻게 읽을 것인가』, 서광학술자료사, 1993.
한국고전문학회 편, 『문학과 사회집단』, 집문당, 1995.
한영우, 『조선전기 사회사상연구』, 지식산업사, 1983.
현용준, 『무속신화와 문헌신화』, 집문당, 1992.
홍태한, 『서사무가 당금애기 연구』, 민속원, 2000.
황패강, 『한국서사문학연구』, 단국대학교 출판부, 1972.
라마자노글루 지음, 김정선 옮김, 『페미니즘, 무엇이 문제인가』, 문예출판사, 1997.
레나 린드호프 지음, 이란표 옮김, 『페미니즘 문학이론』, 인간사랑, 1998.
리타 펠스키 지음, 김영찬·심진경 옮김, 『근대성과 페미니즘』, 거름, 1998.
수잔나 월터스, 김현미 외 공역, 『이미지와 현실 사이의 여성들』, 또하나의 문화,
    1999.
스티픈 엘 해리슨·글로리아 플래츠너, 『신화의 미로찾기』, 동인, 1999.
아드리엔느 리치 저, 강인성 옮김, 『더 이상 어머니는 없다』, 평민사, 1995.
안드레아 도킨, 홍영의 역, 『여자는 무엇으로 사는가』, 문학관, 1990.
조지프 캠벨 저, 정영목 옮김, 『신의 가면Ⅲ 서양신화』, 까치, 1999.
_____, 과학세대 옮김, 『신화의 세계』, 까치, 1999.
조셉 캠벨 저, 이윤기 역, 『세계의 영웅신화』, 대원사, 1991.
조셉 캠벨 저, 이윤기 옮김, 『천의 얼굴을 가진 영웅』, 민음사, 1999.
줄리아 크리스테바, 김영 역, 『사랑의 역사』, 대우학술총서, 1995.
칼 융 저, 이부영 외 역, 『인간과 무의식의 상징』, 집문당, 1983.
클로드 레비스트로스 저, 임옥희 옮김, 『신화와 의미』, 이글리오, 2000.
팸 모리스 지음, 강희원 옮김, 『문학과 페미니즘』, 문예출판사, 1997.
홈 저, 심정순·염경숙 옮김, 『페미니즘 이론 사전』, 삼신각, 1995.

3. 논문

강영순, 「일타홍 이야기의 여성지인담 성격 연구」, 『고전문학연구』 9, 한국고전문학
    연구회, 1995.
_____, 「조선후기 여성지인담의 존재양상과 그 의미」, 『연민학지』 3, 연민학회,
    1995.
_____, 「조선후기 여성지인담 연구」, 단국대학교 박사학위 논문, 1995.
강은해, 「『바리데기』 형성의 신화·심리학적 두 원리」, 『계명어문학』 제1집, 계명어
    문학회, 1984.

_____, 「한국신화와 여성주의 문학론」, 『한국학논집』 제17집, 계명대학교, 1990.

강진옥, 「무속신화와 일상의례를 통해 본 여성의 종교성」, 『여성신학논집』 1, 이화여자대학교 여성신학연구소, 1995.

_____, 「<(이형경)이학사전> 연구」, 『고소설연구』 2집, 한국고소설학회, 1996.

_____, 「한국민속에 나타난 여성상의 변모 양상-바람직한 여성상 모색을 위한 시론」, 『한국민속학』 27집, 한국민속학회, 1996.

고정희, 「고대여성과 문학」, 『현대시학』 159, 현대시학사, 1982.6.

구인환, 「한국 현대소설에 나타난 여인상」, 『아세아여성연구』 제8집, 숙명여자대학교 아세아여성문제 연구소, 1969.12.

김경애, 「신소설의 「여인 수난이야기」 연구」, 『여성문학연구』 제6호, 한국여성문학회, 예림기획, 2001.12.

김광순, 「고소설에 나타난 조선조 여인상」, 『여성문제연구』 제17집, 효성여자대학교 부설 한국여성문제연구소, 1989.

김대숙, 「여인발복 설화의 연구」, 이화여자대학교 박사학위논문, 1988.

_____, 「구비효행설화의 거시적 조망」, 『구비문학연구』 제3집, 한국구비문학회, 1996.

_____, 「문헌소재 효행설화의 역사적 전개」, 『구비문학연구』 제6집, 한국구비문학회, 1998.

김명순, 「조선후기 서울의 풍속 세태를 다룬 기속시 연구」, 『동방한문학』 제10집, 동방한문학회, 1994.

김미현, 「인어공주와 아마조네스, 그 사이」, 『여성문학연구』 제5호, 한국여성문학회, 예림기획, 2001.

김복희, 「심청전의 신화비평적 연구」, 『이화어문논집』, 이화여자대학교, 1980.

김수연, 「여성영웅소설의 소설형식과 사회적 의미」, 동국대학교 석사학위 논문, 2000.

김연숙, 「고소설의 여성주의적 연구」, 서강대학교 박사학위 논문, 1995.

김연호, 「영웅소설의 유형과 변모에 관한 연구」, 고려대학교 박사학위 논문, 1992.

김열규, 「한국 여성 의미론」, 『아세아여성연구』 제34집, 숙명여자대학교 아세아여성문제 연구소, 1995.

김영경, 「거인형 설화 연구」, 이화여자대학교 석사학위 논문, 1990.

김영수, 「필사본 <심청전> 연구」, 경희대학교 박사학위 논문, 2000.

김용기, 「조선후기 고소설에 나타난 여성상 연구」, 중앙대학교 석사학위 논문, 1992.2.

김용봉, 「<정수정전>과 <홍계월전>과의 대비고찰」, 『청람어문학』 10, 청람어문교육학회, 1993.12.

_____, 「<정수정전> 연구」, 한국교원대학교 석사학위 논문, 1993.

김은지, 「부친 탐색담연구」, 연세대학교 석사학위 논문, 1996.

김응환, 「조선조 륜리소설 연구」, 한양대학교 박사학위 논문, 1993.

김재용, 「동북아지역 창조신화의 비교 연구」, 『한국고전연구』 제3집, 한국고전연구학회, 1997.

김종전, 「고대소설에 나타난 여인상」, 『논문집』 12 중앙대학교, 1967.

김종진, 「전란을 소재로 한 여성우위 서사물의 양상과 의미」, 경북대학교 석사학위 논문, 1993.

김종철, 「「배비장전」 유형의 소설연구」, 『관악어문연구』, 제10집, 서울대학교 국어국문학과, 1985.

김종훈, 「고대소설에 나타난 여인상」, 『중앙대논문집』 12집, 중앙대학교, 1967.

김주현, 「페미니즘 미학과 작품의 성별 정체성」, 한국여성철학회 겨울 워크샵 발표요지, 2000.

김준기, 「신모신화 연구」, 경희대학교 박사학위 논문, 1995.

김지용, 「한국여성문학사연구」, 『논문집』 4, 수도 여사대, 1969.

김진명, 「가부장 담론과 여성억압」, 『아세아여성연구』 33, 숙명여자대학교 아세아여성문제연구소, 1994.

김진세, 「고소설의 작자와 독자」, 『한국고소설론』, 아세아문화사, 1991.

김진원, 「고대소설의 여인상」, 『명지어문학』 10집, 명지대학교 국어국문학과, 1978.

김창원, 「18,9세기 향촌사족의 가문 결속과 가사의 소통」, 『19세기 시가문학의 탐구』, 집문당, 1995.

김태곤, 「심청전의 근원설화-무가를 통한 고찰」, 『문리학총』 4집, 경희대학교 문리과대학, 1969.

_____, 「고소설의 순환체계 연구」, 『경희어문학』 제5집, 경희대학교 국어국문학과, 1982.

김함득, 「상대요에 나타난 여성과 사랑」, 『청파문학』 4, 숙명여자대학교, 1964.

_____, 「구비설화문학의 고찰-설화 속의 여성을 중심으로-」, 『논문집』 15, 단국대학교, 1981.

김현숙, 「조선후기 국문소설에 나타난 여성인물의 현실대응양상」, 성균관대학교 석사학위 논문, 1996.

김현주, 「춘향전」의 연행론적 연구-「춘향가」와 「춘향전」의 대비를 중심으로-」, 서강대학교 박사학위논문, 1992.

김홍규, 「판소리의 이원성과 사회사적 성격」, 『창작과 비평』 제9권 제1호, 창작과 비평사, 1974.

_____, 「19세기 전기 판소리 연행 환경과 사회적 기반」, 『어문논총』 제30집, 고려대

학교 국어국문학연구회, 1991.

김희경, 「기녀 결연 야담 연구-청구야담을 중심으로」, 연세대학교 석사학위 논문, 1990.

노영근, 「친부탐색담형 민담의 구조와 의미」, 『구비문학연구』 제6집, 한국구비문학회, 1998.

류우선, 「『삼옥주』 연구」, 『어문논총』 제9호, 전남대학교 어문학연구회, 1986.

류준경, 「방각본 영웅소설의 문화적 기반과 그 미학적 특성-구술적 특성을 중심으로」, 서울대학교 석사학위 논문, 1997.

_____, 「영웅소설의 장르관습과 여성영웅소설」, 『고소설연구』 제12집, 한국고소설학회, 2002.2.

민 찬, 「여성영웅소설의 출현과 후대적 변모」, 서울대학교 석사학위 논문, 1986.

민현식, 「국어의 여성어 연구」, 『아세아여성연구』 제34집, 숙명여자대학교 아세아여성문제 연구소, 1995.12

박경원, 「<홍계월전> 연구」, 부산대학교 석사학위 논문, 1991.

박명희, 「고소설의 여성중심적 시각 연구」, 이화여자대학교 박사학위 논문, 1989.

박미란, 「여성영웅소설연구」, 전남대학교 교육대학원 석사학위 논문, 1994.

박민일, 「고대소설에 나타난 여인상」, 고려대학교 논문, 1970.

_____, 「고대소설에 나타난 여인상 고」, 『고대어문논집』 제13집, 고려대학교 문과대학, 1971.

박민자, 「고소설에 나타난 호걸적 여성상 연구:박씨전과 이춘풍전을 중심으로」, 동의대학교 석사학위 논문, 1997.

박상란, 「여성영웅소설의 갈래와 구조적 특징」, 동국대학교 석사학위 논문, 1991.

박은숙, 「심청전 구조의 합리성과 구원의 의미」, 『청람어문학』 7집, 청람어문학회, 1992.

박일용, 「영웅소설의 유형변이와 그 소설사적 의의」, 서울대학교 석사학위 논문, 1982.

_____, 「조선후기 소설론의 전개」, 『국어국문학』 제94호, 국어국문학회, 1985.

_____, 「조선후기 훼절소설의 변이양상과 그 사회적 의미」, 『한국학보』 51·52, 1998.

박정우, 「여성중심 고소설 연구」, 영남대학교 석사학위 논문, 1995.

박혜인, 「한국농촌여성의 가족주의 가치관 분석」, 『여성문제연구』 16집, 숙명여자대학교 아세아여성문제 연구소, 1988.

사재동, 「심청전 연구서설」, 『불교계 국문소설의 연구』, 중앙문화사, 1994.

서대석, 「군담소설 출현동인과 반성」, 『한국고전소설연구논문집』 (1), 계명대학교 출판부, 1987.

서정범, 「여성에 관한 명칭고」, 『아세아여성연구』 제8집, 숙명여자대학교 아세아여
　　　성문제 연구소, 1969.12.

설중환, 「심청전 재고」, 『국어국문학』 87, 국어국문학회, 1981.

성현경, 「여걸소설과 설인귀전」, 『국어국문학』 62호, 국어국문학회, 1973.

＿＿＿, 「유충렬전 검토」, 『고전문학연구』, 고전문학연구회, 1974.

손연자, 「조선조 여장군형 소설 연구」, 이화여자대학교 석사학위 논문, 1981.

손진태, 「신화상에서 본 고대인의 여성상」, 『신여성』, 1923.10.

송성욱, 「대하소설의 최근 연구 동향과 쟁점」, 『고소설연구』 제10집, 한국고소설학
　　　회, 2000.6.

송효섭, 텍스트론과 『바리공주』 읽기, 『한국고전연구』 제4집, 한국고전연구학회,
　　　1998.

신경숙, 「고전시가와 여성」, 『한국고전여성문학연구』 창간호, 한국고전여성문학회,
　　　2000.

신선희, 「어우야담에 나타난 여성인물의 양상」, 『한국고전연구』 제2집, 한국고전연
　　　구학회, 1996.

신영숙, 「한국 가부장제의 사적 고찰」, 한국사연구회 편, 『여성·가족·사회, 성』,
　　　열음사, 1991.

신원기, 「한국 신화의 여성상과 소설 수용」, 부산대학교 석사학위 논문, 1994.

신월균, 「한국신화에 나타난 여성의 기능」, 『한국민속학보』 제8호, 한국민속학회,
　　　1997.

심진경, 「여장군계 군담소설 홍계월전 연구」, 『한국여성문학비평론』, 개문사, 1995.

안기수, 「여성의식의 영웅소설적 수용양상과 의미」, 『어문연구』 91, 한국어문교육연
　　　구회, 1996.9.

안영희, 「「알영」의 발상지 「알천」 명의고」, 『아세아여성연구』 제8집, 숙명여자대학
　　　교 아세아여성문제 연구소, 1969.12.

안인욱, 「열녀전 연구」, 영남대학교 석사학위 논문, 1983.

양인실, 「한국고대 여성영웅소설의 연구」, 『건국대 논문집』 제11집, 건국대학교,
　　　1980.

양혜란, 「고소설에 나타난 조선후기 사회의 성차별의식 고찰 -<방한림전>을 중심으
　　　로-」, 『한국고전연구』 제4집, 한국고전문학회, 1998.

여세주, 「여장군등장의 고소설연구」, 영남대학교 석사학위 논문, 1981.

우쾌제, 「가정소설에 나타난 가족 의식 고찰」, 『고소설연구』, 제2집, 한국고소설학회,
　　　1996.

원선자, 「한국고전소설의 여성상 연구」, 단국대학교 박사학위 논문, 1995.

유진월, 「훼손된 가이아의 초상-오태석 희곡 <심청이는 왜 두 번 인당수에 몸을 던

졌는가>를 중심으로」, 『여성문화의 새로운 시각』 2, 월인, 2000.

윤경수, 「『온달전』의 현대적 고찰」, 『연민학지』 제1집, 연민학회, 1993.

_____, 「심청전의 원초의식」, 『고소설의 사적전개와 문학적 지향』, 보고사, 2000.

윤교임, 「여성영웅신화연구 : 초공본풀이, 삼공본풀이, 세경본풀이에 대한 문화기호학적 해석」, 서강대학교 석사학위 논문, 1996.

윤분희, 「『온달』 설화에 나타난 여성의 자아실현 양상」, 1999년 가을학술발표대회 발표지, 한국국어교육연구회, 1999.

_____, 「여성 영웅성의 서사적 진술양상」, 2000년 박사후 과정 국내연수 종료보고서, 부산대학교 한국민족문화연구소, 2000.11.

_____, 「『옥주호연』 연구」, 『여성문학연구』 제6호, 한국여성문학회, 예림기획, 2001.12.

윤재천·김현룡, 「고대소설을 중심해서 본 이조여성」, 『논문집』2, 상명사대, 1972.

이강엽, 「고전 서사물의 여성주의적 접근」, 『문학과 의식』 29호, 1995 여름.

이경하, 「바리공주에 나타난 여성의식의 특징에 관한 비교고찰」, 서울대학교 석사학위 논문, 1997.

_____, 「제주도 본풀이에 나타난 여성서사시의 양상과 의미」, 『구비문학과 여성』, 박이정, 2000.

이광호, 「<홍계월전> 연구」, 한국교원대학교 석사학위 논문, 1994.

이규순, 「조선조 한시패설을 통해본 여성의식의 변모상」, 『숙대대학원논문집』, 숙명여자대학교, 1980.

이동환, 「조선후기 한시에 있어서 민요취향의 대두」, 『한국한문학연구』 3-4집, 한국한문학회, 1978-9.

이미자, 「여성영웅소설의 연구-장부형계 중심으로」, 숙명여자대학교 석사학위 논문, 1988.

이배용, 「유교적 전통과 변형 속의 가족 윤리와 여성의 지위」, 『유교문화의 전통과 변형 속의 여성』, 이화여자대학교 한국여성연구원, 1995.

이상택, 「고소설의 세속화 과정 시론」, 『고전문학연구』 1, 한국고전문학연구회, 1971.

_____, 「조선후기 소설사 개관」, 『한국서사문학사의 연구』 V, 중앙문화사, 1995.

이성희, 「아이지혜담 연구」, 경희대학교 석사학위 논문, 1995.

_____, 「비극을 뛰어넘는 사랑의 숭고성」, 『판소리연구』 11집, 판소리학회, 2000.

_____, 「선녀와 나무꾼 다시 읽기」, 『여성 문화의 새로운 시각』 2, 월인, 2000.

이수봉, 「규방문학에서 본 이조여인상」, 『여성문제연구』 1, 효성여자대학교, 1971.

이수자, 「제주도 무속과 신화 연구」, 이화여자대학교 박사학위 논문, 1989.

_____, 「농경기원신화에 나타난 여성인식과 의의」, 『이화어문논집』 제11집, 이화여자대학교, 1990.

_____, 「무속신화 이공본풀이의 신화적 의미와 문화사적 위상」, 『제주도연구』 10집, 제주학회, 1993.

_____, 「무신도 <삼불제석>의 신적 성격과 형성 배경」, 『역사민속학』 4, 한국역사민속학회, 1994.

_____, 「한국무속신화에 나타난 모신상과 신화적 의미」, 이화어문학회, 『우리 문학의 여성성·남성성』, 월인, 2001.

이순구, 「조선시대 성리학과 여성」, 한국여성연구소 여성사연구실 지음, 『우리 여성의 역사』, 청년사, 1999.

이연정, 「모성론에 관한 비판적 고찰」, 서울대학교 사회학과 석사학위 논문, 1984.

이영자, 「한국여성의 역사」, 『성평등의 사회학』, 한울아카데미, 1994.

이영희, 「한국의 문화적 배경과 여성연구」, 『아세아여성연구』 제23집, 숙명여자대학교 아세아여성문제 연구소, 1984.

이옥경, 「조선시대 정절이데올로기의 형성기반과 정착방식에 관한 연구」, 이화여자대학교 사회학과 석사학위 논문, 1985.

이유경, 「여성성의 숨김과 드러남:여성영웅소설의 양상」, 『한국의 여성영웅소설』, 태학사, 2000.

이을환, 「『사소절』에 나타난 여성 언어법도의 연구」, 『아세아여성연구』 제25집, 숙명여자대학교 아세아여성문제 연구소, 1986.

_____, 「『여사서』의 언어규범 연구」, 『아세아여성연구』 제27집, 숙명여자대학교 아세아여성문제 연구소, 1988.

이인경, 「『홍계월전』 연구」, 『관악어문연구』 제17집, 서울대학교 국어국문학과, 1992.

_____, 「여성 영웅소설의 유형성에 관한 반성적 고찰」, 『한국서사문학사의 연구』 IV, 중앙문화사, 1995.

_____, 「개가열녀담에 나타난 열과 정절의 문제」, 『구비문학연구』 제6집, 한국구비문학회, 1998.

_____, 「문헌과 구비 설화에 나타난 「열설화」의 변이양상과 전승자 의식-「과부의 개가 갈등」 설화를 중심으로-」, 『국문학연구』, 서울대학교 국문학연구회, 태학사, 2000.

_____, 「구비 열설화 연구」, 서울대학교 박사학위 논문, 2000.

이정옥, 「계녀가에 나타난 조선시대 여성 교육관」, 『여성문제연구』, 효성여대 한국여성문제연구소, 1990.

_____, 「감상주의 연애소설의 상품화전략」, 『여성문학연구』 제6호, 한국여성문학회, 예림기획, 2001.12.

이정재, 「삼국유사 기이편에 등장하는 여성의 역할과 기능」, 『경희어문학』 제21집,

경희대학교 문리과대학 국어국문학과, 2001.2

_____, 「한국신화와 문화영웅」, 『한국문화인류학』 제34집 2호, 한국문화인류학회, 2001.

이창헌, 「고전소설의 혼사장애 구조와 유형에 관한 연구」, 『국문학연구』 81, 서울대학교 국문학연구회, 1987.

이혜숙, 「홍계월전에 나타난 여성의식 연구」, 『혜전전문대 논문집』, 혜전대학, 1997,3.

인권환, 「심청전 연구사와 그 문제점」, 『한국학보』 9, 일지사, 1977.

임병희, 「여성영웅소설의 유형과 변모양상」, 고려대학교 석사학위 논문, 1990.

임재해, 「<김희경전>에서 문제된 고난과 만남」, 『영남어문학』 6집, 영남어문학회, 1973.

_____, 「무왕형 설화의 유형적 성격과 여성의식」, 『여성문제연구』 10, 효성여자대학교 사회과학연구소, 1981.

_____, 「온달형 설화의 유형적 성격과 부녀갈등」, 『여성문제연구』 11, 효성여자대학교 사회과학연구소, 1982.

임치균, 「영웅소설연구」, 서울대학교 석사학위 논문, 1985.

_____, 「연작형 삼대록 소설 연구」, 서울대학교 박사학위 논문, 1992.

장덕순, 「병자호란을 전후한 전후소설」, 『국문학통론』, 신구문화사, 1960.

_____, 「심부담고」, 『한국문학의 연원과 현장』, 박이정, 1995.

장효현, 「조선후기의 소설론」, 『어문논집』 제23집, 고려대학교 국어국문학연구회, 1982.

전용문, 「여성계 영웅소설의 연구」, 『어문연구』 10, 충남대학교 어문연구소, 1979.

_____, 「여성계 영웅소설의 형성 동인」, 『목원어문학』 4, 목원대학교 국어국문학회, 1983.

_____, 「여성영웅소설의 계통적 연구」, 충남대학교 박사학위논문, 1988.

_____, 「일반영웅소설 속의 여성영웅 연구」, 『목원대 어문학연구』 5, 목원대학교, 1996.

_____, 「<이학사전>의 구조와 인물성격 연구」, 『고소설연구』 제3집, 한국고소설학회, 1997.

전학용, 「여성영웅소설의 형성동인 및 서사의 특성」, 경남대학교 석사학위 논문, 1990.

정규복, 「한국군담소설의 제문제」, 『국어국문학』 34-35집, 국어국문학회, 1967.

정금자·이재연·서정자·이규순, 「한국문학에 나타난 전통적 여성상」, 『아세아여성연구』 제24집, 숙명자대학교 아세아여성문제 연구소, 1985.

정금철, 「영웅의 자아실현과 여성영웅주의에 대하여-영웅담의 분석 심리학적 접근」,

『서강어문』2, 서강대 서강어문학회, 1982.9.

정명기, 「여호걸계소설의 형성과정연구」, 연세대학교 석사학위 논문, 1980.

정병헌, 「배우자 선택 이야기(擇夫譚)의 유형적 성격」, 『아세아여성연구』제35집, 숙명여자대학교 아세아여성문제연구소, 1996.12.

_____, 「여성영웅소설의 서사구조와 변이 양상연구」, 『한국언어문학』36집, 한국언어문학회, 1996.

_____, 「조선조 후기 소설의 세계인식과 변모양상」, 『송전 류우선 교수 정년퇴임기념논문집』, 송전 류우선 교수 정년퇴임기념논문집 간행위원회, 1997.

_____, 「여성영웅소설의 서사방식과 소설교육적 자질」, 『한국문학논총』24집, 한국문학회, 1999.

정연지, 「여성영웅소설의 갈등양상에 관한 연구」, 배재대학교 석사학위 논문, 1995.

정은희・박혜숙・이상경・박은하, 「여성의 눈으로 본 한국문학의 현실」, 『여성』제1호, 창작과 비평사, 1985.

정진홍, 「한국신화와 여성상징」, 『아세아여성연구』제23집, 숙명여자대학교 아세아여성문제 연구소, 1984.

정창권, 「<완월회맹연>의 여성주의적 상상력」, 『고소설연구』5, 한국고소설학회, 1998.

_____, 「<소현성록>의 여성주의적 성격과 의의-장편규방소설과 관련하여」, 『고소설연구』6, 한국고소설학회, 1999.

정출헌, 「<심청전>의 민중정서와 그 형상화 방식」, 『민족문학사연구』제9호, 민족문학사연구소, 1996.

정하영, 「<심청전>에 나타난 악인상」, 『국어국문학』97, 국어국문학회, 1987.

_____, 「<심청전>과 <흥부전>의 양상」, 『한국고소설론』, 새문사, 1990.

_____, 「<심청전>」, 화경고전문학연구회 편, 『고전소설연구』, 일지사, 1993.

조광국, 「<삼선기>에 구현된 조선후기 신흥교방의 한 양상」, 『한국문학논총』제26집, 한국문학회, 2000.6

조동일, 「<심청전>에 나타난 비장과 골계」, 『계명논총』제7집, 계명대학교, 1971.

_____, 「영웅의 일생, 그 문학사적 전개」, 『동아문화』10집, 동아문화연구소, 1971.

조현설, 「웅녀 유화 신화의 행방과 사회적 차별의 세계」, 한국구비문학회 편, 『구비문학과 여성』, 박이정, 2000.

좌혜경, 「자청비, 문화적 여성영웅에 대한 이미지」, 『한국민속학』30호, 한국민속학회, 1998.

진은진, 「<우렁색시> 설화 연구」, 경희대학교 석사학위논문, 1995.

차옥덕, 「<방한림전>의 구조와 의미-페미니즘 시각을 중심으로-」, 『고소설연구』제4집, 한국고소설학회, 1998.

천혜숙, 「전설의 신화적 성격에 관한 연구」, 계명대학교 박사학위논문, 1987.

_____, 「신화로 본 여계신성의 양상과 변모」, 『비교민속학』 17, 비교민속학회, 1999.

최경숙, 「원님과 이방부인의 내기담」에 나타난 부인의 문제해결적 말하기 전략을 통해서 본 여성」 한국구비문학회 편, 『구비문학과 여성』, 박이정, 2000.

최래옥, 「<심청전>의 총체적 분석」, 『한국학논집』 5, 한양대학교 한국학연구소, 1984.

최선영, 「여성영웅소설의 구조적 특성과 의미」, 성신여자대학교 석사학위 논문, 1997.

최운식, 「서사작품에 나타나는 남장신부 모티프의 성격과 의미」, 『한국고소설연구』, 계명문화사, 1995.

_____, 「심청 전설과 <심청전>의 관계」, 반교어문학회 편, 『고소설의 사적 전개와 문학적 지향』, 보고사, 2000.

최현경, 「페미니즘 시각에서 본 춘향전 연구」, 성신여자대학교 석사학위 논문, 1998.

한상진, 「생활세계의 문제의식과 사회과학」, 『현상과 인식』, 1983 봄호.

한혜경, 「「옥주호연」 연구」, 『이화어문논집』 제7집, 이화여자대학교 한국어문학연구소, 1984.

_____, 「지인지감형 고전소설 연구」, 이화여자대학교 박사학위 논문, 1990.

홍인숙, 「조선후기 열녀전 연구」, 이화여자대학교 석사학위 논문, 2001.

황미영, 「<홍계월전>연구」, 숙명여자대학교 석사학위 논문, 1995.

황패강, 「심청설화의 분석」, 『국어국문학』 31호, 국어국문학회, 1966.

찾아보기

■ 진은진(陳恩眞)

1969년 경남 하동 출생.
경희대학교 국어국문학과 졸업.
경희대학교 대학원 국어국문학과 졸업, 문학박사.
현재 경희대학교 객원교수.

주요 논저로는
『춘향전 전집』5-6(공편, 박이정, 1997),『흥부전 전집』(공편, 박이정, 1997),『삼
국사기』(금성출판사, 2006),『어린이를 위한 흑설공주 이야기』(공저, 뜨인돌,
2007), <심청전에 나타난 모성성 연구> 등 다수가 있다.

jineunjin@freechal.com

한국고전서사문학연구총서 ⑰

여성탐색담의 서사적 전통 연구

2008년 10월 9일 초판 1쇄 발행

지은이　진은진
펴낸이　김홍국
펴낸곳　도서출판 **보고사**

등록　1990년 12월(제6-0429)
주소　서울시 성북구 보문동 7가 11번지
편집부　922-5120~1, 영업부 922-2246, 팩스 922-6990
홈페이지　www.bogosabooks.co.kr
메일　kanapub3@chol.com

ⓒ 진은진, 2008
ISBN 978-89-8433-686-5 (93810)
정 가 16,000원